SPL-COLL
YA BOLEA
Bolea, Juan,
El gobernador

Dodge City Public Library
1001 N. Second Ave., Dodge City, KS

SPANISH DEPARTMENT
DODGE CITY PUBLIC LIBRARY
1001 SECOND AVENUE
DODGE CITY, KS 67801

Juan Bolea | El gobernador

byblos

1.ª edición: octubre 2007

© Juan Bolea, 2003
© Ediciones B, S. A., 2007
 Bailén, 84 - 08009 Barcelona (España)
 www.edicionesb.com

Diseño de portada: Estudio Ediciones B/Leo Flores
Fotografía de portada: © Guetty Images
Diseño de colección: Ignacio Ballesteros

Printed in Spain
ISBN: 978-84-666-0924-1
Depósito legal: B. 41.439-2007

Impreso por NOVOPRINT

Todos los derechos reservados. Bajo las sanciones establecidas
en las leyes, queda rigurosamente prohibida, sin autorización
escrita de los titulares del *copyright*, la reproducción total o parcial
de esta obra por cualquier medio o procedimiento, comprendidos
la reprografía y el tratamiento informático, así como la distribución
de ejemplares mediante alquiler o préstamo públicos.

Juan Bolea | El gobernador

1

—Haciendo honor a mi naturaleza democrática, admitiré que es posible que me haya equivocado de ruta —dijo, con la solemne oratoria de sus discursos, Álvaro Brito, el nuevo gobernador de Argenta.

Ejecutando uno de sus característicos gestos, se peinó las cejas con los dedos antes de añadir:

—En una palabra, Simón, que no tengo ni idea de dónde estamos.

Esos comentarios no obtuvieron respuesta. Su hijo parecía dormir. El silencio volvió a adueñarse del interior del automóvil particular del político, al que le seguía otro vehículo con dos hombres de los servicios de seguridad, a cargo del Ministerio de Interior.

Aunque hacía años que Álvaro Brito tenía asignada escolta personal, nunca había conseguido habituarse a la opresiva compañía de hombres armados. En cuanto tenía ocasión, prefería disfrutar de un rato de privacidad. Pretendía aprovechar el viaje para mantener una conversación a solas con su hijo. Por el momento, no había sido posible.

Simón emitió un ronquido, y su cuello se torció en una inverosímil postura. El gobernador estuvo a punto de desperezarle, pero desistió. A su hijo solía molestarle que lo despertaran con brusquedad. «En realidad, le molesta casi todo», pensó su padre.

Hacía bastante rato que habían dejado atrás la autopista. Sorteando camiones de gran tonelaje que recorrían la ruta francesa, desde las aduanas pirenaicas al Levante español, avanzaban por el tramo de carretera nacional que iba a morir en Argenta. Una distancia superior a los trescientos kilómetros que Simón y él habrían recorrido en tren si la línea férrea, a fin de enlazar las comarcas altas del río Madre, no trazase un arco al noreste de las Montañas Gemelas. El trayecto en cualquiera de los ferrocarriles demoraba, desde Madrid, casi cinco horas de incómodo viaje. Los Brito podían también haber optado por el avión, ocupando plaza en cualquiera de los pequeños turborreactores que aterrizaban en la capital del desierto, la calurosa Argenta, tres veces por semana, pero el gobernador tenía miedo a volar. «Si alguna de mis llamadas amistades quisiera provocarme un infarto, sólo tendría que obligarme a subir a uno de esos artefactos volantes», solía replicar cuando alguien, por una urgencia circunstancial, le insistía en la necesidad de reservar un pasaje aéreo.

La última vez que intentó superar ese pánico fue a bordo del vuelo trasatlántico que los aerotransportó a Costa Rica. Se trataba, en realidad, de un doble exilio: destierro físico de sus teatros de operaciones, por un lado; pero también, y eso le resultaba más duro, una suerte de confinamiento interior. Aunque Brito, deprimido por una sensación de fuga, de estar a punto de acogerse al ignominioso estatus de refugiado político, abordó el enorme aparato con una jaqueca feroz, todo fue bien hasta las islas Azores. Estaba contemplando el archipiélago por su ventanilla cuando un ataque de vértigo le obligó a aferrarse a los reposabrazos con tanta fuerza que se partió una uña. En el acto reconoció los síntomas: el espacio exterior, el sol y las nubes girando como un loco horóscopo; un lacerante acufeno en el oído derecho; náuseas. La vomitona le cogió de sorpresa. Ácidas arcadas se derramaron en la bolsa de viaje y sobre la moqueta de la primera clase (el ministerio había sido munífico). Una azafata limpió los restos de comida sintética. Simón, que le había estado sujetando la frente mientras se vaciaba su estómago, le administró una tableta de betahistina, sin la que jamás viajaba. Faltaba una eternidad para Miami, y otro vuelo regional hasta la capital de Costa Rica, San José. Para Brito fue un calvario. Meses después, cuando se le llamó a España para ser rehabilitado en sus funciones, decidiría regresar en barco.

Para desplazarse hasta Argenta, el que sería quizás el último destino de su larga carrera, Brito había optado por trasladarse en su propio vehículo, un antiguo modelo Mercedes de color frambuesa adquirido años atrás en Canarias, donde también ocupó cargo de gobernador civil. Una vez instalados en Argenta, podría utilizarlo para perderse de vez en cuando. Librarse de los guardaespaldas y viajar por la provincia solo, sin rumbo. Bajarse en pleno monte, al atardecer, y caminar sobre la tierra vacía, oyendo silbar al viento. O tal vez disfrutar de la compañía de alguna mujer anónima, que no hiciera preguntas, ni le obligara a pensar.

Quizá porque se había pasado media vida atendido por chóferes de organismos oficiales, Álvaro Brito era un pésimo conductor. Desde que habían partido de Madrid, lo venía demostrando.

El coche hacía un ruido extraño. «¿Será el carburador?», se preguntó el político, sin demasiada fe en sus intuiciones mecánicas. Después de atravesar una serie de pelados montes, un cartel indicador acabó por desorientarle. Aquella carretera venía resultando demasiado solitaria. Apenas se cruzaban con otros coches. Estuvo casi seguro de que, al concluir el tramo de autovía, se había desviado de la ruta prevista.

—¿Quieres mirar el mapa, hijo?

A su lado, Simón bostezó. El sueño embalsaba sus ojos.

La noche anterior, en Madrid, cenando en una pizzería, le había pedido permiso para salir. Unos amigos suyos presentaban un disco en alguno de esos locales que solían frecuentar, pubs de moda con nombres como Frígida Pájara, La cueva del Ermitaño o El Enano Onanista. «Hasta la una», había sentenciado Brito. Simón le pidió dinero: tres mil pesetas. Sólo recibió mil. Un tanto decepcionado, se fue sin probar su tarta de queso con arándanos. El padre regresó a su hotel de la Gran Vía. Contempló por la ventana las calles ruidosas, iluminadas por los faros de los coches. Se cepilló los dientes, leyó unas páginas del informe que había solicitado a sus antiguos colaboradores sobre el rearme de las células terroristas, la composición actual de los comandos, y se quedó dormido. Despertó en plena noche, agitado. Se oían ruidos al otro lado del tabique, en la habitación contigua. La de Simón, recordó. Voces, sofocadas risas, crujidos como si desplazasen muebles. ¿Percibió también un jadeo perruno, onomatopéyico de la expansión sexual, o le estaban provocando pesadillas los arándanos, las aceitunas negras de la pizza? Debió de volver a dormirse, agotado aún por el reciente y larguísimo viaje en barco a través del Caribe y el océano Atlántico. Al despertar no oyó nuevos ruidos en la habitación de Simón, pero tuvo la certeza de que el muchacho no se había acostado hasta la raya del alba. Se duchó, se vistió, lo esperó media hora en la cafetería. Los escoltas aparecieron un instante para comunicarle que aguardaban en el vestíbulo, listos para partir. Cuando por fin Simón bajó a desayunar, sus ojos eran dos ranuras de luz. «No tengo hambre», dijo, con la voz rota. A duras penas pudo tragar su cruasán, el zumo de naranja artificial.

En el coche, sentado con indolencia, el chico seguía ausente. Su padre insistió:

—¿Me estás escuchando?

Simón abrió la guantera para sacar un mapa. Un golpe de cavernosa tos lo alteró. Su voz sonó tomada.

—¿Hemos pasado esas casitas colgantes para turistas, hemos pasado Cuenca?

—Hará media hora. En esas casitas, cómo tú dices, hay un museo de arte contemporáneo que deberías conocer. ¿Qué diablos aprendes en esos colegios de élite?

Como si necesitara un punto de equilibrio, Simón apoyó un dedo en el mapa.

—Nada.

—¿Sabías que tus facturas me dejan temblando la cuenta corriente?

—Creí que ganabas mucho dinero.

—Vivimos de un sueldo, Simón. Puedes creerme si te digo que ganarlo cuesta sudor y sangre.

—Sobre todo sangre —murmuró Simón.

El gobernador se puso pálido.

—Me parece que no te he oído bien. ¿Quieres repetir eso?

Simón enmudeció. Ese tono de su padre le infundía temor.

—¿No has dicho nada? Mejor. ¿Cuántas veces tendré que decirte que somos una familia normal, con sus hipotecas y los típicos apuros de fin de mes?

—Tampoco debemos ir tan justos. Mamá me dijo que teníamos acciones en Telefónica y cuentas en un banco suizo.

El gobernador se echó a reír. En seguida, adoptó un aire cautelar.

—Tu madre siempre ha tenido una gran imaginación. Que puede haber sido causa de sus depresiones, no me extrañaría. Ella misma te ha comentado que se ha puesto en tratamiento, ¿no es así? No vayas a creer a pies juntillas todo lo que se le pasa por la cabeza. Puede que tengamos alguna acción, es cierto, nada del otro jueves. Pero eso de Suiza es una fantasía sin ton ni son. Un disparate. Un agravio. Jamás he defraudado una sola peseta, te doy mi palabra. Espero que tu madre no vaya diciendo por ahí esta clase de cosas. Antes o después, esa clase de rumores empañaría mi buen nombre. Para un servidor del Estado, su principal patrimonio es un apellido honorable. Que espero legarte, por cierto, para que hagas buen uso de él. ¿Quieres mirar qué carretera es ésta, por favor?

Simón intentó concentrarse en el mapa.

—¿Cómo se llamaba el último pueblo? ¿La Torre de algo?

—¿De Montoro?

—Si no te has fijado tú... Yo iba dormido.

El padre lo observó por el rabo del ojo. Una creciente irritación se estaba apoderando de él.

—Se supone que las funciones de copiloto te corresponden a ti.

Simón se rebeló:

—¡Siempre tengo yo la culpa de todo! ¿No puedo dormir cinco minutos? ¡Estoy cansado! ¿En qué vas pensando, cuando conduces?

—Mira quién fue a hablar —repuso Brito, alzando el tono—. ¡Flipado, yo! ¡Es el colmo! ¿Qué es esto, un interrogatorio? Te recuerdo que las preguntas las hago yo, jovencito.

Un nuevo ataque de tos dobló a Simón en el asiento. Se sonó la nariz y dijo:

—Esa frasecita es típica de tus maderos. Como esos dos que nos siguen desde que salimos del hotel. ¿Quiénes son?

El gobernador hizo un gesto de indiferencia.

—Es suficiente con que los trates de usted.

—Hernández y Fernández, seguro —bromeó Simón.

Brito se mordió un carrillo. Acostumbraba a hacerlo cuando la situación requería ciertas dosis de autocontrol. Tenía otros tics: peinarse las cejas, arrancarse pestañas.

Una sucesión de toses sacudió a su hijo. Mientras volvía a sonarse la nariz se le escapó un eructo con olor a alcohol.

—Ya puedes dar la vuelta —concluyó, tras un vistazo más detenido a la cartografía—. Vamos en dirección contraria. No entiendo cómo Hernández y Fernández no se han dado cuenta. O a lo mejor sí, y no se han atrevido a decírtelo, para no cabrearte.

—No puede ser —sonrió el padre. Pasaban una bifurcación donde, entre otros topónimos, podía leerse, con claridad, Argenta, pero mantuvo, con obstinación, el rumbo—. ¿Qué tal el concierto? ¿Bebiste mucho?

—¡Eh! ¿Adónde vas? ¿Te apuestas algo a que si seguimos por aquí volveremos a Madrid?

—Lo que tú quieras —respondió Brito, con absoluta calma.

—¿Te apuestas un bajo?

—¿A qué te refieres?

—Todo el mundo sabe qué es un bajo, papá. Tiene cuerdas, un enchufe, y sirve para tocar.

El gobernador se encogió de hombros.

—¿Tocar qué?

—Música, se entiende.

—A cualquier cosa le llamáis música vosotros, los jóvenes.

—No irás a ponerme como ejemplo tu colección de carrozas de los años cincuenta.

—¿Tienes algo en contra de ellos? Son los precursores de tus peludos ídolos, por si no habías reparado. Gente sana, alejada de cualquier exceso. A propósito, sabihondo. Acabo de preguntarte si anoche tomaste alcohol.

Simón suspiró.

—¿Quieres una respuesta? Muy bien. La respuesta es sí.

—Qué bonito. ¿Cerveza?

—Ginebra con Coca-Cola.

—Con Coca-Cola, menos mal —ironizó Brito—. Supongo que así pasa mejor el garrafón. ¿Te invitaron también a esas pastillas alucinógenas?

Simón volvió a resoplar.

—Qué obsesión. No, no me pastillé.

—¿Me das tu palabra?

Simón se besó la uña del dedo gordo. Otro cartel indicador confirmó que, en efecto, estaban regresando a Madrid. El chico exclamó, triunfante:

—¡El bajo es mío!

—Qué país —protestó el gobernador—. Tendré que hablar con el director general de Tráfico. Ni siquiera somos capaces de señalizar la vía pública.

Simón sonrió con lo que el padre le pareció un barniz de desprecio. Una pálida lucidez iba habitando su cara de ángel, enmarcada por mechones de pelo color oro sucio. Parecía satisfecho del error de orientación cometido por su progenitor; también, y en mayor grado, por la facilidad con que acababa de ganar su apuesta. A pesar de ello, continuó provocándole:

—¿Por qué vas tan despistado? ¿Estás pensando en mamá?

El padre experimentó una punción parecida a una ofensa, pero no replicó. Simón insistió, fingiendo inocencia:

—Debes de sentirte muy solo sin ella.

—Contigo es difícil sentirse solo. Das trabajo por tres.

—¿Piensas reclamarme en custodia? ¿Os vais a pelear por mí?

—Basta, Simón —dijo el gobernador. El coche seguía haciendo un ruido anómalo. Su conductor acababa de advertir que la aguja del depósito rozaba la franja de reserva—. No es momento para hablar de estos temas. Por ahora, lo único que quiero saber es qué carretera es ésta.

—Una comarcal. Fíjate en esos tractores prehistóricos conducidos por paletos.

—Te apuesto lo que quieras a que tienen aire acondicionado y equipos de alta fidelidad.

—Yo que tú no seguiría apostando, papá.

—Soy hombre de palabra. Te compraré la maldita guitarra en cuanto lleguemos a Argenta. Así podrás ir a tocar con tus amigos a esos antros de La Naranja Mecánica y El Enano Onanista.

—¿Ves como eres un carca? Son simples escenarios, clubs de jazz...

—¡Aclárame de una vez dónde estamos!

—¿En España?

—Dame el mapa —claudicó Brito, frenando en un arcén de tierra, junto a un campo de maíz. El automóvil de los escoltas se detuvo a unos pocos metros. Los agentes permanecieron en su interior.

Mientras Simón bajaba a estirar las piernas, Brito estudió las carreteras. Se había confundido unos veinte kilómetros atrás, a la salida de un pueblo cuya calle principal estaba flanqueada por bodegas de vino y jamón. Iba distraído. En el fondo, era verdad, pensando en Úrsula. Diablo de chico. ¿Cómo lo habría adivinado?

Descendió a su vez, para hablar con los policías. Debían de hallarse en algún lugar de Aragón. La temperatura era más calurosa que en Madrid.

Sobre los maizales se perfilaba una sierra baja, azulada. Simón tardaba en volver. Abocinando la voz hacia el espeso maizal por el que había desaparecido, el gobernador le llamó. Sólo consiguió ahuyentar a una bandada de tordos.

Brito indicó a los guardaespaldas que le dibujasen en el mapa la ruta correcta y se introdujo en el mar de maíz. Tuvo que mover las manos, como si buceara, para separar los tallos. Simón estaba entre las cañas, hablando por su celular. «Esta tarde o mañana, espero... —oyó el padre—. Si el viejo encuentra el puto camino...» Un momento. ¿«El viejo» era él? Su orgullo se resintió. ¿Apenas había cumplido cincuenta y siete años y ya era «el viejo»? «Un amigo de Pájaro...», seguía diciendo Simón. El gobernador pisó una mazorca seca. Simón se giró. Brito se apresuró a bajarse la bragueta, y fingió orinar. Su hijo siguió hablando, pero había moderado el tono. No pudo oír más.

Regresó al coche. Una colonia de mosquitos había ido a estrellarse contra el parabrisas. Humedeció un trapo en el brocal de una acequia y se puso a rascar. Los escoltas le habían dejado en al asiento el mapa marcado con flechas y trazos de rotulador. Seguían en el segundo coche, con las puertas cerradas, esperando.

Simón apareció en la linde del maizal. Se había anudado un pañuelo en la cabeza. El pelo rubio le caía por detrás, en cola de caballo.

—¿Con quién hablabas? —preguntó el padre.

—¿Estaba hablando?

—Me ha parecido oírte.

—Te gusta escuchar a los demás, ¿verdad? Con razón lo decía mamá.

—No seas impertinente, Simón. Y baja la voz.

—Con la cara de listos que tienen no creo que oigan ni sus propios cuescos.

El padre se mordió un carrillo. En el gesto burlón de su hijo había reconocido la herencia materna. Bien sabía él, por experiencia, que Úrsula era una mujer altiva. Brito venía atribuyendo un carácter defensivo al habitual sarcasmo de Simón, pero desde que abandonaron Costa Rica, desde que habían subido al crucero afloraba en esa ironía una cresta de soberbia, ligada a un incipiente rencor. «Está aprendiendo a odiar», pensó el padre. Sin embargo, dijo, con ánimo conciliador:

—No estaba espiándote. Fui a hacer pis y por casualidad te oí.

—¿Oíste qué?

Estaban en pie, uno a cada lado del coche, mirándose sobre la chapa sucia y caliente. Una mancha que parecía un excremento de pájaro se obstinaba en aferrarse al parabrisas. Brito rascó inútilmente.

—¿Has traído tu navaja? La que te regalé en Costa Rica.

Simón asintió.

—¿Te importaría limpiar esa porquería?

El calor destilaba humedad. Desplegando un fino pañuelo de batista con sus iniciales bordadas en hilo de oro, el gobernador secó el sudor de su frente. Simón desplegó la hoja de acero y, rayando el cristal, limpió la mancha.

—Oí que mencionabas a un tal Pájaro. ¿Quién es?

—Un amigo.

—¿Por qué se oculta tras un seudónimo?

—No se esconde. Es su apodo.

—¿Madrileño?

—Todos hemos nacido en algún sitio.

Brito se peinó las cejas con los dedos.

—¿Puedo saber a qué se dedica?

—Ni idea. Es huérfano, ¿vale? Tiene esa suerte, no como yo. El resto de sus datos los puedes ligar fácilmente. Pregunta a cualquiera de tus gorilas. A Hernández y Fernández, por ejemplo. O a ese Udías, ya sabes, el de la napia de boxeador. El carnicero de San Sebastián.

El padre apoyó las manos en el capó. La chapa estaba tan caliente como su cabeza cuando discutía con Simón. ¿Valía la pena organizar una escena familiar delante de testigos? Trató de relajarse, de pensar en algo práctico. ¿Por qué estaba ardiendo el motor? ¿Qué pasaría si de pronto empezaba a echar humo? ¿Además de poner gasolina debía revisar la correa del ventilador, el tanque de agua? La perspectiva de quedarse tirado en aquella comarca de plantadores de maíz le inquietó. Imaginó a Simón volviendo de madrugada, tambaleante, a la fonda de uno de esos pueblos.

—¿Tu móvil tiene cobertura?

—¿Con qué hablaba entonces, con una patata en la oreja?

—Simple curiosidad tecnológica. El mío, no.

—Puedes hablar con tu teléfono azul —sugirió Simón.

—Funciona conectado a una clavija convencional. Me entregarán uno al llegar a Argenta. Si es que llegamos algún día.

—Por mí podemos seguir. No te molestaré más.

—Eres mi hijo. No puedes molestarme. No lo has hecho en todo el viaje. Además, esos auriculares te aíslan del mundo.

—Me gusta escuchar música.

—¿Por qué no utilizas el reproductor del coche?

—No soportarías mi música.

—Déjame intentarlo.

—¿Para qué? Es más adecuado que sigas colocándote con Andy Williams.

—¡Un momento, muchachote! ¿Qué hay de malo en ser fan de Andy Williams?

Simón acababa de meter un brazo por la ventanilla. Pulsó un botón y la melodía de *El Padrino* empezó a sonar. Contoneándose y cerrando los puños como si encubrieran un susurrante micrófono, el chico parodió la canción. A Brito le sorprendió que conociera la letra. Hizo un esfuerzo para, también en clave cómica, tararear con Simón. «Lo siento, Andy», pensó antes de dejar caer una rodilla en tierra, los brazos en cruz como agradeciendo los aplausos de un público imaginario. Simón se rió, un tanto cruelmente. Parapetados tras el parabrisas del segundo vehículo, los policías mantuvieron su estatuaria actitud.

La absurda escena los reconcilió. Prosiguieron la ruta. Para el gobernador, más atento ahora, la carretera se reveló definitivamente como una apartada vía comarcal, con sus arcenes mal señalados, tráfico de camionetas y destartaladas cosechadoras, campos de melones, cabañas de ovejas balando por los barbechos.

—No me has hablado de ese tal Pájaro.

Simón se quitó los cascos.

—¿Perdona?

Un punteo de cuerdas eléctricas sobre violentas percusiones escapaba por los altavoces de los auriculares que acababa de arrojar al hueco de la entrepierna. En esa especie de nido se acumulaban un paquete de tabaco que el padre no había visto, la navaja y discos compactos de llamativas portadas. Una de ellas reproducía una imagen de Jesucristo descendiendo de la cruz con una gran sonrisa, y exclamando en inglés: «¡Ey, hermano! ¿No te lo habrías creído? Sólo era una broma.» Al fijarse en la tapa, el padre recordó que Simón tenía una camiseta igual, del mismo grupo. La banda se llamaba Dinamita contra el clero, o algo parecido.

—Me corroe una duda, hijo. Quizá quieras aclarármela.

—Tus deseos son órdenes para mí.

—¿Cómo puedes tener contactos personales en Argenta sin haber estado allí?

Simón podía percibir la tensión en el rostro de su padre. Cuando se dejaba llevar por la cólera, su cara adquiría una coloración rosácea. «Como un camarón puesto a hervir», pensó Simón, recordando el exilio dorado en Costa Rica. Allí no se llamaba Simón. Tampoco su padre se llamaba Álvaro Brito, sino Juan de Urrutia, un hombre de negocios que jamás hablaba de política ni de la España que ambos habían dejado atrás. Fue una época de relativa felicidad. Vivían al día, sin preocupaciones, sin tensión. En las solitarias playas del Pacífico descubrieron un refugio para pescar langostas. Al caer la noche, los caparazones crepitaban sobre las brasas de hogueras encendidas por los pescadores nativos.

—Pájaro es amigo de un amigo.

Su padre le dirigió una mirada admonitoria.

—¿Te parece normal establecer citas secretas desde un campo perdido en el mapa? Y otra cosa. ¿Por qué llamarme «viejo» cuando no hace tanto que cumplí los cincuenta?

—Sesenta, papá.

Brito estiró una decepcionada sonrisa. Úrsula, su mujer, solía admitir ante sus amigas, casi siempre esposas de militares o de altos funcionarios de Interior, que su marido era muy coqueto. «Podría haber sido actor», bromeaba. En ese momento, indefectiblemente, alguien caía en que Brito se parecía a una estrella de cine. «¿A Brando? ¿A Newman? ¿A Michel Piccoli con más pelo?», apuntaba Úrsula, despertando amables carcajadas.

El gobernador se aclaró la voz con un carraspeo.

—Supongamos que lo admito. ¿Mis canas me clasificarían en la tercera edad?

—Sé lo que te pasa —aseguró Simón—. Estás furioso porque nos hemos perdido, y por haber perdido la apuesta. Nunca miras las señales. Conduces de pena. Siempre vas pensando en chorradas.

—Vaya, hombre. ¿En qué, por ejemplo?

—En que te van a pegar un tiro. Todo el rato estás vigilando el espejo retrovisor. Nos siguen Hernández y Fernández, no un coche robado con los terroristas más buscados.

Brito explotó:

—¡No me des lecciones de seguridad! ¿Por qué nunca respondes a lo que te pregunto? ¡Cada vez me recuerdas más a tu madre!

—Dejemos a mamá fuera de esto. Ella jamás me sometería a tus métodos inquisitoriales. Es cariñosa, sensible y... ¡Cuidado!

La sombra de un tractor quedó atrás. Brito tuvo la impresión de que la colisión había sido inminente.

—Seguimos vivos —dijo, al recuperar la respiración; inspiró y expiró hasta comprobar que se estabilizaba el ritmo de su corazón—. ¿Y esa defensa de la función materna, a la que nadie ha cuestionado? ¿Corporativismo filial?

—¿Por qué usas palabras extrañas? Sólo tengo dieciséis años.

—Diecisiete. Eres un adolescente adulto. Además, estás leyendo a Rimbaud.

—Supongamos que lo admito.

—¿Que lees a Rimbaud o que tienes diecisiete para dieciocho?

—Cumpliré diecisiete en Navidad. No pienso hablar de Rimbaud.

—Háblame entonces de ese Pájaro.

—¿Qué hay de malo en tener amigos de amigos? ¿No los tienes tú en Argenta?

—Tu padre tiene pocos amigos. El cargo así lo impone. Háblame de Rimbaud.

Simón guardó silencio.

—Yo también lo he leído, hijo.

—Lo sé. El libro es tuyo. Firmado y fechado en 1960. Supongo que entonces eras un facha.

Picado, el gobernador volvió a hacer un brusco movimiento con el volante.

—Jamás he sido un fascista.

—Del Movimiento, que es lo mismo.

—Eran otros tiempos. Fui de los primeros en avalar la democracia.

—Cuando el Tío Paco hubo estirado la pata.

Brito se arrancó una pestaña. Esas alusiones a su pasado político amenazaban con establecerse como una recurrencia en el contexto de su confrontación generacional. ¿Hacía cuánto que Simón buscaba con tanta intensidad el cuerpo a cuerpo, la pura provocación? Pero no únicamente era él, su padre, el objeto de su permanente irritación. Del último centro escolar lo habían expulsado tras una bronca pseudofilosófica con el cura de religión. En el aula, exhibiéndose delante de sus compañeros, Simón había defendido la muerte de Dios. Estaba leyendo a Nietzsche.

—¿De verdad no conoces a nadie en Argenta? —preguntó Simón.

—Veamos. El subdelegado Aramburu, con quien coincidí hace años, durante un acto en el ministerio. Telefónicamente, Rosa Santos, mi jefa de gabinete. Ningún amigo de otro amigo. Ningún colega.

—Pájaro y Chato no son colegas.

—¿Quién diablos es Chato?

Brito había soltado el volante. La carrocería se inclinó. El gobernador aferró la palanca de cambios. Una marcha mal metida rascó el embrague, encabritando el motor. Las ruedas patinaron e hicieron un trompo. Por muy poco no se incrustaron contra un camión. Milagrosamente, el automóvil salió del giro en la posición correcta. Los escoltas pegaron un frenazo que a punto estuvo de sacarlos de la carretera. Brito hundió el pie en el acelerador.

—¡Maldito coche! ¡Maldito camión!

—¿Quieres mirar por dónde vamos? —exclamó Simón—. ¡No sabes las ganas que tengo de aprender a conducir, joder!

—¡Y yo de que cumplas dieciocho y te emancipes! ¿Quién es ese tal Chato? ¡No me respondas que es un amigo de Pájaro! ¡Y no digas palabras malsonantes!

—¡Déjame en paz!

Simón volvió a colocarse los cascos. Su padre replicó accionando de un manotazo el compacto de Andy Williams. Cruzaron de vuelta la Puebla de Montoro, en cuya rotonda se habían extraviado. Retomaron la nacional. Al leer de nuevo, en otro poste, las letras de Argenta, Brito experimentó una impresión de irrealidad, como si detrás de esas mayúsculas se agazapara un horizonte incierto.

Balanceándose en la música, Simón encendió un cigarrillo. Su padre reaccionó de inmediato:

—No te he dado permiso para fumar.

El chico se quitó los auriculares. A juzgar por el sonido, debía de estar escuchando algo realmente fuerte. «¿Dinamita contra el clero?», se preguntó el gobernador.

—¿Perdón?

—¿Desde cuándo fumas?

—Desde que nos abandonó mamá.

—Tu madre no ha abandonado a nadie —se exasperó Brito—. Fumas, bebes. ¿Qué hay de tu salud?

—Sólo es tabaco, papá. Ni siquiera me trago el humo. Además, todo el mundo fuma. Los médicos. También tú.

—Lo dejé hace años.

—No es verdad. Sigues fumando a escondidas, o cuando sales con una mujer.

—No estoy saliendo con ninguna mujer y no volverás a fumar en mi presencia. Eres libre de contraer el cáncer, pero no me prestaré a ser tu cómplice. ¿Has entendido?

—¿Preferirías que fumase otra cosa?

—Tira el pitillo, Simón.

El chico aspiró una bocanada y expulsó una argolla de humo.

—Mamá me dio permiso. Debió de ser antes de vuestro divorcio, pero a mí me vale.

—Tu madre y yo no nos hemos divorciado. ¿A qué más te autorizó?

—A salir por la noche.

—¿Te he negado yo ese derecho?

—Sólo hasta la una, me ordenaste ayer, sin ir más lejos.

—¿Te parece poco?

—Es un horario de guardería infantil.

—¿No eres un niño?

—Acabas de calificarme como un adulto adolescente.

—Falta mucho para que te salga pelo en el pecho. La ley te prohíbe beber alcohol, frecuentar discotecas. Y yo te prohíbo trasnochar y fumar. ¡Apaga ese cigarro! —gritó Brito, fuera de sí, alzando un brazo.

Atemorizado, Simón se cubrió la cara. Otro camión surgió tras un baden. El gobernador tuvo que poner a prueba sus reflejos para conseguir adelantarlo. La bocina los persiguió.

—¡Maldito camionero! ¡Maldita carretera! ¿Dónde estamos? ¡Dime dónde coño estamos, Simón, por el amor de Dios!

El chico cogió el mapa. De paso, como casualmente, abrió el cenicero y apagó el cigarrillo.

—¿Satisfecho, señor don mal hablado?

—¿Quieres hacerme un favor? —murmuró su padre, lívido—. Cierra la boca hasta que lleguemos a Argenta.

—Por esta carretera tampoco creo que...

—¡No me provoques más, Simón, por el amor de Dios!

Continuaron el viaje en silencio. El coche no dejaba de hacer extraños ruidos. Cuando acabó el disco de Andy Williams, el gobernador, obstinadamente, volvió a ponerlo.

Poco a poco, el paisaje se fue haciendo estepario. Simón no había encendido más cigarrillos, pero el coche seguía oliendo a tabaco.

Al acercarse a los arrabales de Argenta, su padre apagó el aire acondicionado, rezongando sobre su pésimo funcionamiento, y abrió la ventanilla. El aire era extremadamente seco. Dentro del coche, la temperatura aumentó.

Cruzaron uno de los puentes sobre el río Madre, cuyas aguas se deslizaban con languidez entre chabolas, invernaderos, cobertizos agrícolas, huertas. Un pato volaba sobre la corriente, rumbo al lejano mar, pero con tal lentitud que sus alas parecían incapaces de vencer la resistencia del viento.

Los últimos tramos de la carretera, ya con Argenta y su cielo azul al fondo, corrían paralelos a las riberas contaminadas de vertidos. Un extenso convoy del Ejército de Tierra les obligó a reducir la velocidad. Antes de llegar a la ciudad, los pardos camiones y blindados se desviaron por una pista de grava, entre nubes de polvo. Ocupando un área desértica, la base militar, con un polígono anexo de entrenamiento para los cazas, quedaba a unas decenas de kilómetros al norte.

Desde el intento de golpe de Estado, los militares ponían nervioso a Brito. A lo largo de su carrera había mantenido con ellos una difícil relación. Y algún enfrentamiento; el más serio, durante la larga noche del 23-F. No obstante, intentaba mostrarse equitativo en sus juicios. También, él era el primero en refrendarlo, existían mandos por los que habría puesto la mano en el fuego. Frente al terrorismo estaban presos en una contradicción: el gobierno no debía utilizar en su represión la fuerza militar, pero sí emplear crecientes recursos para proteger a la oficialidad. Esa tensa impotencia, bien lo sabía el gobernador, los humillaba, sembrando en los cuarteles la tentación de un golpe. Cada vez que un militar caía en acto de servicio, oía ruido de sables.

Deprimido, calculó las múltiples ceremonias castrenses, revistas de armas, juras de bandera, maniobras que en los protocolos de su cargo le aguardarían para ser presididas con las autoridades militares, y en las grandes ocasiones junto al ministro de Defensa, el príncipe, el presidente o el rey. No iba a quejarse ahora; hacía una eternidad que estaba curtido en ese tipo de vida. Teniendo en cuenta sus trastornos físicos, ese vértigo que no terminaba de vencer, ese hígado que no acababa de recuperar sus más saludables dimensiones, las migrañas, el colesterol, le preocupaba su adaptación a los rigores de un clima continental, como el de Argenta. Veranos saharianos, inviernos polares. Finalmente, tampoco dejaba de agobiarle una cuestión doméstica: ¿cómo se comportaría Simón, sin su madre, en un ambiente desconocido? «¿O no tan desconocido?», se preguntó, inquieto.

Con los cascos puestos, Simón parecía dormir. La autovía de acceso a la ciudad fue dejando atrás los esqueletos de las siderúrgicas y fábricas azucareras abandonadas tras las crisis de los años sesenta. Altas chimeneas de ladrillo refractario erguían sus ruinas entre cementerios de coches, montañas de chatarra, vías de cercanías por las que circulaban convoyes militares y mineros, sal gema y caolín, cañones y tanques para la guarnición de la base.

Se acercaban al centro. Brito contó una docena de campanarios.

Cruzaron otro puente, con los escoltas pegados detrás. Por el centro del río, una barcaza transportaba materiales pesados. Piragüas de competición deslizaban sus ahusados cascos entre boyas de colores. Se oían los gritos de los remeros, sus rítmicas paladas contra el agua sucia y compacta. Más allá, por un pontón de estructura de hierro, atravesaba el cauce un rápido de pasajeros.

Para atenuar el cegador efecto de la luz, las avenidas discurrían sombreadas de árboles.

Un área residencial dio paso a los cafés universitarios. Atravesaron el barrio modernista, con sus villas ajardinadas y sus galerías de mosaicos bizantinos, fiel a su esplendor de principios de siglo. Brito se extravió varias veces antes de conseguir aparcar frente a la Delegación del Gobierno. Una vez hubo apagado el motor, despertó a Simón. Con su hijo y los escoltas siguiéndole a unos pasos, cruzó a pie, entre bandadas de palomas, la plaza de la Catedral.

Un pétreo sol hacía fulgir los tricornios. El nuevo gobernador se anunció. Los guardias, advertidos de su llegada, le presentaron armas. Hacía tiempo que Brito no sentía un patriótico escalofrío. Estrechó con firmeza las ásperas manos de los servidores de la ley. Eran andaluces, padres de familia.

Llevaban poco tiempo destinados allí. Se iban adaptando bien a las costumbres de Argenta.

—Entra, hijo —ordenó Brito.

Con las sandalias y sus remendados vaqueros, el pañuelo en la frente y la melena cayéndole al dorso de un raído chaleco, Simón tenía un aire rebelde. Había encendido un cigarrillo, y no parecía dispuesto a obedecer.

Su padre lo tomó del brazo, le obligó a tirar la colilla y lo empujó hacia las puertas. Los guardias volvieron a cuadrarse. «¡El gobernador Brito!», exclamó un funcionario, originando un revuelo en el vestíbulo. Acudió a recibirles una mujer de edad incierta, caderas sólidas y, tras los bifocales, una mirada redonda que a Brito le inspiró una mezcla de atracción y rechazo.

—Bienvenido, señor. Soy Rosa Santos, su jefa de gabinete.

—Buenas tardes, Rosa. Por fin estamos aquí.

—Lo dice porque nos hemos perdido —intervino Simón—. Esto queda en el culo del mundo.

La funcionaria sonrió, desconcertada.

—¿No han tenido un buen viaje?

—Llegar hasta aquí ya es una pasada —repuso Simón—. Estamos vivos de milagro. No hemos sufrido un accidente porque el de arriba debía de estar de huelga.

—Nuestro gobierno está haciendo un esfuerzo por mejorar las comunicaciones —dijo ella; era evidente que seguía turbada.

—No se esfuerce, Rosa —le aconsejó Brito—. Ya irá conociendo a mi hijo Simón.

—Encantada, Simón. ¿Desea que le sirvamos café en su despacho, señor, o prefiere subir directamente a su residencia?

—¿Un cacao, Simón? —apuntó el padre.

—Ahora mismo no deseamos nada —se mofó el chico—. Puede retirarse.

—Eso no ha tenido gracia, muchachote. Un vaso de leche contribuirá a despejar tus ideas. Te lo tomarás conmigo. Discúlpenos, Rosa. Veamos la casa en primer lugar.

—¿Quieren seguirme? Usaremos el ascensor privado. Espero que le agrade la ciudad, señor. Y también a ti, Simón.

Brito correspondió con una sonrisa cortés. Simón dijo:

—He vivido en tantas que ya me resbala. ¿Puedo fumar en el ascensor, señorita?

—Claro que no —le volvió a censurar su padre—. No puedes fumar en el ascensor ni en ninguna otra parte. ¿Has entendido?

Fingiendo desolación, Simón arrugó el paquete en el bolsillo. Descubrió que llevaba la cremallera a mitad, y la subió con calma. Pudorosamente, la jefa de gabinete clavó la vista en el espejo biselado del ascensor, un modelo arcaico, en madera, con un banquito tapizado de terciopelo púrpura. Como la cremallera de Simón, la cabina subía los pisos muy despacio.

Brito preguntó:

—¿A qué distancia está el suelo?

La cuestión no tenía demasiado sentido, pero la funcionaria, experta en solucionar imprevistos, reaccionó con naturalidad.

—¿La altura de la residencia? No me he parado a pensarlo. Se trata de una cuarta planta, pero los techos son tan elevados... —Sonrió, como orgullosa de esa característica del edificio—. Podríamos consultar al arquitecto... Déjeme calcular. —Se animó a dirigirle un guiño—: Soy de letras, como usted, señor.

—¿Ha leído a Rimbaud? —preguntó Simón.

—Me temo que no... —Ella asimiló el gesto de inteligencia que el gobernador le dirigía sobre la nuca de su hijo, y añadió—: ¿Veinte metros, tal vez?

—¿Muchas ventanas? —palideció Brito.

—No sé... Supongo que al menos dos o tres por habitación —estimó la jefa de gabinete, esforzándose por conservar la naturalidad—. Sin contar las galerías corridas. Y habría que añadir los balcones, las terrazas. Y la piscina, a la intemperie tras una simple mampara de cristal.

—¿Cómo a la intemperie? —repitió el gobernador, tan blanco como el cuello de su camisa.

—¿Podré invitar a mis amigos? —preguntó Simón.

—¿Qué amigos? —cuestionó el padre.

—No me hará falta presentártelos, seguro que tienen ficha policial. No se asuste, señorita —siguió diciendo Simón—. Hoy en día los programas de rehabilitación para delincuentes juveniles están muy avanzados.

—Deja de hacerte el gracioso —masculló el padre, con la boca seca. Decidió que, en lugar del vaso de leche, se iba a tomar un lingotazo de algo fuerte.

El lento y aristocrático ascensor se detuvo con una chirriante tensión de sus sirgas de acero, desnudas como las tramoyas de una caja escénica. Conos de luz caían sobre la ancha escalera de mármol.

A la residencia se podía entrar por tres puertas. La funcionaria indicó la central.

—Aquí tiene la llave. ¿Prefiere que abra yo misma? No sé si sabré, yo casi nunca... Pasen. Quizás encuentren algún cubo por los rincones. Me he permitido encargar una limpieza a fondo. Ah, todavía están trabajando. Mire, señor, le presento a doña Pepa, su ama de llaves. Toda una institución en esta casa.

La matrona lucía un pulcro uniforme, y cofia. Frente al nuevo inquilino de la casa del poder, los nervios la traicionaron. Se disponía a articular una especie de reverencia cuando Brito, con un ademán realmente monárquico, se lo impidió.

—Un placer. Mi hijo y yo procuraremos ocasionarle el menor trabajo.

Otras dos mujeres, también de uniforme, aunque sin cofia y con mandilón, acababan de hacer acto de presencia.

—Daisy, Lucinda —las introdujo Rosa—. El gobernador Brito. Su cocinera y su doncella, señor.

—¿Realmente es doncella? —preguntó Simón.

Lucinda emitió una risita. El gobernador se sonrojó. También Daisy reía francamente. Ambas tenían un aire exótico. Brito dio por supuesto que no eran españolas. Con amabilidad, les preguntó su origen.

—Peruanas —dijo Daisy—. Para servirle a usted.

—Con los papeles en regla —informó la jefa de gabinete.

El gobernador asintió, complacido.

—¿Vemos el piso?

Las mujeres del servicio pasaron delante. Alzaron estores, subieron persianas. Los salones se inundaron de luz.

—¿Naftalina? —olfateó Brito.

—Para conservar los ajuares, don Álvaro —contestó doña Pepa.

Al paso de las enormes estancias, de altos y artesonados techos, la jefa de gabinete comenzó a informar al gobernador sobre los asuntos de mayor urgencia. Rosa era partidaria de restringir al público la toma de posesión. Convocatoria que, a su juicio, debería limitarse al ámbito institucional y a una representación de la prensa «seria». Brito dio el plácet.

—Diseñe el acto.

El salón de recepciones era inmenso. Estaba forrado en nogal y coronado por una cúpula que desde el exterior proporcionaba al edificio un curioso sesgo de observatorio astronómico. Libros de arte y enciclopedias encuadernadas en piel compartían estanterías con objetos decorativos de atrabiliaria procedencia. Brito imaginó a las sucesivas gobernadoras adquiriendo acuarelas, jarrones, grabados de época. El resultado era una amalgama de mal gusto. En una imposible miscelánea, un trípudo buda se avecindaba con lámparas de zoco ceutí y abanicos sevillanos de nacaradas bellezas, a lo Romero de Torres.

Un ordenanza se presentó para advertir que había llegado el camión de la mudanza. Estaba estacionado en el callejón trasero. Simón asociaba cada traslado a la aparición de uno de esos vehículos contratados para transportar su hogar ambulante. En esta ocasión, la disminuida familia Brito desplazaba pocos bultos; para traer las cosas almacenadas en un guardamuebles de Madrid había bastado un camión pequeño. La mayor parte del mobiliario doméstico, así como las mejores piezas de anticuario, las esculturas y cuadros adquiridos a lo largo de siete provincias, algunos viajes de placer y veinte años de matrimonio, habían seguido el éxodo de la madre.

Uno de los transportistas subió para comprobar los accesos. Brito se negó a que izasen los muebles más pesados por el exterior de la fachada, a golpe de polea. Siempre había temido a la curiosidad ajena, muy en particular los comentarios de sus subordinados, casi nunca benévolos; no quería inspirar cotilleos ni chanzas. Hubo que desmontar los muebles y subir por los ascensores cajones y baldas.

En un paréntesis de tanto ajetreo, Brito facilitó a su jefa de gabinete una copia del albarán de la mudanza. Un reglamento interno obligaba a relacionar en riguroso inventario el listado de bienes particulares. De esta manera, en teoría, los patrimonios de las Delegaciones del Gobierno (que en Argenta, a pesar del cambio de nomenclatura, seguía llamándose, a nivel popular, incluso institucional, como antes, como siempre, Gobierno Civil), de los que era titular el Estado español, permanecían más o menos intactos en las sedes oficiales. De vez en cuando, sin embargo, se echaba en falta un óleo, una alfombra, una lámpara de cierto valor. Por lo común, acababa deduciéndose la identidad del culpable, pero no siempre el hurto era imputable a alguno de los sucesivos residentes. Un tradicional recelo al escándalo solía sepultar bajo la discreción, primero, bajo el olvido, después, aquellas palaciegas sustracciones de guante blanco.

De trazado rectangular, con largos y anchos pasillos, la residencia particular del gobernador de Argenta era luminosa y tan amplia que sus dos mil metros cuadrados podrían albergar a varias familias.

Una de las fachadas daba al cimborrio de la catedral; la otra, a un solar yermo. La vista hacia el río resultaba pintoresca, pero por la parte posterior la carpintería metálica de las insonorizadas galerías se abría sobre sórdidas callejuelas —Temple, Montemolín, Aguadores—, rebosadas de escombros y gatos, con algún borracho cantor y, en la noche canalla, colonizadas por chulos de baja estofa y tristes bombillas de burdeles ínfimos. Hacia el corazón del casco viejo, entre tabernas fragantes a queso curado y vino peleón, subsistían vetustas fondas, francas a gentes bohemias y viajeros sin bolsa. En aquella parte nada limpia, pero encantadora, de la ciudad, el paisaje urbano se oxigenaba en recoletas plazas. Presidiéndolas, palacios renacentistas resistían junto a viviendas arrendadas a emigrantes y edificios administrativos procedentes, como la propia Delegación, del régimen anterior.

La guía del Colegio de Arquitectos de Argenta había clasificado los principales baluartes burocráticos de la dictadura franquista bajo un ostentoso y común denominador: «Estilo imperial.» Austeras fachadas de ladrillos con balconadas y aleros amparaban vastos espacios interiores. Abundaban los zócalos de teselas vidriadas y neogóticas vidrieras emplomadas en la década de los cuarenta por una mano de obra tan barata como la de los presos republicanos confinados en la prisión provincial de La Santidad. Los poncios de posguerra, duros capataces, no dudaron en humillar su voluntad y sus altaneras espaldas de reos políticos. Con nulo coste para las arcas del Generalísimo fueron levantándose mussolinianas fachadas, ciclópeos salones, lóbregos calabozos, desvanes y sótanos que irían acumulando, según avanzaba la paz de Franco, gallardetes y metopas, cerámicas, una orgía de oropel institucional que finalmente, al cabo de su inútil vida, daría trabajo al motocarro del chatarrero.

Aires de fortaleza prestaban una virtud militar al Gobierno Civil. Ese agobio sustancial, inyectado a los muros, impedía el vuelo del águila de piedra atrapada entre los yugos y flechas del escudo que no había dejado de blasonar junto a la bandera de España.

—¿Mi despacho? —preguntó Brito, cruzando otra sala y abriendo el balcón. Un relámpago de luz natural lo aturdió.

—En efecto, señor —confirmó Rosa.

El peso de un trasnochado lujo lastraba las tapicerías, las alfombras, el papel pintado. La cabeza disecada de un ciervo macho adornaba la chimenea. Sus ojos de cristal miraban con huidiza expresión, como si todavía, después del sacrificio, se aprestara a escapar de algún peligro invisible.

El gobernador acarició las marfileñas astas.

—Soberbio trofeo, ¿no es cierto? —comentó la jefa de gabinete—. Aseguran que lo cobró el Caudillo.

Además de desplazarse con cierta frecuencia hasta los cuarteles de Argenta, a Franco le gustaba lanzar sedales a los ríos trucheros de las Montañas Gemelas, en cuyos riscos abundaban los primitivos quebrantahuesos, y el sarrio. Brito sonrió para sí. ¿Quién, en el ministerio, no había oído hablar del celo con que León de Laguna, el célebre gobernador de Argenta en los años sesenta, amenizaba los deberes castrenses de su Excelencia? Tampoco a él, admitió, le hubiera importado participar en una de aquellas legendarias monterías, organizadas con tanto esmero por León de Laguna. Don Francisco —El Tío Paco, como le llamaba Simón— apreciaba a su dilecto montero; tanto, que llegaría a recompensarse con un ministerio. El León de Argenta, según le conocían sus fieles, representaría una pieza de prestigio en el estático ajedrez del dictador; e iba a ser uno de los escasos próceres que le asistiría en su larga agonía hospitalaria.

Tras la muerte de Franco, la democracia había sorprendido a don León con el paso cambiado. Octogenario, seguía residiendo en Madrid, pero mantenía abierta su casa de Argenta, hasta donde se desplazaba para vigilar los negocios familiares y apoyar con su presencia mítines de candidaturas de extrema derecha.

Ya en la transición, Brito se había entrevistado con él. Su encuentro estuvo marcado por el odio del veterano político hacia la figura de Adolfo Suárez. De la conversación, Brito dedujo que cualquier acercamiento de la vieja guardia al recién acuñado mandato constitucional resultaría utópico. El León de Argenta le advirtió que si osaban legalizar a los comunistas, su gente impulsaría una revuelta militar. «¿Su gente? ¿Quiénes?», había inquirido Brito. «Hombres de honor, españoles en armas», había rugido el León.

Junto al embalsamado ciervo, dos cabezas de cabra hispánica erguían sus rugosos cuernos. La dura piel y los rectos bigotes les conferían un aspecto vagamente diabólico. Brito se preguntó si también los habría abatido el rifle del Caudillo.

La jefa de gabinete señaló:

—La cámara de seguridad está al fondo.

Detrás del escritorio, bajo un lienzo histórico inspirado en la Jura de Santa Gadea, se disimulaba una puerta. Su pomo apenas se distinguía entre los motivos geométricos del papel pintado. Brito comprobó que a través de ella se accedía a una habitación estrecha, sin ventanas, iluminada por tubos de neón.

Entró. Olía a cerrado. Encima de un tablero se disponían ordenadores, sofisticados aparatos de radio, una pantalla plana de televisión, línea de fax, otros ingenios digitales. El teléfono azul, hilo directo con la cúpula del Ministerio del Interior, reposaba sobre una mesita, junto a la trituradora de documentos.

—En cuanto lo requiera, un oficial le explicará al detalle las funciones de cada instalación —dijo Rosa—. ¿Se fija en ese piloto, junto al escáner? Un circuito alimenta toda la residencia. Los pilotos rojos le advertirán de las llamadas procedentes de nuestros centros neurálgicos. De esta manera, señor, estará usted informado de cualquier emergencia. Encontrará mis números telefónicos y otros datos en la ficha de personal. Como el resto de mis compañeros, ni que decir tiene, estoy a su plena disposición, a cualquier hora del día o de la noche.

—¿Es usted casada? —quiso saber Brito, ruborizándose al admitir que había derivado la pregunta de los ecos de la palabra «noche».

El rubor de la funcionaria fue más intenso aún.

—No.

—Mi mujer —añadió el gobernador, como para compensar la inoportuna alusión a su vida privada— se reunirá con nosotros en el plazo de algunas semanas. Tenía asuntos pendientes que resolver en Madrid.

—Si lo desea, será un placer ayudarla a instalarse.

Uno de los neones empezó a parpadear. Se apagó y, tras unos segundos, se fundió el otro tubo. Al extinguirse la luminosidad acumulada en las resistencias quedaron prácticamente a oscuras.

—Aquí vemos de qué sirven los avances de la técnica —intentó bromear Brito.

—Ignoro qué ha podido ocurrir.

—¿La puerta está blindada?

—Sí.

—¿La ha cerrado usted?

—No se alarme, señor, puede abrirse desde dentro. Este incidente nos servirá para solicitar una fuente de energía alternativa. No entiendo por qué nuestros técnicos no han instalado un generador autónomo.

—Me ha parecido ver un artefacto que podría responder a esa descripción. Detrás de la trituradora, creo.

La voz de Brito se hizo premiosa.

—¿Podremos salir?

—Esté tranquilo. El dispositivo de apertura se acciona con un simple botón.

—¿Y si no funciona?

—Comunicaremos a través de una línea externa. El número de sus escoltas es el cerocero. Ahora mismo debe de haber varios en el garaje, a la espera de recibir órdenes. ¿Me permite pasar?

Salvo el parpadeo de una lucecita verde, correspondiente a algún sistema de alimentación independiente, la oscuridad era total.

El gobernador se había quedado quieto, apoyado contra lo que parecía el filo metálico de una de las estanterías sobrecargadas de ficheros y resmas de papel. Su tímpano derecho estaba ensordeciendo con las trompetas que anunciaban el dolor. Una viscosa sudoración humedecía sus manos. Intentó sostenerse en Rosa cuando notó su cuerpo, apenas sin espacio, presionando el suyo, pero sus brazos permanecieron caídos a lo largo del tronco. Respiraba con agitación.

—¿Se encuentra bien?

Aunque no podía verla, sintió su aliento y una leve presión contra su camisa, como si las puntas de sus pechos le hubiesen rozado.

—¡Gobernador!

Brito tuvo la sensación de estar cayendo a un pozo abierto bajo sus pies. Mientras ella tanteaba para encontrar el dispositivo de apertura, se sentó en el suelo y estiró las piernas como un desmadejado guiñol. Pasaron quizás uno o dos minutos, pero a él se le antojó una angustiosa eternidad.

La puerta se abrió. Una ráfaga le deslumbró. Rosa se asustó al verle tirado. Uno de sus ojos giraba en el interior de su órbita; el efecto era siniestro. La mujer gritó. En seguida acudieron Simón y la señora Pepa.

—¿Qué ha pasado? —exclamó el chico—. ¿Qué es este búnker?

Cargó a su padre, lo sacó de la cámara y lo tumbó sobre una alfombra.

—¡Está muerto! —exclamó doña Pepa.

No debía de ser cierto: Brito emitió un gemido en reivindicación de la vida.

—Le ha dado fuerte —murmuró Simón—. ¿Dónde está su chaqueta?

Rosa indicó el sofá.

—Un vaso de agua. ¡Rápido!

En los bolsillos interiores, junto al telegrama de siete palabras con el que el presidente Aznar le deseaba un responsable servicio al Estado, Simón encontró las tabletas de betahistina. Le obligó a tragar una. El gobernador tosió convulsivamente. Un par de arcadas hicieron temer a Simón que los alborotados jugos gástricos de su padre fueran a expulsar el sándwich de ensalada y pollo que había tomado en una gasolinera, de camino hacia Argenta, apenas un par de horas atrás, mientras él dormitaba en el coche su resaca de anfetas y alcohol.

—Será mejor que le acostemos.

—¿Llamo a un médico? —consultó Rosa.

—Tiene vértigo. Le ataca cuando menos lo espera. Se le suele pasar con la pastilla. Me extraña que le haya dado ahí dentro.

Simón sonrió.

—¿Duró mucho el apagón?

—Muy poco —repuso, con sequedad, la funcionaria.

El gobernador estuvo durmiendo hasta el atardecer. Al despertar, en el centro de una enorme cama con dosel, se sintió débil.

Salió al pasillo. Simón ayudaba a los operarios con los muebles. Se había quitado la camiseta. El sudor hacía brillar sus delgados músculos.

—Ponte algo encima, hijo, hazme el favor.

—¿Estás mejor?

—Sigo mareado. Creo que volveré a acostarme. Te llamaré si me encuentro peor. ¿Cuál es tu habitación?

—He decidido quedarme con el cuarto de la chacha.

Brito dedujo que debía de referirse a una especie de zaquizamí situado bastante más allá del tramo de alcobas con cama de matrimonio y cuarto de baño; un cuartucho que antes, al revisar la vivienda, habían entrevisto en la antecocina, al final del corredor, junto al escobero. Se encogió de hombros.

—Muy original. Probablemente estará ocupado. ¿Se te ha ocurrido preguntar dónde duerme doña Pepa?

—En su casa. Tiene un marido en paro y tres hijos pequeños.

—¿Cuándo has averiguado todo eso?

—Mientras tú vacilabas con tu secretaria.

—Simón...

—Las chicas peruanas, en cambio, duermen aquí. Detrás de la cocina, entre el cuarto de la plancha y el montacargas, hay otra habitación de servicio. Prefiero la del pasillo, en serio. Así no te molestaré cuando toque el bajo. ¿Me lo comprarás mañana?

—Cómpratelo tú mismo, Simón. Y sigue haciendo lo que te dé la gana. Sólo te voy a poner una condición. En Argenta no debe de haber muchos jovencitos que tengan a disposición un servicio con tres mujeres. Ninguna de ellas va a ser tu chacha. El término me parece vejatorio. ¿De acuerdo?

Brito miró a su hijo mientras acarreaba cajas por el corredor. Simón tenía un sentido innato de la propiedad: sus libros, su televisión, su habitación. Y la planta de un hombre. Estaba mudando el timbre de voz. Su cuerpo se estiraba, crecía.

El chico fue trasladando sus cosas: la ropa de mercadillo, manuales de asignaturas que iba estudiando a salto de mata, cómics ilustrados sobre héroes del universo, su equipo de música, sus discos. Además, una colección de sombreros y cintas para el pelo, sandalias y botas de básquet, el diario (un cuaderno en tapas negras, con una calavera pirata). Retiró el crucifijo y clavó en su lugar una lámina impresionista de una mujer desnuda, con grandes y mantecosos pechos, y las manos cubriendo con falso pudor el monte de Venus.

—¿Y eso? —preguntó Brito, disgustado.
—Arte, papá.

Era de noche cuando los mozos de la mudanza, empapados en sudor, acabaron de limpiar el serrín. Brito los acompañó hasta la salida. A última hora también él, al encontrarse mejor, había arrimado el hombro; sudaba bajo su camisa de seda.

Padre e hijo se contemplaron sobre una muralla de cartonajes y papel de embalar.

—Te has puesto hecho un cristo —dijo Simón.
—A saber dónde habrá ropa limpia.
—Puedo dejarte una camiseta.
—¿Una de esas efigies del Nazareno promocionando el amor libre? No, gracias.
—Tengo una de Costa Rica —insistió Simón—. Con pájaros y una ballena soltando un chorrito de agua.
—Déjate de coñas y vamos a cenar.

Tomaron asiento en el salón comedor, iluminado por una araña de cristal con más de cincuenta bombillas. A indicación del gobernador, doña Pepa abrió las balconadas. Había caído la noche, pero un torrente de calor seguía hirviendo en los cielos de Argenta.

Después de la cena, Brito, sin poder conciliar el sueño, dio una vuelta por los salones, aún en desorden, con paquetes y objetos desperdigados a la espera de encontrar ubicación. Simón había cerrado su puerta. En el ala de servicio se oía el murmullo de una televisión. El gobernador imaginó a las camareras peruanas en pijama, disfrutando con el programa concurso. Pensaba a menudo en Úrsula. Desde su separación, la hacía vigilar discretamente.

A veces, en la soledad de la noche, la echaba de menos. Trataba de recordar sus virtudes, los buenos momentos transcurridos juntos, pero después, más morbosamente, solía imaginarla desnuda, rodeada de sombras, anhelante y confusa, a la espera de ser poseída por cuerpos anónimos.

Entonces la llamaba por teléfono. Sólo para oír su voz. Ella se ponía muy nerviosa, y colgaba. Le había acusado de estar molestándola, pero el gobernador negaba ser el autor de esas llamadas.

Debían de ser las dos de la madrugada. Sobre las sábanas de su cama marcó el número que ella misma le había facilitado, por si la necesitaba su hijo. El timbre estuvo sonando largo rato. Esperó unos minutos y volvió a llamar. Úrsula descolgó al fin. Su marido contuvo el aliento. Sentía intensas ganas de hablar con ella. Iba a hacerlo cuando tuvo la viva impresión de que había alguien a su lado.

Úrusula dijo:

—Por favor, Álvaro, no me asustes. Si eres tú...

Confuso entre el dolor y un tenebroso placer, el recién nombrado gobernador de Argenta dejó que su respiración, cada vez más agitada, se trasladara hasta el otro extremo del hilo. La serena voz de Úrsula se rompió al llamarle impotente. El gobernador colgó el teléfono azul, pero luego, una vez interrumpida la línea, lo conservó apoyado en su regazo. Su mate superficie le proporcionaba impresión de seguridad, como si realmente, vinculándose a los instrumentos materiales de su autoridad, lo mantuviese a salvo de cualquier amenaza, del miedo y la traición, pero sobre todo de la soledad que se cernía sobre él como la sombra inseparable del poder.

2

La muerte del Generalísimo levantó barricadas en las avenidas de Argenta.

Apenas se hubieron celebrado las pompas fúnebres del padre de la patria, la ciudad aparentó recobrar el espíritu libertario de la Segunda República. En un clima de insurgencia, con el espantajo de la guerra civil agitando el miedo y la rabia, se sucedieron marchas obreras, cargas policiales, una manifestación tras otra.

Las calles se transformaron en campos de batalla. Pirámides de neumáticos ardían en la noche. Un acre olor a pólvora se instaló en el aire.

En Argenta, el primer gobernador de la transición fue Pedro Antonio Cubillo. Como Adolfo Suárez o Álvaro Brito, había ocupado cargos en el Movimiento y en las Cortes franquistas. A la capital de los desiertos mesetarios trajo fama y maneras de duro. Tomó posesión dispuesto a meter en cintura a las brigadas de obreros y estudiantes revolucionarios que luchaban en el asfalto, codo con codo contra los temidos grises.

Pero no se aclimató. El mandato de Cubillo fue tan corto que los funcionarios del Gobierno Civil le apodarían el Breve. Apenas dos años iba a durar su estancia en Argenta.

A pesar de sus desvelos, y del permanente despliegue de las fuerzas del orden, la ciudad sería objetivo del terror.

El anuncio de que la paz iba a sufrir un secuestro temporal sobrevino a las siete y media de una aciaga mañana del mes de enero de 1977. Una deflagración, que pudo oírse a cincuenta kilómetros de distancia, y por supuesto en el recinto militar de la base, desde la que, de inmediato, partió una unidad acorazada, sobresaltó a los ciudadanos que aún dormían, entre ellos al gobernador Cubillo.

Alguien, una mano negra, había hecho explotar una bomba en la Comisaría Central de Policía. Dos agentes de guardia murieron reventados por la metralla. En consideración y número indeterminados, algunos peatones resultaron heridos. El edificio, de cuatro plantas, se había venido abajo. A modo de pobre consuelo, la autoridad, encarnada en Pedro Antonio Cubillo, emitió, en un primer balance, la siguiente (y, en opinión de muchos, pobre reflexión): Dada la potencia del explosivo, y la vecindad de un colegio por cuyas puertas, apenas una hora más tarde, debían entrar cientos de alumnos, la catástrofe podría haber sido mucho peor.

Consciente de que el meticuloso Martín Villa iba a exigir a sus colaboradores información exacta y puntual, tanto de la investigación policial como de las consecuencias de la tragedia, el gobernador empezó a tomar decisiones. Cuadró, por teléfono, al capitán general, quien, si bien a regañadientes, acató sus órdenes y dispuso el retorno a la base de la columna de blindados. De manera inmediata, Cubillo sacó sus efectivos a la calle y precintó la ciudad, instalando controles en la autovía y en los principales puentes sobre el río Madre. Desde el asalto de los grapos a un furgón blindado, episodio que había tenido lugar el año anterior, no se ponía en práctica una operación de cierre.

En busca de sospechosos, fue registrado hasta el último apartamento del barrio estudiantil, un anillo de pisos baratos, en su mayoría de alquiler, que circunvalaba los edificios de las facultades y el campus central.

De manera arbitraria, miembros de la Liga Comunista Revolucionaria, de la Larga Marcha hacia la Revolución Socialista y diversos grupúsculos de la izquierda radical fueron detenidos como presuntos encubridores, sin otros cargos probados que su fichada militancia. Mientras los bomberos seguían trabajando entre las ruinas de la Comisaría Central, se les trasladó a los calabozos del Gobierno Civil. Un portavoz de Abogados por la Democracia, cuyos letrados asesoraban de oficio a sindicalistas y simpatizantes de los movimientos marxistas, denunció malos tratos en las odiadas «tocineras» y en el posterior curso de los interrogatorios. La palabra «tortura» aparecería impresa en algunos periódicos. Cubillo negaría cualquier infracción de los derechos asistenciales.

Todo sucedía muy deprisa. El ministro de Interior se desplazó a la ciudad en un avión de la Fuerza Aérea. Quedó alojado, junto con su séquito, el director general de la Policía, el general director de la Benemérita, el director general de la Seguridad del Estado, en la residencia del gobernador Cubillo.

Horas después del funeral de los agentes, una masiva concentración en el campus reclamaba la puesta en libertad de los presuntos sospechosos. El acto tuvo como epílogo un concierto previamente programado de la Nueva Trova Cubana. Cuando Silvio Rodríguez y Pablo Milanés aparecieron en las escalinatas de la Facultad de Ciencias, cinco mil gargantas exigieron la cabeza de Cubillo y las dimisiones de Martín Villa y de Adolfo Suárez. Un encapuchado subió al escenario, encendió una tea y le pegó fuego a una bandera de España. Junto a sus llamas se agitó una ikurriña. Era el argumento que las fuerzas antidisturbios, formadas en el exterior, de tres en fondo, aguardaban para violar, sin la preceptiva autorización del rector, el recinto universitario. Precedida de disparos de humo y pelotazos de goma, una carga montada de grises arrolló la multitud, las pancartas, la tarima escénica y, como un castillo de papel, el chiringuito de firmas en solidaridad con los detenidos. Bajo los cascos de los caballos, varios estudiantes quedaron tumbados en la hierba. Entre ellos, una chica particularmente atractiva. Parecía conmocionada. No podía hablar, no recuperaba el sentido. Sus compañeros la metieron en un Volkswagen escarabajo y la trasladaron a la Clínica Universitaria. Cubillo fue informado por el gerente del centro hospitalario de que la muchacha, hija de un catedrático, estaba inmersa en un cuadro comatoso. Sufría, además de conmoción cerebral, rotura de varias costillas y serias lesiones en un ojo, cuya visión, según el diagnóstico provisional, quedaría afectada por el «accidente». «No le quepa duda de que lo ha sido», repuso el gobernador, ensayando la respuesta que después administraría a su familia. «¡Ah! ¿Por qué una chica de buen apellido se habrá enrolado en la algarada maoísta?», se preguntaría en voz alta un demudado Cubillo, al informar en vivo, poco después, al ministro.

Martín Villa hizo unas cautas declaraciones, ordenó el desplazamiento a Argenta de un grupo de élite especialmente adiestrado en técnicas contraterroristas y regresó a Madrid.

Transcurridos tres días del atentado, tres noches que el gobernador iba a soportar sin la reparación del sueño, entrando y saliendo de comisarías y celdas, una llamada a *El Comercial* sirvió para que la facción vasca reivindicara, como nuevo patrimonio de su lucha armada, las ruinas de la Comisaría Central de Argenta. El ministro, desde Madrid, volvió a hacer un llamamiento a la calma y colaboración ciudadanas, refrendando la declaración presidencial, una frase nuclear de Adolfo Suárez que inspiraría titulares a los periódicos: «El Estado de Derecho jamás cederá al chantaje del terror.»

¿De qué modo, sin embargo, obtener resultados a corto plazo?

Cubillo carecía de pistas sólidas. Por suerte para él, su buen amigo Álvaro Brito, por entonces gobernador de Navarra, iba a echarle una mano. En un piso de Pamplona, los hombres de Brito sorprendieron a uno de los presuntos autores del atentado de Argenta. Entre la documentación intervenida figuraban planos de la comisaría dinamitada e itinerarios habituales de distintas autoridades. El propio gobernador Brito, hombre clave en los esquemas de la seguridad de la nación, ocupaba un lugar de honor en el interés de los terroristas. Tenía abierto dossier. Debajo de una fotografía suya, alguien había escrito: «Perro español.»

Argenta, redactó Cubillo, en un informe confidencial dirigido a Martín Villa, era una plaza abierta, un objetivo fácil para golpear y huir. Atendiendo sus recomendaciones, el ministerio envió unidades de complemento y reorganizó las fuerzas del orden en los acuartelamientos del valle del río Madre.

Sin embargo, otros comandos, apoyados, según Cubillo, por elementos locales, obreros y estudiantes de afiliación maoísta y anarquista, iban a seguir actuando en la zona.

Las esperanzas del gobierno ucedista, que negociaba bajo cuerda con nacionalistas vascos y, en la sombra, con los independentistas armados, se fueron diluyendo. Hubo atentados en Madrid, San Sebastián, Barcelona. Sólo en Argenta cayeron sucesivamente, víctimas de artefactos explosivos, o acribillados en la vía pública, un senador, un general en la reserva, un coronel, un policía municipal, otro nacional, un magistrado.

Los nervios de Pedro Antonio Cubillo se quebraron en el funeral de la que sería la última baja de su mandato: el teniente Diego de Laguna, nieto primogénito del León de Argenta.

Cubillo había presidido su ceremonia de graduación en la Academia Militar. Su guapa novia y su ilustre abuelo estuvieron presentes en la tribuna de autoridades. El joven oficial tenía veinticinco años. En el ágape posterior a la parada, el gobernador le trató personalmente. Diego de Laguna era apuesto, divertido, creía en el sistema democrático, en la necesidad de una reforma castrense.

Aquel verano de 1978, un pistolero lo mató de cinco disparos en la plaza del Carmen, al salir del estanco donde cada mañana compraba un paquete de Habanos. En el lugar del crimen, con el cuerpo boca abajo, tirado en la acera, el gobernador Cubillo sólo pudo reconocer el fino bigote de tradición familiar. La sangre manaba de un agujero en la nuca y de un costurón del uniforme. Parte de una mejilla había desaparecido, dejando al aire el maxilar. Era temprano, pero el sol beduino de Argenta iluminaba la plazoleta con deslumbrante luz. Hacía tanto calor que el cadáver, protegido con la americana de un transeúnte, empezaba a descomponerse.

La capilla ardiente quedó instalada en el Patio de Armas de la Academia General Militar. La bandera ondeaba a media asta. Bajo el inmisericorde cielo, los cadetes velaban el féretro, cubierto por la enseña nacional y un fúnebre crespón. Llegó la madre. El silencio imponía. Llegó la novia, hermana de uno de ellos. Llegó en coche oficial, de nuevo en luctuosa embajada, Martín Villa. Parecía que la tensión, de un momento a otro, iba a rasgar las paredes del aire.

Como en una pesadilla, Cubillo vio avanzar, entre las filas de oficiales, a León de Laguna. Llevaba en las manos el sable y la gorra de gala de su nieto. Al gobernador le pareció que, a su paso, los cadetes erguían aún más los entorchados pechos. El viejo tenía los ojos rojos de llorar. Un hilo de baba le había manchado la corbata de respeto. Se fue hacia la tribuna. Dejó a un lado al ministro, cuyo puente de la nariz sudaba bajo las gafas de concha. La boca le tembló cuando, cogiendo al gobernador por las solapas, pero blandamente, como se reprende a un subalterno, le susurró: «El cielo confunda tu alma, Iscariote.»

Esa noche, bajo el dosel de la cama de época que centraba el dormitorio principal, Cubillo despertó empapado en sudor. En sus agitados sueños, uno de los cadetes había afilado el sable y le cortaba el cuello en presencia de la tropa. Tuvo la nítida sensación de que su hora estaba próxima. Alguien iba a acabar con su vida. Un terrorista. Un familiar de las víctimas, asumiendo el papel de vengador. Se levantó, temblando, y anduvo como un fantasma por la residencia vacía. Al paso de los salones, en lugar de relojes franceses y trofeos de caza, creía ver espectros con las manos ensangrentadas, las cuencas de los ojos vacías de toda piedad.

Tuvo miedo, mucho miedo.

Martín Villa aceptó su irrevocable carta de dimisión. Cubillo sería destinado a la delegación de Apuestas Mutuas y Deportivas de Santiago de Compostela, al otro extremo del país. En su despedida, los periódicos de Argenta le dedicaron párrafos de una fría cortesía. El Breve jamás regresó a la ciudad de manera oficial, pero Matías Risco, redactor de sucesos de *El Comercial*, juraba haberlo visto en un club del casco viejo, El Abanico, con peluca de mujer y carmín en los labios, fumando mentolado, bebiendo y dándose a los hombres como una perdida. Según Risco, que también bebía, y mentía, demasiado, El Breve había comenzado a travestirse en el Madrid del antiguo régimen, por lo que se le apartó a provincias, a Argenta. «Salía de la Delegación con una bolsa deportiva, para disfrazarse de mujer en la Posada de las Almas —insistía Risco en la tertulia del Café La Taurina, sin lograr que ninguno de los presentes le concediese mayor crédito—. De allí, travestido en putón, partía a hacer la calle, las chapas.»

Tras aquel, en cualquier caso, ambiguo, soltero y prescindible gobernador Cubillo, hoy probablemente jubilado en alguna remota aldea gallega, fueron llegando a Argenta, la provincia más seca y desértica del país, sucesivos cónsules de Moncloa.

Casi siempre nombrados a sugerencia del aparato, o por inclinación personal de los ministros de Interior, Rosón, Barrionuevo, Corcuera, ejercieron, para sus respectivos gobiernos, las nunca confesas intrigas de comisarios políticos, muñeron listas y ceses, diseñaron campañas electorales, operaron en el tejido social, lucharon por combatir la corrupción, la delincuencia, el terror armado de las bandas establecidas al margen de la Constitución y las leyes.

Pero no todo fueron esfuerzos y sacrificios para mantener el orden establecido. En épocas de Bonanza, cuando se declaraba una tregua, y la rutina administrativa se adueñaba del Gobierno Civil, se entregaron a la molicie institucional. Jugaban al tenis, al golf, montaban a caballo en el picadero del Casino, explorando los barrancos rupestres y las rutas de las viejas minas de plata. Algún que otro poncio, animado por el fluido tráfico de información privilegiada, no dejó pasar la oportunidad de iniciarse en los negocios inmobiliarios y la especulación urbanística, el fácil enriquecimiento en la Bolsa de valores.

Los gobernadores ucedistas, como Cubillo o Álvaro Brito, procedían en su mayoría de las filas del Movimiento. Eran elegidos entre aquellos cuya conversión democrática no había debilitado sus antiguos principios de autoridad. Los socialistas, casi siempre cuadros del partido, se mostraron sectarios. Argenta aceptó a unos y a otros, incorporándolos de manera natural, como un gigantesco calamar capaz de metabolizar nuevos ingredientes en su dieta.

Además, estaban ellas. Absortos en las múltiples obligaciones de su función, incluidos los esparcimientos lucrativos y atléticos, los representantes del Estado permitieron que sus esposas, al margen de presidir la postulación del Domund, el concurso anual de encaje de bolillos y las exposiciones de pintura sacra en el Palacio Arzobispal, consagrasen sus mejores esfuerzos a modernizar la decoración de la residencia con sucesivas reformas domésticas.

A la primera de esas itinerantes damas, sucesora de la inexistente señora de Cubillo, y esposa de un tal Dionisio Redondo, alias el Bizco, antiguo procurador del Tercio Familiar, no le agradaron, por citar un botón de muestra, los cortinajes de color púrpura, a juego con los edredones y el banquito aterciopelado del ascensor, que separaban las salas a modo de telones de un barroco escenario teatral. «¡Sangre, sangre!», se comentaba entre los funcionarios que había gritado Cubillo la noche en que volvió de enterrar al teniente Laguna. Decidió cambiarlos.

Doña Eleanora de Redondo, llamada la Bizca aunque, a diferencia de su marido, poseía una saludable mirada, era colaboradora de la revista *Telva* y otros semanarios de hogar. Sólo necesitó unas tijeras para recortar sus patrones predilectos y una secretaria eficiente, cualquiera de las funcionarias adscritas al gabinete de su marido, para hacerse acompañar en la elección de las telas, los muebles, las jardineras de plantas autóctonas que transformarían la azotea en un mínimo jardín botánico, con riego por goteo y toldos de arpillera que se hinchaban al viento como velas con perfume a clorofila.

Así, sin orden ni desmayo, pues el Estado, a través de la contaduría de Gobernación, pagaba con puntualidad todos los gastos, tanto de Eleanora de Redondo como de sus herederas en el cargo consorte, pasaron a engrosar el patrimonio de la residencia del Gobierno Civil de Argenta empotradas vitrinas de caoba para soportar la plata, trampantojos de querubines y hadas, un billar, espejos modernistas, un futbolín, una sauna, una bañera de hidromasaje. Se renovó la cocina (gobernadora Mercedes de Valenzuela). Consolas escocesas y una mesa de ceremonia de madera de cerezo subastada por el Banco de España quedaron ancladas en el salón de recepciones y en el salón comedor. Bajo las nuevas colchas de color miel (Eleanora de Redondo), sábanas negras (Antonia de Díaz Laviña) agregaron una nota de audacia a los clásicos ajuares del dormitorio conyugal.

La última reforma de doña Antonia, estimulada por elementos de diseño, caprichosas lámparas, un transparente escritorio que parecía flotar en el despacho privado, junto al mástil de una bandera de España, sólo había conseguido abigarrar aún más la decoración.

De paso en Madrid, a la espera de destino, los Díaz Laviña habían almorzado con su sucesor. Álvaro Brito le pidió a su colega los últimos informes sobre seguridad. Y a su esposa, la gobernadora, los teléfonos de sus proveedores. El propio Brito, a distancia, durante las semanas que demoró en arreglar sus asuntos, se preocupó de encargar a su nueva jefa de gabinete, Rosa Santos, cuya voz, a través del teléfono, le había parecido cálida y sensual, diversos accesorios y útiles, papel oficial, vinos del país para agasajar a sus invitados, aparatos de gimnasia para Simón. Fue también un recurso, una manera de distraer la tensión de su conflicto matrimonial, que atravesaba una crisis sin salida inmediata.

—¿Ha llamado mamá? —preguntaba de vez en cuando Simón.

Apenas llevaban unas semanas en Argenta. Cajas de cartón sin desembalar se acumulaban todavía por los pasillos de la residencia.

—¿Seguro que no te ha llamado?
—Que yo sepa, no —suspiró Brito—. Y eso que tu madre y yo tenemos pendiente una conversación en profundidad.

Estaba trabajando en el despacho, sobre la ilusoria superficie acuática del escritorio de cristal. Nada le irritaba tanto como ese hábito de su hijo de entrar sin llamar y exigirle atención exclusiva.

—Me gustaría hablar con ella.
—¿Qué te lo impide?
—No sé su número.
—Suponía que estabais en contacto.
—Hace mucho que no sé nada de mi madre.

—No me tomes el pelo, Simón.
—Te lo prometo. La última vez hablé con ella en Costa Rica, pero desde entonces no he vuelto a tener noticias suyas.
—¿Ninguna llamada?
—No.
—¿Cartas?
—Tampoco.
—No mientas.
—No lo hago. ¿Por qué me acusas?
—Acostumbro estar enterado de los asuntos que me afectan.
—¿Qué quieres decir?
—Nada de lo que sucede en esta casa me es ajeno.
Simón se situó a la defensiva.
—¿Estás escuchando mis conversaciones?
Brito decidió eludir una nueva discusión. Se peinó las cejas con los dedos. Apartó el informe y miró a Simón con aparente franqueza.
—Tu madre se ha refugiado en un pueblecito de la costa mediterránea. Cadaqués. Oficialmente vive con una amiga, pero tengo mis dudas. Tal vez haya un hombre en su vida. —Hizo una pausa levemente dramática, antes de agregar—: He dicho «tal vez», pero quizá debería haber dicho: «Hay un hombre en su vida.»
Simón asimiló la información. Si le causó alguna reacción, no la denotó.
—¿Puedo ir a verla?
El gobernador hizo un gesto de indiferencia.
—¿Preferirías vivir con ella?
Para desconcertarle, utilizaba la táctica de responder con preguntas. Añadió, consciente de que le dominaban los celos:
—¿Tienes prisa por conocer a tu nuevo papá?
Simón se puso rígido.
—No está bien que calumnies a mamá. No lo mere-

ce. Ella jamás pondría en duda tu integridad. Te pido que, delante de mí, la respetes.

Brito sintió que le faltaba oxígeno. Le palpitaban las sienes. Se levantó y salió al balcón. Como a través de un catalejo invertido, vio la plaza muy lejos, muy abajo. Paralizado por el vértigo, apoyó las manos en la piedra porosa de la balconada, sucia de polvo y lo que decididamente parecían ser deyecciones de palomas. «¿Para qué tendremos tres mujeres de servicio?», se preguntó. Intentó formular esta cuestión de viva voz, a fin de reafirmarse, de conjurar la disipación de su mente, pero el simple chasquido de su lengua al batir contra la humedad del paladar le horadó los tímpanos. Una banda de música se estaba formando en la plaza. Brito intuyó que si llegaba a sonar un instrumento —«¿Una aguda trompeta?»— se retorcería de dolor. Casualmente, llevaba encima una tableta de betahistina. La tragó con un golpe de tos. De espaldas a Simón, que permanecía en pie, en el interior del despacho, con las manos en los bolsillos de sus rotos vaqueros, a duras penas pudo aguantar la sensación de caída libre. Un grupo de sacerdotes del Cabildo salía de la catedral. Sus negras siluetas desfilaron bajo el balcón. El deán, que ya había pasado, como el resto de autoridades principales, a presentarle sus respetos, le saludó. Brito correspondió alzando el brazo, al estilo romano.

La crisis remitió. Dentro de su cerebro se fue apagando aquel sordo y lacerante rumor. Cerró el balcón y volvió a ocupar su butaca. Simón seguía inmóvil.

—¿Algo más?
—¿Por qué has dicho eso?
—¿A qué te refieres?
—Acabas de acusar a mamá de adulterio.

—Se trata de una simple hipótesis. No le des tanta importancia. Yo mismo no se la concedo, ya ves.

Brito retomó el informe y se puso a escribir. En el silencio del despacho se oyeron con nitidez los arañazos de la estilográfica sobre el papel timbrado. Simón preguntó:

—¿Cómo te has enterado? ¿También la espías a ella?

El padre alzó la cabeza. Como consecuencia del vértigo, su ojo izquierdo giraba lentamente en su órbita. Dijo, con un hilo de voz:

—Entre mis aficiones no figura la de vigilar a mis seres queridos.

—¿Por qué no la dejas en paz? ¡A lo mejor sólo quiere vivir su vida!

—¡Sal de mi despacho! —exclamó el gobernador—. ¡Ya hablaré contigo!

—¡No me grites!

—¡Fuera de mi vista!

Simón abandonó la estancia dando un portazo. El cuadro del rey tembló. Brito pegó un puñetazo en el escritorio; el vidrio se agrietó. Se había cortado. La sangre empapaba el papel. La restañó con un pañuelo. Para calmar sus nervios, se sirvió una copa. La apuró y la estrelló contra el hogar. «¿Para qué diablos habrán hecho una chimenea, con este calor?», pensó, al filo de una crisis nerviosa.

Llamaron a la puerta. Era Daisy, la camarera peruana.

—¿Necesita ayuda, señor? He oído ruido y...

—No es nada, Daisy. Un vaso roto.

—¿Se ha hecho daño?

—Un rasguño sin importancia.

—Recogeré los cristales.

—Después lo hará, no se preocupe.

—Disculpe la molestia, señor.

Brito sepultó la cara entre sus largas y delgadas manos. El corazón le latía como un tambor. Revolvió cajones hasta encontrar una caja de puros. Cerró las persianas y encendió la lámpara de lectura. Se quitó la americana, los zapatos, se tumbó en un diván. «Un psiquiatra y estoy servido», pensó. Calmarse, fumar: éstas fueron sus órdenes.

Por algún mecanismo asociativo que no acertaba a desentrañar, desde que habían regresado de Costa Rica las broncas con Simón le hacían recordar las tensiones del País Vasco y Navarra a finales de los años ochenta. Su segunda etapa como delegado gubernamental había sido muy parecida a una experiencia bélica. Por entonces, el niño no tenía aún diez años. Su padre disfrutaba jugando con él, viendo películas de Charlot, Tintín y la factoría Disney.

Simón había nacido en 1980, en Toledo, la ciudad de Úrsula. Tras la desintegración del partido de Suárez, los Brito se refugiaron en la ciudad imperial. Temporalmente, el gobernador ejerció la abogacía. En comparación con el norte en llamas, Toledo era un remanso de paz. Allí dio principio el idilio de Álvaro Brito con los socialistas manchegos. A través de su clan, mantuvo algunos encuentros con Alfonso Guerra. El propio Felipe González, a quien no había tenido ocasión de conocer, le sondeó durante una visita al Alcázar. Brito no albergaba intenciones de volver a la política activa, pero cuando, por medio de un intermediario, le ofrecieron incorporarse, con la confianza del Gobierno, con plenos poderes, al núcleo del problema vasco, no supo o no quiso negarse.

Con el auge del felipismo, durante seis largos años, en el curso de los cuales se agrió su carácter, y envejeció, Álvaro Brito había asumido el cargo de gobernador civil de Guipúzcoa. El suyo era un caso extraordinario en Interior. Desde el punto de vista de un observador imparcial, la circunstancia de haber ocupado puestos de relieve bajo siglas rivales avalaba su talla profesional. Pero todavía faltaba el triple salto mortal. El hecho de recuperar ahora su escalafón a iniciativa de los conservadores hubiera parecido casi increíble si, según argumentaba él, con falsa modestia, «cumplidos treinta años de servicio a España, veinte de los cuales en primera línea de la seguridad del Estado, no estuviese considerado un experto en la lucha contraterrorista». No era menos cierto, probablemente, que unos y otros, gobierno y oposición, temían su larga memoria. Mantenerlo en activo podía resultar el método más eficaz para garantizar su silencio.

Pero esa dedicación, Brito no lo ignoraba, suponía peajes, riesgos. La convivencia acababa por resentirse en aquella atmósfera de paz armada. Los miembros de su familia no habían sido una excepción. Como tantos otros, sufrieron la opresiva sensación de una amenaza constante. No resultaba fácil soportar la presión, el clima de larvada violencia, la custodia de hombres armados, las súbitas operaciones en mitad de la noche, el lenguaje duro y conciso del poder.

El peligro era real. Al menos en tres oportunidades, los terroristas habían intentado acabar con su vida. La primera fue en su etapa ucedista, en Pamplona, mediante un mortero que estalló no lejos de su vivienda. La segunda, en San Sebastián, con una motocicleta-bomba lista para explosionar en el garaje del club de squash al que acudía con regularidad. El tercer y maquiavélico zarpazo se ocultaba en una sepultura-trampa colocada en el cementerio de Gernika, donde se iba a celebrar un oficio fúnebre en memoria de una víctima del tiro en la nuca: falló el detonador.

En la semántica de su código de honor, esos frustrados ataques reducían su significado, su trascendencia, al número de veces que de manera estadística había vuelto a nacer. Cuando le preguntaban por aquellas maquinaciones fingía una suerte de desdén que juzgaba apropiado para el equipaje del héroe. «Debo de tener siete vidas, como los gatos —repetía—. Para desesperación de mis impacientes verdugos, me quedan cuatro.»

Su nombre era fijo en la lista. Los activistas tenían obsesión por cazarle. Desde los tribunales del terror, entre otras supuestas culpas, se le acusaba de administrar torturas, corromper a presos políticos y haber contribuido a la fundación del Batallón Vasco Español.

Con alguna frecuencia, Brito se sentía solo en la defensa de las instituciones democráticas. Estaba vivo, cierto, pero no todos sus compañeros podían decir lo mismo. Algunos no habían tenido tanta fortuna. ¡Cuántas derrotas! ¡Cuántos funerales! Demasiadas viudas. Demasiados ojos vacíos de lágrimas. Y, siempre, en medio de la belleza del País Vasco, de su agreste costa y los bosques que exploraba con Simón, esa atmósfera de delación y odio enroscada a la realidad como una víbora venenosa. En semejantes condiciones, la vida de un gobernador era allí muy dura. Aunque jamás lo habría admitido, Brito estaba harto de reconocer cadáveres, cuerpos mutilados entre hierros torcidos. Harto de la prensa, de inútiles sermones dominicales, de estrechar manos en entierros de gente inocente. Harto de los jueces, de los obispos, de la gendarmería francesa y, muy en el fondo —pero aquí su censura interior le impedía manifestarlo—, de una casta dirigente que consideraba adocenada, cobarde y, en una abrumadora proporción, políticamente incapaz.

En el hombre alto y serio, con el pelo planchado hacia atrás, que ahora, a pleno día, fumaba pensativamente en la penumbra de su despacho; en el político que en público se expresaba con palabra firme y ademanes autoritarios, poco o nada quedaba ya de aquel joven *azul*, barroco y soñador, comprometido con la aventura democrática.

El tiempo había ido madurándole hacia los severos otoños del poder. Si en su etapa iniciática, en la transición, el primer Brito asimilado a los destinos del País Vasco se había caracterizado por su voluntad pactista, por una cierta inclinación al entendimiento con los sectores moderados del nacionalismo; más adelante, despojado por la áspera realidad de sus sueños románticos, tendía a protegerse tras la armadura de un justiciero. Cuando, después de cada nueva muerte, tenía que enfrentarse, en cualquier calle o plaza de Guipúzcoa, a un enjambre de micrófonos sobre los que a menudo caía una lluvia que a él, a la incierta luz del amanecer, o de las sirenas nocturnas, se le antojaba del color de la sangre vertida, su voz se alzaba contra la intolerancia con un timbre que cada vez sonaba más parecido a la venganza.

Úrsula no podía soportar a los escoltas. Simón, que tenía siete u ocho años, asistía también protegido, a un colegio de San Sebastián; debido, quizás, a su carácter introvertido, o sencillamente al candor de la infancia, se quejaba menos. La obsesión de Brito por la seguridad del niño alcanzó extremos patológicos. Un día estuvo a punto de golpear a un fotógrafo que les disparó una placa en el fútbol. Se había propuesto evitar que existiera una sola imagen de su hijo. Enseñó a Úrsula a recelar incluso de su sombra. Jamás iban al cine, a tomar unas tapas por el casco viejo. Al principio, el matrimonio organizaba cenas en su residencia, pero no era extraño que sonase el teléfono. Entonces, el gobernador musitaba una disculpa y, dejando a sus invitados al cargo de su mujer, partía en una caravana de vehículos camuflados, junto a Udías y varios de sus hombres, hacia el lugar donde estaba a punto de fraguarse una acción policial.

Su segunda etapa en el País Vasco destacó por la desarticulación de varios comandos. Proseguían las negociaciones subterráneas entre el Gobierno y la banda armada, pero la superficie, la realidad, las calles de Bilbao, Argenta y Madrid, de tantos pueblos y ciudades, seguían cubriéndose de víctimas. Se hacía difícil contar, recordar a los muertos.

Brito dormía poco. Había empezado a tomar tranquilizantes. Padecía ansiedad. Cuando se le empezaron a multiplicar los vahídos y vértigos preguntó a su médico si el trastorno tenía algo que ver con sus seis tazas diarias de café puro y el tónico de whisky con que solía regalarse, como digestivo, después de cada comida. El médico le recetó reposo, una temporada alejado de los escenarios de la lucha. Nada más ajeno a su pensamiento que la solicitud de un traslado —«Un soldado jamás abandona el campo de batalla», argüía—, pero los informes del director general de Seguridad y, sobre todo, ciertas opiniones vertidas por el propio Brito en un debate radiofónico —«Puedo llegar a entender a quienes defienden la pena de muerte»— aconsejaron su relevo. En el fondo, estaba listo para abandonar una tierra donde la opresión, el cerco, el aislamiento y el cuadro depresivo que en particular sufría su mujer, venían amenazando la estabilidad de la pareja. Cuando el ministro Barrionuevo le llamó para decirle que España podía estar orgullosa de contar con servidores como él, pero que incluso los mejores elementos del Estado necesitaban de un período de reflexión y descanso, sintió decepción y rabia; también, un secreto alivio.

Aquella Navidad fue la última que los Brito celebraron en San Sebastián. En Nochebuena, el gobernador tuvo que asistir en Irún al interrogatorio de un *abertzale* vascofrancés. Era poco más que un adolescente. Estaba en un calabozo del cuartelillo local, medio desnudo, con síntomas de extrema alteración. Se había cagado en los pantalones. «De miedo», dijo un agente, burlándose de su humillación. «Sin la pistola y la confesión de esas ratas de sacristía se van por la pata para abajo», añadió el comandante al mando, pegándole un revés en la cara. A una señal de Brito, Udías se quitó la chaqueta y lo trabajó a fondo. «¿Dónde cena usted?», preguntó el gobernador al comandante cuando el detenido terminó de cantar y ambos salieron a respirar un poco de aire fresco. «¿Cenar, gobernador? ¿Qué le parece si compartimos una ensalada de hostias con nuestro invitado de honor? Todavía no ha probado el segundo plato, la especialidad de la casa. Tenemos que exprimirle un poco más.» «Es Navidad —insistió Brito—. «¿Y su esposa, su familia?» «Lo primero es lo primero. El turrón puede esperar. Esta noche le voy a comer los cojones a ese cabrón.»

El gobernador volvió a la residencia, se cambió de ropa, se hizo servir un whisky, vio el discurso del rey en televisión. Úrsula y él cenaron con Simón. Brito mezcló suficiente vino y champán como para ahogarse. A los postres, junto al Nacimiento de figuras de porcelana, el matrimonio sostuvo una fuerte disputa. Fuera de sí, Brito culpó a su mujer de inhibirse, de amargarle la existencia y, finalmente, a gritos, de su cese. Estaba borracho. Iba a pegarle cuando vio al niño, de pie, en el pasillo; mirándoles.

Úrsula aguantó otras dos semanas cuajadas de un hosco silencio. Después, sin despedirse de su marido, aunque sí, emocionadamente, de Simón, se fue. Cogió un tren a Madrid y otro a Toledo.

El gobernador y su hijo permanecieron en San Sebastián. Tras innumerables intentos por parte del gobernador, que se sentía vencido, solo, Úrsula aceptó ponerse al teléfono. La conversación, plena de mutuos reproches, no arregló nada. Brito, a su término, pidió perdón. A pesar de ese acto de contricción, ella planteó una separación temporal.

Llegó la hora del relevo. Mediante una afectuosa carta, el ministro agradecía a Álvaro Brito los servicios prestados. Un dossier adjunto contenía instrucciones. Como medida de cautela, la Dirección General de Seguridad había dispuesto que permaneciera un tiempo indefinido en Madrid, ocupando un piso de titularidad estatal donde anteriormente se habían alojado testigos protegidos y agentes de la Interpol en misiones de cooperación internacional. Se le recomendaba eliminar cualquier actividad relacionada con su cargo, cambiar de aspecto, no dar un paso sin advertirlo con antelación.

El apartamento madrileño pertenecía a un bloque de viviendas de protección oficial, situado en la vecindad del aeropuerto de Barajas. Simón y él llegaron en su coche particular, con un policía a bordo, directamente desde San

Sebastián. Había algunos muebles, pocos, y latas en la despensa. Escoltas armados iban a turnarse en su vigilancia. Uno de ellos, Ramón Udías, notable tirador y maestro en artes marciales, se había convertido en la sombra de Brito.

Acostumbrado a la acción, aquel obligado retiro, ese eterno paréntesis de inactividad fue para el ex gobernador una condena. ¿Cómo llenar los días sin operaciones en clave, rastreos, rescates? Abatido, daba en pensar que, más allá de sus movimientos autorizados, no había espacio para un hombre libre. Siguió bebiendo y abusando de los barbitúricos. Contaba los aviones que aterrizaban en Barajas como pesados pájaros. Una noche, después de hablar por teléfono con Úrsula, las fuerzas le abandonaron y se puso a llorar mansamente.

Gracias a una gestión del secretario particular del ministro, Simón había obtenido plaza en un colegio próximo. Podía ir caminando. Uno de los policías lo acompañaba a clase mientras su padre se quedaba en el piso vacío, leyendo los periódicos y escuchando la radio frente a una taza de café con leche que lentamente iba expulsando el calor.

Brito se dejó crecer el bigote y una perilla cana. Había renunciado al servicio y él mismo hacía la compra, cocinaba, planchaba. Comía solo. Bailaba claqué. Escuchaba a Dean Martin mientras contaba los aviones que despegaban de Barajas hacia destinos que imaginaba llenos de magia. Algunas tardes, dejándose llevar por la inercia de sus pasos, se acercaba a la valla del colegio, entre coches aparcados y contenedores de basura, para recoger a Simón.

En su primera reunión evaluativa con el director del centro, Brito fue desfavorablemente informado. La capacidad de adaptación de su hijo era casi nula. Sin embargo, dependiendo de las asignaturas, había acreditado un nivel escolar bastante alto. Pinchaba en las materias de ciencias, y en clase de religión. «A su hijo no le interesa nada que guarde relación con Dios», le dijo el director, con el tono de un clérigo. «Me extraña, porque su madre siempre ha insistido en darle educación religiosa», repuso Brito, sin asombrarse, realmente. «¿Ella no ha podido venir?» «Mi mujer y yo hemos mantenido algunas diferencias —admitió el político—. Nada definitivo, pero de mutuo acuerdo nos hemos concedido un plazo de reflexión.» «¿Divorciados?» «No, no he dicho eso.» Brito imaginaba que aquel colegio, en el que también estudiaba un hijo del presidente del Gobierno, estaba regido por profesores seglares, pero en ese momento se dio cuenta de que estaba hablando con un sacerdote. Le hubiera gustado acabar de golpe con años de contemporización o franca hipocresía en asuntos religiosos. Sin embargo, la prudencia y una impertérrita fidelidad hacia las jerarquías y estructuras ideológicas en las que aún seguía descansando su fe democrática, y a las que todavía creía representar, le invitaron a callar.

El curso del tiempo pareció detenerse para el ex gobernador. Encerrado en su apartamento, se resignó al tránsito de las semanas, los meses, los trimestres. Dejó de usar el teléfono, de escuchar la radio. Se tumbaba frente al televisor, pero cuando Simón le preguntaba por algún programa, por el resultado de los partidos de Liga, no recordaba nada. Sólo le apetecía comer —estaba engordando de manera alarmante— y pasear por las calles artificiales de un cercano polígono industrial, seguido a distancia por Udías o cualquier otro agente. Mal vestido, sin afeitar, erraba entre las naves contando en el cielo las sombras de los aviones que despegaban de Barajas.

Uno de esos almacenes de maquinaria pesada le recordaba otro en el que se descubrió un zulo. En aquel infecto agujero, la organización había mantenido secuestrado a un empresario de Neguri. Uno de los topos de Inchaurrondo había localizado el escondrijo en un arrabal de Zarautz. La nave se tomó de noche, con medio centenar de hombres. Hubo tiroteo. Uno de los secuestradores cayó herido. Álvaro Brito fue el primer ser humano que el empresario vio al salir de su cárcel subterránea. No había podido olvidar sus pupilas, dilatadas de miedo. Olía a vómitos, a desechos orgánicos. Se abrazaron: una corriente de humanidad fluyó entre ambos. El empresario precisó tratamiento psiquiátrico. Después, su familia lo aisló. En vano, Brito intentó establecer puentes. Nadie colaboró.

Tampoco Úrsula quería hablar con él. Después de insistir, de apelar a las raíces más profundas de su historia común, y de interceder Simón, que fue quien finalmente la persuadió, Brito consiguió entrevistarse con su mujer en un hotel próximo al aeropuerto. «Terreno neutral», había condicionado ella. No quería pisar el apartamento. El hotel se llamaba Ariel. «Como el detergente —había ironizado Simón—. A ver si os deja a los dos bien limpios.» La habitación, de puro funcional, neutralizó el deseo de Brito, que horas antes se desbocaba. Simón estuvo un rato con su madre, a solas, mientras su padre tomaba un whisky en la cafetería; después entró el marido. Tuvo una inspiración humorística: al cerrar la puerta giró el cartelito de «No molesten». Como dos perfectos desconocidos, Úrsula y él estuvieron hablando sentados en sillas de ejecutivos, junto al cobertor que unas horas atrás había arropado a otros huéspedes. A través de las cortinillas venecianas se veían las plateadas panzas de los aviones que despegaban y aterrizaban en Barajas. Brito los contaba, inconscientemente. Cuando, desarmado por la necesidad de aferrarse a la última tabla de su naufragio, quiso besarla, ella apretó la boca; en la quebrantada dignidad de Brito se abrió paso la certidumbre de que la estaba perdiendo. Insistió, con dura torpeza. Rogó. Ella no permitió que la desnudara. Se fue quitando la ropa y se metió en la cama, tapándose hasta la barbilla. Hicieron el amor de una manera rápida y, para ellos, antaño meticulosos en las caricias, en los besos, brutal. Entre esa mezcla de posesión, pérdida y angustioso placer, a ninguno de los dos les fue posible discernir la necesidad del instinto. El deseo se había disfrazado de una rencorosa violencia. Y el amor, sencillamente, no existía.

Úrsula se fue esa misma noche, en un avión. Ni siquiera permitió que la despidiera en el aeropuerto. Su marido no volvería a verla en mucho tiempo.

Algunos días después, cuando se cumplían nueve meses de su forzada dimisión, un funcionario de Interior comunicó a Brito que, cumpliendo órdenes «de arriba», debía abandonar el país. Rumbo a Suramérica. Brito preguntó si esa decisión tenía que ver con la seguridad de su entorno, si su vida o la de su hijo corrían peligro. El funcionario se limitó a darle cita.

Pasó por el ministerio para recoger sus papeles. Además de su poblado bigote, de la perilla y del estómago que le abultaba la camisa, se había rapado el cráneo. Ninguno de los empleados públicos que pululaban por el departamento le reconoció. ¿Quién estarían imaginando que era? Brito tuvo una vergonzosa revelación: quizás intuían en él a uno de esos confidentes beneficiarios de fondos reservados, cuyos opacos billetes se guardaban, bien lo sabía él, en la caja fuerte del despacho colateral al ministro, correspondiente al director general. En otro negociado le atendió, con más deferencia, un antiguo responsable del Cesid, quien le hizo entrega de una cartera con sus nuevos documentos. Se había elegido para él una identidad con ecos de conquista: al otro lado del charco iba a llamarse Juan de Urrutia. Su hijo sería su sobrino Juan.

La tarde previa a su partida del país, Álvaro Brito dejó de contar los aviones.

La embajada les recibió con displicente hospitalidad. Costa Rica era una belleza. Para tranquilidad del ex gobernador, que había jurado, a causa del vértigo, no volver a volar, Simón y él descubrieron que, a bordo de lanchas y todoterrenos, el pequeño país de los volcanes podía atravesarse desde las playas caribeñas a los arenales del Pacífico.

Simón parecía contento. Había asimilado su nuevo nombre y condición de refugiado, y no parecía echar en falta a su madre.

«Tómalo como unas vacaciones, hijo», le había aconsejado su padre.

Realmente, lo fueron.

Pasaban semanas en las selvas, acampados bajo la floresta, junto a infinitas playas de palmeras salvajes entre las que asomaban las sombras de traviesos monos. Dormían en *lodges*. Sobre el suelo vegetal, dentro de sacos, al calor de una hoguera. Vieron osos perezosos. Un jaguar. Loros grandes como urugallos. Pescaron un merlín que, en su agonía, les hizo costear la isla del Corro, un refugio de piratas frente a la desembocadura del río Sierpe. Simón iba siempre más allá del límite recomendado por los guías. Un atardecer en que se había alejado siguiendo a una tropa de chicleros descubrió, semienterradas en la selvática vegetación, unas misteriosas esferas de piedra. Presentaban superficies lisas, perfectas. Cuando regresaron a San José, preguntó al embajador por esas piedras. El diplomático no pudo satisfacer su curiosidad. «Ni siquiera los arqueólogos han conseguido explicarse cómo las pulieron, ni sus posibles usos.» Simón aseguró que estudiaría arqueología para descifrar el enigma.

El ministerio había alquilado, para Juan de Urrutia y su sobrino Juan, un chalet en una de las lujosas áreas residenciales de San José. Hasta cuatro hombres armados con metralletas y revólveres que parecían haber sobrevivido a una guerra olvidada custodiaban la mansión.

Brito empezó a trabajar como ejecutivo de una compañía multinacional, exportadora de banano y piña. En realidad, seguía cobrando de las mismas fuentes, que transferían con puntualidad, en divisa americana, el monto completo de su salario gubernamental, incrementado con un capítulo de dietas. La embajada había arreglado los trámites para que Simón pudiese estudiar en el Liceo Francés.

El bonancible clima les fue contagiando una sana relajación. Brito compró una yegua pinta para pasear por la falda de los volcanes. La bautizó con un nombre que le traía encontrados recuerdos: *Yoyes*. De vez en cuando, dejando a Simón en San José, hacía un viaje por la región. Cruzó la frontera varias veces, pero se trataba de desplazamientos cortos, en coche, de tres o cuatro días a lo sumo. A su hijo le explicaba vagamente que lo requerían misiones comerciales.

Pasaron dos años. En todo ese plazo no hubo alarmas. La sombra del terror no parecía lo bastante alargada como para alcanzar el idílico valle central de San José de Costa Rica, donde los Urrutia compartían una vida ociosa, sin sobresaltos, casi feliz.

3

La rehabilitación política de Álvaro Brito tuvo bastante que ver con las afinidades del nuevo ministro de Interior.

Brito intuía que, una vez ascendido a la cúpula de la seguridad nacional, Jaime Mayor Oreja iba a mostrarse bastante más inflexible de lo que la bíblica mansedumbre de su imagen sugería a los electores del Partido Popular.

Ambos políticos tenían en común algo más que un mutuo conocimiento personal. Una simbiosis de disciplinas e intuiciones compartidas los había aproximado en el Congreso. Mientras Brito desempeñaba sus responsabilidades en el País Vasco, recibió frecuentes visitas del futuro ministro, por entonces diputado en las filas de la oposición. Con los años, llegaría a establecerse entre ellos una ligera amistad. Lo que no impediría que, a finales de los ochenta y principios de los noventa, aquel Brito enrolado con los socialistas y el aspirante a *lehendakari* mantuvieran enfrentamientos dialécticos sobre las actuaciones del Estado en el País Vasco.

En el fondo, aunque Brito, de cara a la galería, al menos, hacía gala de una aparente flexibilidad, ambos eran partidarios de la línea dura: intervencionismo policial, presión sobre la judicatura y la prensa, cuerpo a cuerpo electoral, en todas las arenas, pueblo por pueblo, caserío por caserío, con la simiente de la autodeterminación, legal o radical. «Nuestro papel consiste en evitar que el árbol de la independencia haga nacer nuevos brotes», decía Brito. «Hay que talar el árbol», replicaba Mayor.

En 1996, Jaime Mayor accedió al ministerio. Removió cargos, situó peones, cimentó las bases de otra estrategia. Ávido de ofrecer resultados al gabinete y a la opinión pública, aceleró la ejecución de algunas operaciones pendientes. Tras una racha de éxitos policiales, los servicios secretos detectaron que la organización, como una hidra, renovaba sus cabezas, su cuerpo celular. Había movimiento en las mugas. En las ciudades vascas, grupos violentos se disponían a hostigar las calles.

Interior sospechaba que, camuflados en las universidades del norte del país, jóvenes estudiantes sin historiales delictivos podrían estar prestando cobijo y apoyo logístico a comandos en itinerancia para matar. Las fuerzas del orden iban a ser advertidas del nada académico atributo de la Universidad de Argenta como vivero terrorista. Por otra parte, la última reagrupación de presos etarras había trasladado a la prisión de La Santidad a una veintena de activistas en cumplimiento de condena. Argenta recuperaba la consideración de ciudad de riesgo. Expertos en la lucha contraterrorista habían recomendado infiltrar agentes en las facultades y entre la población reclusa, así como proceder al nombramiento, al frente de las fuerzas de seguridad, de un delegado con capacidad y carácter.

En ese contexto, la opción de Álvaro Brito se impuso a una terna de diputados de mayor peso político, pero con escasa o nula experiencia en la represión de ETA. El presidente Aznar, que tenía, a través de Mayor Oreja, un juicio válido de Brito, dio su visto bueno al nombramiento.

La maquinaria de Interior se puso en marcha. Apenas llevaba Mayor un par de meses al frente del ministerio cuando el servicio de información de la embajada de Costa Rica, en clave cifrada, recibió instrucciones para repatriar a Juan de Urrutia.

Mayor quiso ser el primero en notificárselo. Al fingido magnate de frutas tropicales la noticia le sorprendió trotando a lomos de su yegua, *Yoyes*, por las faldas del volcán Arenal. A través del Atlántico, del túnel del tiempo, el hilo de voz del ministro se dispersó en su celular de fabricación malaya con el rumor de los ríos de lava que bajo el humus pardo y caliente de la falda volcánica discurrían a pocos palmos de las herraduras del animal. Escuchando los requerimientos del ministro, el orgullo de Brito se dejó desbordar por una hipérbole adánica: su deber, decidió en ese mismo instante, no era otro que contribuir a apagar las llamas de ese otro volcán que amenazaba arrasar el corazón verde de España. Sólo puso una condición: regresaría en barco. «¿Por qué?», preguntó, extrañado, Mayor Oreja. «Voy a confesarte una cosa, Jaime. Tengo vértigo al avión», repuso Brito. El ministro le acució: «Cruzar el charco te llevará un par de semanas. ¿No puedes venir antes? Te necesito ya.» «Paciencia, ministro. A cambio, aceptaré que me impongas un comisario o dos.» «Tenemos gente seria en Argenta», rió Mayor, aliviado por la rápida ocupación de la plaza.

Juan de Urrutia pasó la noche en blanco con su amante nativa, una india boricua a la que había conocido como *stripper* de un club de San José, y con la que compartía un apartamento discreto. Puso en venta el caballo y el jeep, hizo embalar los cuadros indigenistas y el rifle de repetición adquirido para abatir jaguares, y reservó pasajes de primera clase en un crucero trasatlántico. La embajada corrió con todos los gastos.

Simón no supo cómo despedirse, qué explicar a sus amigos del Liceo Francés de San José. Por él, habrían permanecido en ese edén a su medida. Estaban a mitad de curso; perdería el año.

Gracias a las tabletas de betahistina, Brito no sufrió los temidos vértigos durante el periplo marítimo, aunque sí mareos y náuseas. Se quedaba en el camarote, a media luz. Llegó a aborrecer el ojo de buey cuyo doble cristal, cuando el casco bandeaba, reflejaba las aguas grises del Atlántico. Esquivo, Simón apenas le hablaba. Dejaba pasar las horas de luz en la piscina de cubierta, tomando el sol y escuchando música con los cascos puestos.

A Brito le alegró regresar a Madrid. Sin embargo, su salud no era óptima. Una dolencia hepática derivada de su abuso de los licores se empeñaba en trastornar su bienestar. Un médico le aconsejó evitar el alcohol, las alturas, los excesos de velocidad, los ámbitos claustrofóbicos, la deshidratación, el golpe de calor.

Pero el verano de Argenta, una vez padre e hijo se hubieron ubicado en su nuevo destino, los recibió con una ola de temperaturas saharianas.

En cuanto abandonaba la atmósfera climatizada del despacho, o del Audi blindado que lo trasladaba por carreteras polvorientas hasta destartaladas comisarías y cuarteles de la Guardia Civil revocados de cal, Brito sufría los rigores del sol. El norte de la provincia todavía se beneficiaba de un ambiente algo más fresco, por el influjo de las Montañas Gemelas, pero sobre los pueblos blancos enclavados al sur caía fuego líquido. Aquellas máximas nada tenían que ver con los suaves estíos del País Vasco, con la primavera costarricense de su exilio. La ausencia de humedad resecaba la piel. El cabello plateado del gobernador iba adquiriendo una tonalidad pajiza. Jamás había sentido tanta ni tan constante sed.

No sólo en la región, envuelta en un cuarteado océano de tierra, se desparramaba un infierno de polvo y luz. Tampoco Argenta, pese al recurso del río, un canal potabilizador que la cruzaba de este a oeste y el gran lago del parque central, escapaba al árido imperio del bochorno.

Bajo el despacho de Brito, el mediodía incendiaba las losas de la plaza de la Catedral. Mientras firmaba, el gobernador, a pesar de la bomba de frío, transpiraba bajo los ternos de lino y las camisas de seda bordadas con sus iniciales por una antaño más complaciente Úrsula. Se pasaba el día reclamando café helado con azúcar y limón. Cuando al fin la noche venía a mitigar aquel horno a presión, intentaba relajarse en la terraza de su residencia saboreando un whisky en las rocas. En mangas de camisa, deprimido, contemplaba la ciudad tendida a sus pies.

Curiosamente, Simón, como para no perder su costumbre de llevarle la contraria, parecía haber vivido allí siempre. Salía y entraba con total confianza de la delegación, saludando a los guardias y bromeando con las muchachas peruanas sobre sus novios españoles.

—¿Te gusta la ciudad, hijo? —le preguntaba su padre.
—Mucho, papá.
—¿Estás contento con las clases?
—Claro, papá.

Casi nunca mencionaban a Úrsula, de la que Brito apenas sabía nada nuevo. A principios de septiembre, cuando concluyera el cursillo para recuperandos que seguía en la escuela de verano del Colegio Alemán, Simón asistiría al curso normal. Hasta entonces tenía tiempo libre para callejear y asistir a conciertos en el escenario del parque, junto al lago que reflejaba el puro azul de los cielos de Argenta. El chico parecía estable.

Su padre, en cambio, no conseguía remontar la depresión. Todo en esa ciudad abrasada parecía aliarse contra su equilibrio emocional. No tenía amigos. Desde que habían llegado, sólo se relacionaba con funcionarios y miembros de las fuerzas del orden. El acento del paisanaje local acentuaba su sensación de intrusismo. Le quedaba el consuelo de la sugestión. Aquél, se repetía, era un destino cómodo, con buena cocina —siempre había sido un fervoroso gourmet— y, en principio, un volumen de trabajo ligero para quien, como él, había asumido responsabilidades nucleares en la trastienda de la nación.

A pesar de los consejos de los médicos, el gobernador seguía bebiendo en exceso. No era raro que entre visita y visita se castigase con un latigazo. Las botellas de Chivas y Jack Daniel's ocultas en la estantería de mármol jaspeado, entre decorativas ediciones de arte, venían a durarle un par de días. A menudo bebía el licor a palo seco, así tuviese un cuarto de siglo de maceración etílica. A ese castigo había que añadir crecientes proporciones de vino en las comidas, más los cócteles que se animaba a pedir en el ambigú del Gran Hotel, centro de reunión social que había comenzado a frecuentar con el subdelegado Aramburu.

Hombre de confianza del ministro, Aramburu le había propuesto un calendario de encuentros con cargos políticos, jefes de la patronal, líderes sindicales susceptibles de alterar la paz laboral en las papeleras e industrias químicas que vertían al río sus venenosos residuos.

Brito le había pedido que le mostrase la ciudad real. En sus itinerarios urbanos pasaron de puntillas por las barriadas obreras de la margen izquierda, donde se acumulaban bolsas de pobreza. Desde los puentes, a salvo de la polución y el calor en el asiento de su coche, Brito había observado las proletarias colmenas de ladrillo, con las persianas torcidas y las antenas de televisión inclinadas por el viento del desierto.

—¿Mucha droga en esos guetos?

En una mímica expresión de abundancia, Aramburu había apiñado las yemas de los dedos.

Dueño de una untuosa cortesía, el subdelegado, a tono con el largo estío de Argenta, vestía alegres corbatas y trajes de algodón a la medida de sus hombros redondos y como impulsados hacia atrás. No era alto ni obeso; más bien de cuerpo ampuloso, blando, como dado de sí por una expansión interna. Una adiposidad esférica sobresalía de su estómago. Fruto, pensaba Brito, de los hábitos de un funcionario soltero, amigo de comer y cenar fuera de casa.

En el ministerio, Aramburu llevaba fama de intrigante palaciego y comisario político.

El gobernador era un firme defensor de la jerarquía. Desde el primer día impuso una serie de normas.

A partir de las ocho en punto de la mañana, como indicó a su jefa de gabinete, cuya oficina abarcaba el vestíbulo de su despacho, quedando el de Aramburu una puerta a la derecha de la suya, leería la prensa. En primer lugar, las cabeceras regionales, en perpetua competencia entre sí, *El Comercial* y *El Correo*, periódicos de Argenta; después, la prensa nacional. Para ganar tiempo se proponía remitir las secciones de su menor interés, deportes, internacional, cultura, a ratos libres o a los telediarios que confiaba ver pacíficamente en compañía de Simón. Aunque ¿cómo centrarse en los cómplices mensajes de la televisión entre el fragor de las discusiones domésticas, que estallaban en cuanto las mucamas, hundiendo en la sopera un cazo de plata, se aplicaban a servir la fría vichysoise?

Desde que faltaba su madre, Simón había adquirido la norma de escenificar su oposición al mundo que lo rodeaba coincidiendo con las horas de las comidas. Brito pensaba que con cada tenedor que se llevaba a la boca ingería una nueva dosis de indisciplina, pero no dejaba de sospechar que el mal humor vespertino de su hijo se debía a que se acostaba demasiado tarde. Si antes de meterse en la cama el gobernador salía al pasillo —y lo hacía con frecuencia, para combatir el insomnio—, solía sorprender una rendija de luz en la habitación de Simón. ¿Qué haría despierto? Llevado por la curiosidad se había deslizado por el corredor, hasta pegar la oreja a su puerta; pero del interior no brotaba sonido alguno.

En el ámbito protocolario e impersonal de la residencia se sucedían las broncas familiares. Raro era el día en que los Brito no se tiraban los trastos a la cabeza. Después de cada discusión, el padre, arrepentido, intentaba persuadirse de que no era Simón, sino él mismo, irritado por su jaqueca, por los latigazos del hígado, por el infernal clima de Argenta, quien alimentaba los enfrentamientos. Pero, en el fondo, esa explicación le resultaba muy poco sólida. A menudo, Simón atacaba abiertamente sus fundamentos jerárquicos, el núcleo de su autoridad. No respetaba nada, ni siquiera su papel de padre; mucho menos sus desvelos en beneficio de la sociedad. ¿Cuál sería la causa, el origen de aquella guerra casera? ¿La ausencia de Úrsula o un mar de fondo, algo así como el horizonte de una gran batalla cuyos lejanos cañonazos empezaban a desgarrar las brumas del afecto? No siempre sus protagonistas eran capaces de recordar la naturaleza de la chispa que había encendido la hoguera. A menudo las disputas edificaban su espiral sobre un elemento anecdótico. Un gesto bastaba para destapar el envenenado frasco de los reproches. En cuanto tomaban asiento en el comedor, sentado cada uno a un extremo de la larga mesa de cerezo que había presidido los consejos del Banco de España, apenas habían desdoblado las servilletas con el escudo nacional, una palpable animosidad se adueñaba de ellos, enfrentándolos a la mínima palabra.

Quizá su error, reflexionaba un desnortado Brito, podría radicar en pretender mostrarse ante su hijo tan inflexible como en sus tareas públicas. Úrsula había sido la primera en padecer, por su parte, un trato intransigente. ¿Acaso no había hecho cuajar su intolerancia los primeros hielos en un matrimonio que en sus días felices fue cálido y sincero? El exilio había abonado una cierta humildad en su espíritu, pero otra vez el ejercicio del cargo le había vuelto a endurecer.

Cuando, en el silencio de su despacho, Álvaro Brito terminaba de leer los periódicos, hojeaba el resumen que el jefe de prensa de la Delegación, Martín Lombardo, encuadernaba para él cada mañana. Obsesionado por la opinión pública, el gobernador se tomaba su tiempo para dirimir si su percepción sobre la jerarquía de las noticias coincidía con la de su especialista. Lombardo insistía en destacar los titulares de la política nacional, que Brito ya conocía por las tertulias radiofónicas de medianoche, a las que era adicto. Al margen de ese caudal informativo, el gobernador mantenía abiertos canales de comunicación restringida al resto del personal, con excepción de Udías: antiguos chivatos y topos, oficiales del Cesid, militares, algún periodista ligado por inconfesables lazos, trenzados en los subterráneos del poder... Todos ellos pertenecían a la vieja guardia. En su estima, Brito les seguía otorgando la consideración de miembros de una secreta cofradía de héroes anónimos. La disposición de la mayoría de ellos a seguir colaborando en misiones contraterroristas, algunas de carácter clandestino, reflejaba, a su juicio, su inequívoca lealtad al Estado.

A partir de las nueve, Brito atendía al subdelegado. Antes de despachar por primera vez con él se había tomado la molestia de investigar su pasado. Udías fue el encargado de confeccionar el dossier.

En el inicio de la transición, Gabriel Aramburu, por entonces un joven abogado, había ocupado un escaño por la provincia de Burgos. Apuntaba maneras, pero en el Congreso no llegaría a cuajar. En la siguiente legislatura —Brito ignoraba el motivo—, fue apartado de las listas. Como compensación, obtuvo la Dirección General de Tributos en el Gobierno de Castilla-León. De allí pasó a ocupar la coordinación del grupo parlamentario autonómico. Reaparecería como candidato a la alcaldía de Burgo de Osma, donde mantenía vínculos familiares que justificaban esa operación electoral. Su derrota lo colocó en situación de disponible. Un íntimo de Manuel Fraga —ese dato sí figuraba en el archivo de Brito— lo recomendó para una plaza en la Diputación Provincial de Argenta. De ahí, en cuanto la derecha hubo tomado el poder, había dado el salto a la Delegación del Gobierno donde, a falta de otras opciones, tuvo que conformarse con la subdelegación. Era hombre de partido, con formación sectaria, de cuadro; pero también, según Brito iría deduciendo, con cintura política y una sorprendente nómina de contactos.

—No te imaginas la cantidad de gente que conoce ese

tipo —le había comentado a Simón—. Desde los dueños de las químicas hasta el lumpen de la calle San Blas.

—San Silvestre, papá. San Blas es una calle de fenicios tenderos.

Estaban empezando a comer. Las camareras peruanas revoloteaban alrededor de la mesa.

—¿Todavía las metéis en la cárcel? —preguntó Simón.

—¿A quiénes?

—¿No estábamos hablando de lumpen? A las putas, a quiénes va a ser.

—¿Te refieres a las prostitutas? Claro que no.

—¿Y a los travestis? El Puente del Poeta está lleno, no sé si tus soplones te habrán informado.

—Tampoco a los transexuales. Éste es un país libre, Simón. La libertad sexual termina donde empieza el respeto a los demás. Y voy a decirte dos cosas. Primera: tu padre no tiene soplones a su servicio. Segunda: los comerciantes de Argenta, en general, y los de la calle San Blas, en particular, no son fenicios, como tú dices, sino honestos ciudadanos que se ganan la vida trabajando con dignidad.

Además de ocuparse de las relaciones institucionales, contribuyendo a situar a Brito, lo más rápidamente posible, en una posición de control, Aramburu se tomó al pie de la letra su misión de mostrarle la Argenta real. En aras de mantener el respeto jerárquico, Brito venía eludiendo las propuestas del subdelegado para «dar una vuelta» después del trabajo, o más adelante, cuando entre ambos se hubo establecido una cierta familiaridad, para «tomar unos vinos». Finalmente, decidió que tampoco podía implicar mayor compromiso dar un simple paseo por las terrazas del casco viejo. Aceptó. Estaba delante Rosa Santos, y fue incorporada.

Una de esas tardes, al terminar la jornada laboral, Aramburu acudió a recogerles. El gobernador subió a su residencia para tomar una ducha y cambiarse de ropa, y luego él y su jefa de gabinete, que había trabajado sin descanso desde primera hora de la mañana, salieron juntos. Al bajar las escalinatas de la Delegación, Brito le ayudó a ponerse la chaqueta. Ella se había pintado sus gruesos labios de color mora. La pareja de guardias hubo de sorprenderse al ver al gobernador con pantalones de algodón y una camisa de cuadros. Aramburu, en cambio, no había osado apearse el traje. Tres guardaespaldas, entre los cuales estaba Udías, los siguieron a través de la plaza de la Catedral, cuyas losas de granito habían acumulado el calor.

Sorteando las bandadas de palomas, Brito preguntó:

—¿Por qué antros de perdición había pensado llevarnos, Gabriel?

Aramburu sonrió. El gobernador había tomado a Rosa del brazo para cruzar una callejuela, y después ya no la soltó. Se encaminaron a la zona de bares que los estudiantes comenzarían a invadir a partir de la medianoche.

—A esta hora los locales están semivacíos —dijo el subdelegado—. Pero debería ver el ambiente nocturno en fin de semana. Miles de adolescentes se hacinan en esas criptas sin ventilación ni salida de incendios. El municipio es muy permisivo con las licencias de apertura. Cualquier día vamos a tener que lamentar una desgracia.

—Nidos de drogadictos —murmuró el gobernador.

—Desde la despenalización del cannabis —asintió Aramburu—, el consumo parece imparable. La demanda estimula el mercado negro. Chicos de quince años lían a pleno sol el cigarrillo prohibido que los desinhibirá del tabú sexual. Y luego están las pastillas. De todas clases y colores. Baratas, de efecto instantáneo. Su éxito está garantizado. Los camellos se han reciclado en su distribución y venta. Obtienen suculentos beneficios. El mercado se va extendiendo como una mancha de aceite. Difícil de controlar por nuestra parte, señor.

—No me gustan las excusas —gruñó el gobernador—. ¿Qué hay de la heroína?

—Últimamente cabalga con menos fuerza —se apresuró a responder el subdelegado, pretendiendo imprimir a su frase un sello de eficacia—. Hemos pasado épocas duras. Ya se imagina. Cadáveres de yonquis tirados en la calle, medio desnudos, con las jeringas hincadas. Recuerdo a una muchacha. Se había inyectado en el cuello. Apareció en los lavabos de una cafetería. El cuerpo había quedado rígido, pero la mirada de aquellos ojos abiertos revelaba una profunda paz. Si me autoriza una opinión que puede parecer gratuita...

—Le recuerdo que convivo con un adolescente de dieciséis años. Algo sabré de opiniones gratuitas.

—Claro, señor. Me recordó la expresión de éxtasis de las santas cristianas en la agonía del tormento.

El gobernador se detuvo en plena calle. Había empezado a marearse, por el calor. Notaba cierta descoordinación de movimientos. Buscó una tableta de betahistina y la tragó en seco.

—Aramburu colecciona pintura religiosa —dijo Rosa, mirándole con atención, por si volvía a desplomarse—. Retablos, iconos. Su casa parece una capilla.

Al darse cuenta de que acababa de revelar la existencia entre ellos de un grado de intimidad probablemente insospechado por el gobernador, la jefa de gabinete se justificó:

—Vi las piezas una vez, hace tiempo.

—Aquel día que viniste a traerme la sentencia sobre el caso de los crupieres, es cierto —asintió el subdelegado.

Esa misma mañana, en el vestíbulo de la Delegación, el gobernador había visto cómo Aramburu, con modales poco cristianos, expulsaba sin contemplaciones a un par de magrebíes. Esa brusquedad le pareció incompatible con la inclinación artística que ahora manifestaba. Pero le vino a la memoria el caso de uno de sus inspectores en el País Vasco, un policía particularmente bestial que, sin embargo, coleccionaba figurillas de porcelana.

—¿Qué clase de pintura le gusta?

—Antigua, señor. Románica, gótica.

Entraron a uno de los bares, una oscura y alargada taberna de ambiente irlandés. Apenas algunas parejas conversaban en los rincones. El suelo de madera rezumaba un desagradable olor a cerveza agria.

Los escoltas permanecieron en el exterior, salvo Udías, que se sentó en silencio, al fondo del local, bajo un televisor apagado. Aramburu pidió unas jarras. Brito observó al camarero, un joven de aspecto desaliñado, con camiseta y cola de caballo.

—Pendientes, coletas, qué manía. Debe de hacer un par de años que mi hijo no se corta el pelo. He conseguido que no se tatúe ni perfore las orejas, pero eso es todo.

—Es un chico muy guapo —sonrió Rosa. Añadió, ruborizándose—: Tiene a quien salir.

—No es necesario que se muestre piadosa conmigo, querida —dijo Brito, estudiando aquellos opulentos labios de color arándano en los que la pinta acababa de depositar una leve espuma—. ¿Se les ocurre un buen motivo para brindar?

—Por su nombramiento —le aduló Aramburu—. Le deseo mucha suerte, señor.

—Brindemos por la derrota del terrorismo. Hasta que ese día amanezca, este país no será libre.

El gobernador empezaba a encontrarse a gusto, especialmente con Rosa. Percibía que, con una instrucción adecuada, podría llegar a formar parte de su equipo. Aramburu era competente, pero por alguna razón desconfiaba de él. Bebieron. El gobernador les refirió historias del País Vasco. Aunque todo el rato, en realidad, estaba pensando en Simón.

Siguieron tomando copas hasta medianoche. Brito tardó en dormirse. Despertó temprano, con una intensa migraña. Se puso un ligero albornoz y erró por la residencia, a la espera de que amaneciera. Cuando salió el sol llamó a la puerta de Simón, para desayunar juntos, pero el cuarto estaba vacío, y la cama sin hacer. Su hijo no había dormido en su habitación. Aprovechando su ausencia, decidió echar un vistazo a sus cosas. Se puso a remover el escritorio.

Simón surgió de improviso entre las sombras del pasillo. Brito dio un respingo.

—¿Qué estás haciendo en mi cuarto, papá?

El gobernador sostenía una hoja manuscrita. La había desclavado del panel de corcho y estaba leyéndola. Simón se la arrebató.

—¿Quién te ha dado derecho a leer mis cartas?

—Lo siento. Creí que estarías dormido. Por eso entré sin llamar. Para despertarte.

—¿Llevas mucho rato curioseando?

—Cálmate, Simón.

—¿Qué andas buscando? ¿Soy sospechoso de algo?

El chico arrancó otros papeles del corcho. Hizo un revoltijo y lo guardó en la mesilla.

—Sólo me falta encontrarme debajo de la cama a uno de tus guardias civiles leyendo mi diario.

Brito ensayó una risa nerviosa. Mantenía un puño cerrado, pegado al muslo.

—Estoy harto de ese truco, Simón. Nadie te somete a inspección alguna. Eres mi hijo. Eres libre.

—Claro. Tengo tanta libertad que no sé qué hacer con ella.

Desafiante, Simón se recostó en la estrecha cama, bajo el póster de la mujer desnuda. Llevaba una camiseta de manga larga, con una apocalíptica portada de Dinamita contra el clero, sus eternos vaqueros y unas zapatillas sin cordones, con las costuras rotas. El pelo lacio le caía a un lado de la cara.

—En los últimos días apenas he podido verte —dijo su padre—. He tenido mucho trabajo. La región está mal comunicada. Demasiadas horas en la carretera, de cuartel en cuartel. He descubierto las Montañas Gemelas. Tal vez podamos ir a escalar un poco. Te prometo un fin de semana al aire libre. Los dos solos, sin teléfono. Como en Costa Rica. En fin, hijo... Quería preguntarte qué es esto. Acabo de encontrarla ahí mismo, sobre la mesa, junto al paquete de cigarrillos que te tengo prohibido.

Por la palma de su mano rodó una pastilla de color verde quirófano. Simón puso cara de extrañeza.

—No sé.
—¿Estás tomando algún medicamento?
—Es verdad. Para un dolor muscular.
—¿Una lesión? ¿Qué es lo que te duele?
—El hombro.
—¿Cómo se llama este fármaco?
—Tiene uno de esos nombres raros, en latín.
—Enséñame la caja.
—Me dieron un par de cápsulas sueltas.
—¿Quién?
—Un amigo.
—Tendrá un nombre.
—No lo recuerdo. Me lo presentaron en el club donde voy a tocar.
—¿Te importa que me quede con esta píldora?

El chico pensó durante unos segundos.

—Haz lo que quieras.

Brito se asomó por la ventana. Amanecía. Entre las torres de la basílica se veía languidecer el río, verde y gris como piel de sapo. Hacía ya un calor insoportable. Necesitaba respirar aire puro, no aquel viento caliente.

—No vas a engañarme, Simón. Sé perfectamente de qué se trata.
—¿Ah, sí? Dímelo, ya que sabes tanto.
—Drogas —pronunció con lentitud el gobernador—. Anfetaminas, éxtasis, lo mismo me da cómo las llaméis. ¿Desde cuándo te estás envenenando con esta basura?
—Desde nunca. Estoy limpio.

El gobernador se peinó las cejas con los dedos.
—Quítate la camiseta.
—¿Cómo?
—He dicho que te quites la camiseta.
—¿Por qué?
—Quiero verte los brazos. Ahora. Vamos, súbete las mangas.
—¿Estás loco?

Le costó reducirlo sobre el colchón. No podía imaginar que tuviera tanta fuerza. Después de un intenso forcejeo, pudo situarse a horcajadas encima de él. Agarrándolo por el cuello, le desgarró la camiseta por una manga. No había marcas. El padre repitió el movimiento con el otro brazo. Tampoco descubrió pinchazos.

—Está bien, hijo —dijo, liberándole.
—¡Fuera de mi habitación! —gritó Simón. Estaba rojo de rabia—. ¡No vuelvas a ponerme la mano encima!
—Lo siento. Sólo quería...
—¡Fuera de aquí, hijo de puta!

Brito salió, cabizbajo. Al alejarse por el pasillo oyó un fuerte ruido, como si un mueble acabara de caer al suelo.

El gobernador estuvo todo el día fuera. Regresó por la noche, con una copa de más. Encerrado en su cuarto, Simón no se presentó a cenar. Brito devoró un plato de cangrejos de río y vio la televisión. Cuando la noche trajo un soplo de aire fresco, se acomodó en la terraza, en albornoz, con un vaso de whisky en las rocas.

Oyó un portazo. Vio a Simón cruzar la plaza. Como si sintiera sus ojos en la nuca, su hijo se volvió hacia el edificio y le dedicó un corte de mangas.

Lo estuvo esperando mientras quedó licor en la botella. Desde el dormitorio, a las tres de la madrugada, marcó el número de Úrsula. La voz de su mujer le devolvió a la realidad. No se atrevió a contestar. Respiró afanosamente y colgó. Muy borracho, intentó masturbarse imaginando que la poseían cuerpos anónimos. Manos sin dueño enroscadas a su cintura, ascendiendo hasta la pelusa de su vientre... Cuando el reloj marcaba las cuatro de la madrugada, se oyeron en el corredor los pasos vacilantes de Simón. Pero el gobernador ya estaba dormido, y por eso, por suerte para él, no escuchó los insultos que su hijo, con la lengua espesa por todo lo que había bebido, le balbuceó desde el otro lado de la puerta de su dormitorio. El chico acabó de apurar una lata de cerveza en el salón, frente a las cabezas de los sarrios que le miraban con sus estúpidos ojos de vidrio. Vomitó en uno de los baños. Haciendo eses, encontró la cocina. Devoró un cangrejo que había sobrado, triturando el caparazón con los dientes, y se refugió en su habitación. Tumbado en la cama, se metió un par de anfetas que su padre no había visto. Se puso a escribir, pero al poco rato una líquida presión, como si un muro de goma se abatiera sobre él, nubló su conciencia.

—Levántate, Simón. Hoy vendrás conmigo.

Recién afeitado y peinado, oliendo a colonia, su padre estaba quieto en el umbral de su cuarto. Simón se removió en la cama, desnudo. Miró el despertador. No hacía dos horas que había logrado conciliar el sueño. Desbarajadas por el parquet se veían cuartillas escritas con tinta roja. Olía a una mezcla de tabaco y sándalo. Si el padre se hubiese inclinado para mirar debajo de la cama habría descubierto colillas de porros y unas cuantas latas de cerveza.

—Tienes un cuarto de hora. Te espero en el salón, para desayunar. Ponte ese traje que te compró tu madre.

Simón volvió a dormirse durante un breve lapso, lo justo para recuperar las imágenes de la sangrienta pesadilla que le estaba visitando. Últimamente tenía sueños atroces, plagados de crímenes y ríos de sangre. «He soñado en serie B», pensó al despertar de nuevo, sobresaltado. Se enrolló la sábana a la cintura y saltó de la cama. Su habitación era la única que no tenía cuarto de baño, por lo que salió al corredor. Daisy avanzaba hacia él con la bandeja del café. Se desearon los buenos días. Simón entró en una de las alcobas, precisamente en la que había devuelto la noche anterior. Llevaba tres noches de juerga. La doncella había limpiado el vómito y cambiado las toallas.

Sentado a la mesa, su padre estaba leyendo *El Comercial*. Se había vestido de manera impecable, traje de alpaca gris, corbata celeste, gemelos de oro blanco. Simón apenas pudo comer. Sobre los vaqueros se había puesto una camisa de rayas y, pese al calor, una chaqueta de pana con coderas. Lucinda estaba sirviendo el café.

—¿No has encontrado el traje?
—No.
—¿Tienes, al menos, una corbata?
Simón no contestó.
—Haga el favor de traerle una de mi vestidor, Lucinda. Encontrará una lisa, granate.
—En seguida, señor.

La mucama se dirigió al dormitorio conyugal. Álvaro Brito dobló el periódico junto a la servilleta que apenas había manchado.

—Te estarás preguntando para qué te he hecho levantar a estas horas.

Eran las siete de la mañana. Amanecía. Una luz rosada se colaba por los ventanales del comedor.

—Debí de acostarme tarde —carraspeó Simón—. Estuve trabajando un poco.

—Me alegro —asintió el padre, clavándole la mirada; a su hijo, y lo mismo le sucedía a la mayor parte de sus subalternos, le costaba resistirla—. Oye, siento lo de ayer. Me pasé contigo. Perdóname.

—Vale.

El gobernador respiró, aliviado.

—¿Cómo llevas la recuperación de asignaturas?
—Muy bien, descuida.
—Un día de éstos tenemos que hablar de la universidad. Porque supongo que pretendes estudiar una carrera.

—No me he parado a pensarlo.

—Dentro de un par de años puedes estar en condiciones de matricularte en Derecho.

Simón eructó suavemente.

—¿Quieres prestarme atención?

—Tal vez estudie Filosofía.

—¿Para qué? —observó el gobernador, frunciendo el ceño—. ¿Aspiras a pasar el resto de tus días dando clases en un instituto?

—Quiero escribir.

El ceño del gobernador dibujó una arruga más profunda.

—¿A qué te refieres?

—Muy simple. A ser escritor.

Álvaro Brito sonrió, condescendiente.

—De eso no se come, hijo.

—Me buscaré la vida, no te preocupes.

—Lo hago porque pienso en ti, Simón. Más de lo que te imaginas. Considero importante que estudies una carrera, digamos, sólida. Lo mismo piensa tu madre, por si ibas a preguntármelo. Puedes escribir en los ratos libres.

Simón hundió la vista en el cacao. Sentía leves mareos y tremendas ganas de fumar.

—No pienso perder el tiempo estudiando ninguna carrera. Jamás tendré un bufete con una orla y un batik enmarcado.

—Dejémoslo —suspiró su padre—. Hablaremos del asunto con más tranquilidad.

Simón levantó la cara. Una oleada de calor le arrebolaba las mejillas.

—Podemos discutirlo ahora.

—Me temo que deberemos aplazar esta conversación, hijo. Y no porque no sea importante. Pero a las ocho en punto nos espera el alcaide de La Santidad. Quiero que me acompañes. Puede resultarte una experiencia útil. Vamos, muchachote. Bébete el ColaCao.

Al salir al rellano se les sumó Udías. Otros escoltas aguardaban en el garaje, jugando a las cartas en la garita de los chóferes. Llevaban el pelo muy corto, zapatones baratos y calcetines claros, que horrorizaban a Brito. En cuanto salían a la calle se ajustaban gafas de sol, tipo Ray-Ban. Todos portaban pistolas ocultas bajo sus americanas de lino, de gusto por lo general atroz. El gobernador ni siquiera sabía sus apellidos: Udías era el único que con cierta regularidad obtenía autorización para despachar con él en la planta alta, en la residencia privada.

—La documentación que me pidió, señor —dijo Udías, abriéndole con deferencia la portezuela del Audi.

El agente le entregó una carpeta de plástico negro y tomó asiento delante, junto al conductor. Otro coche, con varios hombres dentro, arrancó tras ellos, haciendo rechinar las llantas en la planta del garaje. Salieron a la luz de Argenta. Sin decir palabra, Brito se puso a leer. Sentado a su lado, Simón pudo deducir que se trataba de un dossier de presos etarras. Cada hoja estaba encabezada con el nombre real, el apodo, en paréntesis, una fotografía, otros datos personales y, ordenado por fechas, el historial criminal de cada recluso, más su correspondiente informe penitenciario. Casi todos, coincidiendo con la última reorganización carcelaria, acababan de ser trasladados a Argenta.

—Veo que voy a tener que saludar a más de un viejo conocido —masculló el gobernador.

—Un poco más viejos, y desde luego más jodidos —asintió Udías, sin girarse.

El guardaespaldas permanecía atento a la circulación. De vez en cuando anotaba algo en una agenda: un número de matrícula, la ubicación de un contenedor.

—Leí también su informe sobre La Santidad —dijo Brito—. Muy completo. Le felicito, Udías.

—Gracias, señor. La prisión es antigua. Fue remodelada hace unos pocos años, pero sigue presentando lagunas en materia de seguridad. Necesitaría un incremento de plantilla, así como nuevos equipos informáticos. Yo no descartaría el riesgo de fugas.

—¿Qué me dice del alcaide Funes? Se entrevistó usted con él, creo recordar.

—Así es, señor.

Udías dudaba. Cautelosamente, dijo:

—Un funcionario.

—Eso ya lo sé —repuso el gobernador, con un deje de irritación.

El guardaespaldas miró de reojo al conductor. Llevaba poco tiempo en Argenta. Aún no confiaba en el personal.

—Le he hecho una pregunta, Udías —se impacientó Brito—. No me vaya a tener esperando todo el día.

—Opino que el puesto le viene grande, señor.

—¿No será uno de esos reformistas?

—Me temo que sí, señor.

—¿Sabe de qué manera se curan todas esas chorradas, tanta rehabilitación y fe en la humanidad? Con un buen motín. No se lo deseo, pero cuando un alcaide se enfrenta a una revuelta, y le tocan los cojones en su propia casa, los romanticismos se van al garete. La naturaleza del hombre es malvada, Simón. Ya lo dijo Hobbes. Somos lobos. ¿Hay algo más que yo deba saber, Udías?

—Hablando de alimañas. Hubo una revuelta en el 94. Pero entonces no estaba Funes.

—Lástima —dijo el gobernador.

El coche había sorteado la congestión del centro y viajaba con rapidez por la autovía principal, la misma por la que los Brito accedieron a Argenta por primera vez. Experimentando un ligero vahído, el gobernador recordó al chófer que respetase los límites de velocidad. El automóvil de refuerzo los seguía a corta distancia.

Tomaron un desvío. El río formaba un pronunciado meandro rodeado de sotos y huertas. Atravesaron un pequeño municipio rural. La cárcel levantaba sus tapias en medio de un campo. Granjas de cerdos dejaban sentir su pestífero olor.

El alcaide aguardaba junto a la barrera. Se adelantó a recibirles. Brito salió del coche y lo saludó con un apretón de manos.

—Su visita es un honor —dijo Funes.

—Apenas dispongo de una hora —repuso el gobernador, con frialdad—. Me gustaría aprovecharla al máximo.

El viento era caliente. Brito se arregló el pelo y arrugó la nariz.

—Qué mal huele.

—Son esas granjas, señor, que incumplen la normativa de salud pública.

—Me ocuparé de ello, alcaide.

—Nuestras instalaciones están a su disposición. Antes del recorrido me he permitido ordenar un café en mi despacho.

Brito lo contempló con severidad.

—No me haga perder la mañana. Ardo en deseos de enfrentarme a esa escoria.

Entraron por un arco de piedra de medio punto con incrustaciones de azulejos, imitación del estilo mozárabe de la ciudad vieja. Atravesaron un corredor de baldosas blancas, no demasiado limpias, un patio cerrado por una claraboya que algún día debió de ser transparente, pero en cuyas escorrentías se acumulaba suciedad, y otro pasillo más lóbrego, excavado bajo el nivel del suelo. A su paso se alzaban rejas vigiladas por funcionarios de uniforme, equipados con porras. Ante la mirada escéptica de Udías, el alcaide comentó que las nuevas galerías contaban con los últimos avances tecnológicos en materia de vigilancia. Hacía un calor inhumano.

—¿Esos avances, por casualidad, incluyen neveras de aire? —preguntó el gobernador, sofocado.

—Lamentablemente, el sistema ha debido de estropearse —se excusó el director de la prisión.

Siguiendo instrucciones previas de Udías, la veintena de presos etarras había sido conducida a un patio abierto. Divididos en hileras, esperaban en pie, a unos cuantos pasos uno de otro. Los más jóvenes lucían melenas escalonadas y pendientes, incluso algún brillantito en las aletas de la nariz. Algunos sonrieron con sorna cuando entró el gobernador.

Lo hizo solo. Mientras el alcaide le franqueaba la última puerta de seguridad, Udías, Simón y el resto de celadores habían ocupado una especie de torreta adosada a un ángulo del patio. Desde allí observaron los movimientos de Brito evolucionando entre los reclusos.

El gobernador recorrió las filas con exasperante lentitud, escrutando con intensidad cara por cara. Llegó hasta el muro y volvió a repetir la operación en sentido inverso. Después rompió el esquema que parecía haberse impuesto y se aproximó a uno de los reos. Apenas a unos centímetros de su rostro lo estuvo desafiando con la mirada durante un minuto largo, hasta que el preso bajó la vista. Era Josu Mendiaraz, autor de cinco crímenes, tres de ellos cometidos por disparos a bocajarro. «Un especialista del tiro en la nuca», murmuró Udías a Simón. Después, Brito eligió a uno de los veteranos, Sánchez Iturrino, alias *Mendieta*. «Seis coches bomba, con resultado multitudinario de muertes en un supermercado, un recinto ferial y dos cuarteles de la Guardia Civil», masculló Udías. Iturrino aguantó la mirada metálica de Brito, y no se inmutó cuando el gobernador amagó un gesto, como si fuera a tocarle. Ese ademán causó una cierta alarma en el puesto de control. Simón observó que Udías había introducido la diestra en la sobaquera. El alcaide estuvo a punto de oprimir el botón de alarma. Pero Brito se limitó a plancharse el pelo, que relucía bajo el sol, y a continuar su inspección.

Eligió a otro de los presos jóvenes. Iriazar Menoyo, alias *Marcos*. «Asesino confeso de un policía nacional», susurró Udías. Esta vez el gobernador lo encaró de cerca, hasta obligarle a bajar la vista. Compuso la máscara de una sonrisa y, en un gesto que pretendía emitir una pulsión paternal, rozó la piel de su mejilla. Erguido y resuelto, como si acabase de obtener una victoria, abandonó el patio.

Los presos fueron conducidos de regreso a sus secciones. Con una excepción. Marcos recibió orden de permanecer en el patio. Pasado un rato, el alcaide entró a recogerlo. Desde las ventanas de las celdas, situadas en las plantas superiores, alguno de los etarras pudo comprobar que Marcos era trasladado a la zona de presos comunes.

El gobernador le esperaba en una celda previamente desalojada. Con un gesto amistoso, le invitó a sentarse en el camastro, a su lado. El gobernador conocía su situación familiar. Le habló de su mujer, una chica de Baquio, joven, como él, y del hijo que, poco antes de la comisión del homicidio por el que estaba penando, habían traído al mundo. Le habló de sus padres, emigrantes castellanos, de muy modesta extracción. Habló de él mismo, de su estancia en el País Vasco. Cuando el terrorista dio síntomas de escucharle con más atención, le hizo una oferta. Apreciaría mucho, dijo, que le suministrase informaciones de interés sobre la vida del grupo en la prisión, visitas, contactos con el exterior, rumores, planes, esperanzas, un poco lo que el recluso, ya desbordado por las promesas y recompensas que parecía encubrir el hombre del gobierno, quisiera contarle.

—Si eres listo, pronto saldrás de aquí —le juró—. Puedo hacer por ti y los tuyos más que todos tus amigos juntos.

—¿Cómo le fue? —preguntó el alcaide, cuando Brito hubo despedido al preso, que se dirigió a su galería con una expresión temerosa, especulando sobre el recibimiento de que iba a ser objeto.

—Cantará *La Traviata* —aseguró el delegado—. Necesito hablar de inmediato con Interior. Algo se está cociendo aquí.

—Puede utilizar mi línea privada.

—Le asombraría saber lo poco privada que es —sonrió Brito, taimadamente—. Usaré el teléfono azul.

Caminaban a paso ligero hacia la salida. El director preguntó:

—¿Desea inspeccionar el resto de instalaciones?

—Concierte una cita con mi jefa de gabinete —replicó Brito.

Simón se había rezagado. Curioseaba las celdas. Podían espiarse a través de unas rendijas de acero. Estaban forradas de arriba abajo por pósters de mujeres desnudas. Las paredes, el techo, hasta los váteres. Simón se estremeció al cruzar la mirada con uno de los penados. Los ojos de ese hombre cautivo contenían un fulgor febril.

—¿Qué haces, hijo?

El pasillo amplificó la voz de su padre. Simón alcanzó a Udías con un trote corto.

En la entrada, bajo el fuerte sol, Funes se inclinó para levantar la barrera al paso del gobernador.

—Casi lo olvidaba —le dijo Brito, tomándole del brazo; el alcaide sintió la presión de su mano, como una garra—. Voy a pedirle un favor. Arregle el tercer grado para Marcos.

—Pero eso no es posible, delegado. Los informes penitenciarios...

—Modifíquelos. Yo hablaré con el juez.

—Disculpe que me atreva a contradecirle, pero...

—Estamos en guerra, Funes —le interrumpió Brito; su rostro había comenzado a congestionarse—. A un lado nosotros, los demócratas. Al otro, este hatajo de criminales. ¿Se ha tomado la molestia de sumar el número de muertes causadas por las veinte fieras que tiene enjauladas? ¿Tan pronto ha olvidado a aquellos pequeños de la Casa Cuartel? ¿La Comisaría Central, volada por los aires? ¿El teniente Diego de Laguna? ¿El senador Gómez Remón? ¿El general Castroviejo? ¿Los funcionarios de prisiones acribillados por la metralla? Yo le enseñaré cómo se doma a esta gente.

Brito hizo una pausa. El sol les caía encima, como una losa. Las sienes del alcaide afloraban brillos de sudor. El gobernador se pasó un pañuelo por la boca.

—Haga lo que le digo, Funes.

—Me temo que no podré complacerle.

Udías se había colocado detrás del alcaide. Funes pudo sentir su halitosis calentándole la nuca. Brito le soltó la manga y dijo, casi con ternura:

—En ese caso me obligará a solicitar su traslado. Hay plaza libre en La Gomera, por si no ha leído el boletín.

4

—En esta cama durmió Francisco Franco —dijo Simón.

Las ventanas del enorme dormitorio dejaban entrar los rayos del sol y un aire ardiente. Uno de los invitados de Simón, Pájaro, las había abierto para ventilar el olor a porro. Los brocados del dosel, adornados con borlas de hilo de oro, oscilaban levemente.

—¿Quién? —preguntó otro de los chicos, al que apodaban Chato por la forma de su nariz.

—Pero cómo se puede ser tan animal —dijo el tercero de la pandilla, un tal Servando, con la cara picada de acné—. Franco, quién va a ser, el de la guerra contra los rojos.

—¿Contra los pieles rojas? —apuntó Chato.

—Franco gobernó España durante cuarenta años —explicó Simón, sin poder evitar un prurito de pedantería. Teniendo la impresión de que su padre iba a aparecer de pronto para ponerse a discutir con él, añadió—: En régimen de dictadura.

—Cuarenta años —repitió Pájaro, como intentando asimilar la enormidad de aquel plazo—. La de porros que me podría fumar yo en todo ese tiempo.

—Enciéndelo de una vez —dijo Chato—. Es que estoy alucinando con la cama esta. ¿Cabemos todos?

—¿Los cuatro? —dudó Simón.

—Es tan grande que cabría alguien más —insinuó Pájaro.

—¿Nos metemos? —sugirió Servando—. Venga, vamos a probar.

—Un momento —dijo Simón—. Os he dicho que mi padre duerme aquí. Quería enseñaros el catre como curiosidad. Pero no puedo permitir que pongáis la colcha hecha una mierda.

—Qué delicado, el señorito —dijo Pájaro.

—Yo pensaba descalzarme —dijo Chato inspirando alguna risa—. ¿Y tú, dónde duermes?

—En la habitación de la chacha. Puedo tocar sin que nadie me moleste.

—Una ocasión como ésta hay que aprovecharla —intervino Pájaro, que llevaba el pelo bastante largo, como el resto de colegas, y recogido en una trenza—. Hagamos algo mejor que meternos todos ahí, como si fuésemos sarasas.

—¿En qué estás pensando? —se inquietó Simón. Conocía a Pájaro de unas pocas noches, pero intuía que era capaz de cualquier cosa con tal de divertirse.

Servando le pegó una calada al canuto. Chato parecía reflexionar.

—Podríamos llamar a una puta —discurrió Pájaro.

Se hizo un silencio. El porro pasó de mano en mano. Era un costo muy puro. A Simón le embotaba la mente y le hacía reír.

—¿Tienes un periódico?

Simón asintió.

—Vienen unos anuncios de la hostia. Tías buenísimas dispuestas a montárselo como tú quieras.

—Son muy caras —objetó Simón.

—Se trata de llamar a la más tirada —replicó Servando—. ¿No es así, Pájaro?

—A mí me va más el barro.

—¿Una para los cuatro? —preguntó Chato, como calculando la porción de carne que podría corresponderle.

—O para uno solo. Vamos a sortearla. El que gane se la tira.

—¿Y los demás? —desconfió Chato.

—Pueden mirar. También mola.

—No tenemos dinero —insistió Simón.

—Venga, vamos a sortear —insistió Pájaro.

En un búcaro había un ramo de flores secas. Pájaro cortó cuatro tallos. Ocultando su verdadera longitud, los dio a elegir.

—¿Quién empieza?

Simón pidió el primer turno. El corazón se le había desbocado con la posibilidad de ganar. Sacó su palito. El tallo más largo fue a parar a Chato. La victoria le inspiró una risilla de satisfacción. Servando ensayaba una protesta —su ramita era prácticamente igual—, pero Pájaro midió con la uña del pulgar y la suerte resultó ya inapelable.

El alivio de Simón se tradujo en buen humor. Corrió a por el periódico. Con las cabezas apiñadas sobre la sección de anuncios por palabras eligieron un número telefónico que prometía diversos servicios. Pájaro lo marcó y encargó una mujer. Una voz neutra repuso que en ese momento las prestaciones disponibles estaban siendo requeridas, pero que alguien se presentaría en el domicilio en un par de horas, a lo más tardar. Pájaro replicó: «La queremos ya.» Al otro extremo de la línea hubo un silencio, y después un asentimiento formal.

Salieron a fumar otro porro a la terraza. Simón les advirtió que había cámaras. Se acuclillaron tras la balaustrada de piedra. Esta vez Pájaro deslió unas hebras de marihuana. Pasándose el petardo, fumaron con contenidas risas. Era una maría olorosa, cabezona. Pájaro reveló que la había obtenido de uno de sus colegas, un camello colombiano.

—¿De verdad que ahí dentro duerme tu padre? —preguntó—. ¿Ese dormitorio de puta madre es sólo para él?

Simón asintió.

—Debe de ganar un montón de pasta. ¿A qué se dedica?

—Creí que ya lo sabíais. Sois unos ignorantes. ¿De verdad no sabéis quién es?

—Es verdad —recordó Chato—. Nos lo dijeron en la Casa de Cultura. Es presidente, o algo así.

—¿Presidente de qué? —murmuró Servando. Se había apropiado del canuto y lo apuraba acuclillado como un árabe, resistiendo el sol que le daba en la cara.

Simón precisó, incómodo:

—Es el gobernador.

—¿Y qué gobierna? ¿La ciudad?

Simón asintió.

—¿Todo Dios tiene que obedecerle? ¿Los del Ejército?

—Los milicos van por otro lado. Él sólo maneja la Policía y la Guardia Civil.

—¿Sólo?

—Maderos y picoletos —dijo Pájaro, avinagrando el gesto.

—¿También te obedecen a ti? —quiso saber Servando.

—Por supuesto —repuso Simón, dispuesto a seguir la broma—. No tengo más que dar una orden y se cumple.

—¿Podrías hacer que nos detuvieran? —preguntó Servando, impresionado.

—Sin ninguna duda.

—Para pillarme a mí tendrán que sudar —dijo Pájaro—. No pienso entregarme así como así. Tengo una navaja, y os juro que sé usarla.

—Pájaro es capaz de rebanarle el pescuezo a cualquiera —aseguró Chato.

—Yo también tengo una navaja —dijo Simón.

—Enséñanosla —le pidió Chato.

Simón fue a su cuarto y regresó con la navaja de campaña. Pájaro se la arrebató de las manos y abrió la hoja.

—¿Esta mierda para qué sirve?

—¿El abridor? Para capar las birras —le informó Simón.

—¿Y la tijerilla esta? ¿Para hacerte la manicura, so maricón?

Los colegas se echaron a reír.

Un tanto avergonzado, pero decidido a no dejarse achantar, Simón recuperó su navaja y la guardó en el bolsillo de sus rotos vaqueros.

—Fue un regalo de mi padre —comentó, un tanto cortado—. Por uno de mis últimos cumpleaños. Estábamos en Costa Rica. Me la compró allí.

—¿Dónde? —preguntó Chato, rascándose la cabeza.

—Al otro lado del Atlántico. En Suramérica.

Pájaro experimentó una feliz asociación de ideas.

—El país de la coca. Los cárteles controlan todo el tinglado. Allí hay libertad, no como en España, con los maderos y picoletos metiendo las narices donde no les llaman. ¿Sabes una cosa, Simón? A mi padre se lo cargó uno de esos hijos de perra. Un guardia civil.

—Lo siento —murmuró el hijo del gobernador.

—Bah, qué más da. Ya debe de llevar tres o cuatro años pudriéndose en el cementerio. Como no teníamos pasta para el entierro, los del Ayuntamiento cavaron un agujero en la tierra, al lado de la fosa común de los fusilados en la guerra, los anarquistas ateos y los rojos.

Solidariamente, Chato decidió emitir un homenaje a su memoria:

—Yo le conocí. Era amigo de mi viejo. Tenía un par de huevos.

—Y que lo digas —subrayó Pájaro—. Tuvieron que mandar a la patrulla antidrogas para acabar con él.

Fascinado a su pesar, porque se le acababa de ocurrir que de esa historia podía salir una buena letra para una canción, Simón preguntó con respeto:

—¿Cómo murió?

—Según la pasma, de una bala perdida en la ensalada de tiros, pero a mí no se me quita de la cabeza que lo ejecutaron. El disparo le atravesó el corazón. Demasiada casualidad para tratarse de un tiro por la culata.

Pájaro achicó los párpados, como rememorando.

—Desde que había salido de la cárcel estaba fichado. En el barrio debía de haber algún soplón porque cuando llegó el alijo los estupas ya lo sabían. La entrega se pactó en una de esas tascas de toda la vida, con carteles de toros y tertulias de jubilados dándole al guiñote, y se hizo efectiva esa misma noche, en un almacén abandonado del puerto. La pasma entró justo cuando estaban pesando y comprobando la calidad de la mercancía. Papá pudo salir, abriéndose camino a tiro limpio, y echó a correr en la oscuridad, por la orilla del río. Lo cazaron bajo un puente. Yo creo que allí mismo lo liquidaron. Arrojaron el cuerpo al agua, puede que aún vivo, pero salió a flote y fue a embarrancar un kilómetro más allá, junto al desaguadero de una fábrica de jabones. Un vigilante lo descubrió al amanecer. Acudieron a recogerlo los Hermanos de la Sangre de Cristo, esa cofradía encargada de levantar los cadáveres. Primero estuvo en el hospital y después en una funeraria, para arreglarlo un poco. A mi madre se lo devolvieron los Hermanos dentro de una caja de pino. Le habían puesto un traje negro que le iba demasiado grande y una camisa azul. Yo se la abrí a la altura del pecho. Alguien había vaciado y cosido la herida. Era horrible. Por los bordes asomaban trozos de algodón. La cicatriz estaba aún viva, ¿entendéis? Como la barba y las uñas, que le siguieron creciendo hasta que los municipales, pasados un par de días, vinieron a por él. En el periódico contaron un cuento de Caperucita Roja. Pudimos leer que la madera no había sufrido bajas. Eso fue lo que más sentí. Que mi padre no se hubiera llevado a un par de esos bordes por delante.

Pájaro hizo una pausa. Un lagrimón le resbalaba por el puente de la nariz. Se lo secó con el dorso, rabiosamente.

—Yo tenía catorce años y mi hermana diez. Mi madre

no volvió a ajuntarse hasta el año siguiente. Se metió en la cama al zapatero remendón del barrio, un gordo seboso que se come lo que pilla por casa. Cuando follan los oigo gruñir desde mi cuarto. Pienso en mi padre, removiéndose en su tumba, y entonces me entran ganas de hacerle comer a ese patán uno de sus zapatos zurcidos, o de rajarle el gaznate. Pero nunca lo hago. Llamo a los colegas y me meto algo fuerte. ¿Tu madre vive contigo, Simón?

La pregunta cogió por sorpresa al anfitrión.

—Está de vacaciones.

Siguió un breve silencio. Servando comentó que se estaba bien en aquel balcón, mirando a los grupos de turistas que entraban y salían de la catedral. Liaron otro canuto. No habían pasado veinte minutos cuando, a través de la plaza, vieron a una mujer de melena rubia, vestida de rojo, que caminaba fumando y contoneándose hacia la pareja de guardias de retén.

—Ahí viene la lumi —adivinó Pájaro.

Sonó el timbre del portal. Simón corrió a descolgarlo. Una voz afectada preguntó si habían contratado un servicio de alquiler. Simón llamó al guardia de seguridad para que la dejasen pasar y salió a la escalera. Abajo se oyó una puerta, el chasquido de unos tacones de aguja. El ascensor comenzó a subir con su habitual y exasperante lentitud, haciendo rechinar sus mecanismos al superar los deshabitados rellanos, hasta detenerse frente a la residencia privada del gobernador. Simón distinguió un trapecio de carne sobre la cremallera del vestido rojo, que se abría por delante. Roja era la boca que se abrió para decir:

—Hola, nene. Tú debes de ser mi muñeco.

Rojas, y afiladas como las de una pantera eran también las uñas. Paralizado, Simón obstruía la entrada.

—¿Puedo pasar?

—¿Cómo se llama usted?

—Si vamos a chingar, deberías tutearme —contestó ella, rozando sus mejillas con labios espesos de carmín.

Simón la invitó a pasar y cerró la puerta. La mujer hizo un gesto circular hacia el vasto vestíbulo.

—¿Qué es esto, un museo?

Miró los cuadros, los espejos, el reloj de pared, la peana que sostenía a una diosa griega sin cabeza.

—¡Joder, nene! ¿En esta choza vives tú?

—De manera provisional. Aquéllos son mis amigos, también provisionales. —Los tres acababan de aparecer en el fondo del corredor—. El más alto, el que te ha llamado, es Pájaro. ¡Eh, venid!

—Podéis acercaros. No muerdo. ¿Dónde está mi dinero, muñeco?

Simón le tendió unos arrugados billetes y unas cuantas monedas.

—Faltan otras tantas —dijo ella, después de contarlo.

El resto de la pandilla la rodeó.

—En tu oficina dijeron cinco mil —recordó Pájaro, con aire de hombre de negocios.

—¿Con cuántos me lo tengo que hacer? ¿Contigo y con el nene?

—Conmigo, no —se turbó Simón—. Chato fue el que sacó la paja más corta.

—¿Qué paja? ¿Es que os habéis estado pajeando mientras yo llegaba?

—Yo gané el güete —dijo Chato, en medio de un coro de nerviosas risitas, dejando descansar una mano en su hombro como síntoma de posesión—. Hicimos una apuesta.

La mujer le apartó el brazo.

—Está bien. Uno solo. Vamos allá.

Apagó la colilla en una maceta de amaranta y con el bolso en bandolera recorrió el pasillo.

—¿El dormitorio?

Simón asintió. La boca se le había secado.

La mujer arrojó el bolso a un rincón y se quitó el vestido. La ropa íntima, conjuntada, un mínimo sostén, una braga tanga, era negra, pero cuando se deslizó a gatas sobre la cama ya no llevaba nada.

—¿A qué estáis esperando?

Los chicos permanecían inmóviles. Servando empujó a Chato. Sin saber qué hacer, Simón corrió a bajar los estores. Se quedó junto a las cálidas cortinas, mirando las curvas de la mujer desnuda. Tenía una grupa poderosa y unos desparramados pechos blancos con pezones como rosas de color chocolate.

Chato no se había quitado la camisa ni unos sospechosos calcetines cuyas huellas, temió Simón, perdurarían en la alfombra de zorro blanco sobre las que descansaban las chinelas de cuero del gobernador. Mientras ella, a la espera, se acariciaba las tetas, y cogía, para asentar los riñones, la almohada de lectura de su padre, incrustándola bajo sus redondas nalgas, entre las cuales brillaba la mata del pubis, al Chato le había ido creciendo un falo largo y delgado, como una lanceta. El muchacho se encaramó a la cama. Sin la menor resistencia, aquella protuberancia fue absorbida entre las piernas de la mujer. Chato se elevó hasta cabalgar gustosamente al ritmo de sinuosos golpes de cadera. Frente a la solidez de la hembra, Simón tuvo la impresión de que la aparente fragilidad de su amigo acabaría, como al término de un sacrificio, reduciéndolo a la condición de víctima. El leve perfume a lana de la moqueta se fue tiñendo de un acre olor a sexo. A Simón se le ocurrió pensar que la prostituta había estado con otros clientes ese mismo día, y que de alguna manera la energía, el sudor, el semen de esos hombres anónimos permanecían en ella, confiriéndole el dominio de la situación y una misteriosa autoridad. La cabeza de Chato había comenzado a girar en un espasmo pendular, como inspirado en ese tipo de ejercicios que los atletas realizan para prevenir contracturas en los músculos del cuello. La mujer había hecho presa en su culo flaco; con las uñas arañaba la carne, que iba amoratándose. Chato arqueó el cuerpo y puso los ojos en blanco. Pájaro y Servando, apoyados contra un armario, compartían risas ahogadas. Se las habían arreglado para, sin dejar de mirar, allí mismo, de pie, liar otro porro, y se lo pasaban con delectación, aspirando el humo hasta el fondo de sus pulmones. Cuando Chato eyaculó, en medio de una sinfonía de gritos que todos juzgaron un punto exagerados, pensaron que la escena había llegado a su fin. Sin embargo, la mujer lo atrajo por la nuca y lo volteó, quedando a horcajadas encima de él. Aferró sus muñecas, oprimiéndolas contra el edredón de seda, y se puso a cabalgarlo con furia. Simón podía ver sus pechos temblando como flanes, y el pedúnculo de su compañero entrando y saliendo de la caverna del amor.

Chato volvió a registrar movimientos convulsos, ilustrados esta vez por soeces interjecciones, y se derrumbó a un lado. Su semen resbalaba por el muslo de la mujer.

Hipnotizado, Simón miraba su sexo entreabierto. Dándose cuenta, ella le llamó a su lado. Simón se sentó en el filo de la cama. La mujer hizo pinza con los dedos y separó para él sus pliegues secretos. El fuerte olor a marisco estuvo a punto de hacerle vomitar.

—¿Te doy asco, muñeco? —preguntó ella, limpiándose con una punta de la colcha, que se tiñó en el acto con un zumo de color mandarina. Rescató su tanga, arrugada bajo la mesilla de noche donde reposaba el teléfono azul, y se vistió con rapidez, profesionalmente.

»¿Puedo hacer una llamada?

—Es una línea privada —se negó Simón.

—Déjala que llame, tío —intercedió Pájaro.

—He dicho que no.

Sin hablar, ella cogió el bolso y abandonó el dormitorio. Simón la siguió por el pasillo, hasta la puerta. La mujer le tomó las mejillas exactamente como, de pequeño, solía hacer su madre. Úrsula les llamaba mofletes.

—¿Te gusta mirar, nene?

Simón no contestó. Ella deslizó la palma de su mano

sobre los botones metálicos de sus pantalones vaqueros. Por encima de la braguecía le acarició la polla. Simón se envaró. Las voces de la pandilla se oían amortiguadas. Tenía una erección tan potente que sentía dolor. Con un diestro movimiento, la mujer liberó su pene. Pareció que iba a chupárselo, pero debió de cambiar de opinión porque, mirándole a los ojos, dijo:

—Acaríciate.

Se oyó, como el graznido de un grajo, la risa seca de Pájaro. Simón echó un vistazo a la cámara del pasillo. No había nadie. Deduciendo que seguían en el dormitorio de su padre, y que no podían verle, empezó a masturbarse. Lentamente, según venía haciéndolo en las últimas noches.

—¿Te gusta? —susurró ella.

Simón asintió.

—Puedes usar las dos manos.

Simón obedeció. Los ojos le ardían. Apresuró el ritmo. El corazón estuvo a punto de estallarle cuando el líquido caliente disparó el placer hasta conectarlo con algún punto neurálgico de su cerebro.

—Lo has hecho muy bien —sonrió la mujer—. Tardarás bastante tiempo en necesitarme.

El ascensor seguía en el rellano. Ella entró y a través de la reja le tiró un beso. Mientras bajaba, se retocó los labios con una barra de carmín. Simón continuó mirando desde arriba. Un guardia la abordó en la planta baja. Veinte metros por encima de ellos, Simón interpretó, por el tono, que estaban discutiendo. Con un principio de pánico pensó que el guardia iba a detenerla. Que aquella puta pasaría la noche en el calabozo y que al día siguiente, interrogada por su padre, revelaría todo lo que su hijo y los amigos de su hijo habían hecho en su ausencia. Pero la melena y el vestido rojo avanzaron hacia las escaleras del portal. El guardia permanecía junto a la cabina del ascensor, mirando hacia arriba por el hueco de la escalera.

—Por fin, tío —dijo Pájaro, a su espalda—. Pensábamos que te habías pirado con la lumi.

—La he acompañado hasta abajo —repuso Simón, tranquilizándose al deducir que no le habían sorprendido—. Para que los guardias la dejaran salir.

Miró el reloj.

—Tengo que ir a tocar.

—¿Ahora que lo estamos pasando de puta madre? —protestó Chato.

—Sobre todo, tú —dijo Servando—. Nos fumamos un porrito y nos vamos. Me queda un poco de chocolate. Te dejo una china. ¿Vale, Simón?

—Gracias. Estoy un poco ciego. ¿No habéis fumado bastante? Venga, recoged las cosas. No os olvidéis nada.

—Pero tío, ¿qué te pasa? —protestó Chato—. ¿Es que nos estás poniendo en la puta calle?

—Tengo que merendar y cambiar una cuerda a la guitarra.

—¡Merendar! —se rió Servando.

—A mí nadie me va a echar a patadas —se obstinó Pájaro. Los ojos pequeños, encogidos, le brillaban. Se había erguido y contemplaba a Simón como si fuese a abalanzarse contra él.

—Bueno, tíos, vale —intercedió Chato. Se sentía agotado después del combate sexual—. A ver si os dais cuenta de dónde estamos. Los guardias pueden subir en cualquier momento.

—Les estaré esperando —dijo Pájaro.

De repente, desplegó una navaja de renegrida hoja.

—Guarda eso —dijo Simón.

—Es para rebanar el bollo de tu merienda —rió Pájaro—. Aunque no parece que te gusten muchos los bollos.

Simón se ruborizó.

—Guárdala, he dicho.

—¿Tienes miedo?

—No.

—Yo tampoco lo tendría, con todos esos maderos protegiéndote.

—No tengo nada que ver con ellos. Vivo mi vida. Y te aconsejo que a partir de ahora vivas la tuya, Pájaro. En mala hora me dieron tu teléfono. No eres más que un chorizo de poca monta. Escoria.

La navaja trazó un arco de luz. Servando se había retirado un paso, como poniéndose a salvo. Chato se dispuso a intervenir:

—Ya basta, eh, vosotros dos.

—Tenías que haber visto la cara que puso cuando la puta le enseñó el coño —dijo Pájaro—. ¿No serás marica, Simón?

—Fuera de aquí —ordenó el hijo de Brito.

—¿Has olvidado lo que me debes, niñato? Deberías ser más educado.

—Ya te pagaré. Ahora os vais por esa puerta.

—¿Por qué no pruebas a echarme?

La pelea fue confusa, pero apenas duró. Más adelante, Simón tendría la seguridad de que todo había sucedido con una endiablada rapidez. Primero fue aquel corte limpio, grueso, en su brazo. Después, uno de sus puños estallando contra una arista dura y puntiaguda de la cara de Pájaro. Su rival sangraba, pero la sangre que como una mancha acusatoria empezaba a derramarse sobre la alfombra del vestíbulo era suya. Chato se largó. Pájaro y Servando, no sin coger algunos objetos de plata y cristal, y disimularlos apresuradamente por los bolsillos, corrieron escaleras abajo.

Simón se estaba mareando. Al huir, alguno de sus provisionales amigos había tirado un porro, que humeaba en el suelo. La raja en su antebrazo se agrandaba. Pudo ver las paredes de la herida. «Como una vagina ensangrentada», pensó. El color de la sangre le fascinó.

Sonó con estrépito el portero electrónico. Haciendo un esfuerzo agónico, se puso en pie y lo descolgó. La voz del guardia civil sonó con acento andaluz:

—¿Se encuentra bien, don Simón?

—Descuide.

Los guardias no sabían muy bien cómo tratarle. Unos le llamaban señorito, otros con el don por delante. Todos, de usted. Veían en él una prolongación de la autoridad de su padre, y un objetivo a proteger.

El número de turno siguió diciendo, desde abajo:

—Hemos detenido a unos muchachos que pretendían abandonar el edificio. Portaban objetos de valor, quizá producto de un hurto. Uno de estos individuos ha entregado un arma blanca. ¿Usted los ha visto? ¿Le han molestado?

—Sí. No. Bueno, no mucho. Han venido a traer unos paquetes. Para montar un aparato de música.

—¿Quiere que los retengamos hasta que regrese el gobernador?

—Todo lo contrario. Déjelos marchar, por favor.

—¿Seguro que se encuentra bien? —preguntó el guardia después de una prolongada pausa.

—Seguro. Buen servicio, agente.

Daisy fue la primera de las domésticas que regresó de su tarde de fiesta. Había ido al cine con uno de sus novios españoles, y después se había acostado con él en una furgoneta de reparto, entre botes de pintura y un fuerte olor a aguarrás que, junto a los dos vinos que habían tomado antes, la habían colocado más de la cuenta. Era casi hora de cenar. Entró por la puerta de la cocina y encendió las luces. Se disponía a preparar un bocadillo cuando oyó un quejido al otro lado de la casa. Muerta de miedo, dobló los corredores y atravesó la gran sala de recepción. Simón estaba en el vestíbulo, tumbado en el suelo. Respiraba, pero había perdido el conocimiento. Un charco de sangre manchaba la alfombra y se extendía por la tarima de roble. Daisy dio un grito y bajó en busca de ayuda.

5

«Cerrado por defunción.»

Álvaro Brito detuvo el coche y se quedó mirando el cartel sujeto con dos tiras de celo a la puerta del restaurante. Al derrapar en la rotonda de entrada, le había extrañado que el párquing estuviera vacío.

—Parece que no hay nadie —dijo Rosa Santos.

La luz de la mañana recortó la silueta de un hombre que se dirigía hacia ellos. Vestía chaleco y camisa blanca. Brito reconoció en él a uno de los camareros.

—Deberíamos haberle advertido, señor —dijo el empleado, por el hueco de la ventanilla del coche—. El dueño ha perdido un pariente cercano. Hemos cerrado. No podemos atenderle. En nombre de la dirección, le pido disculpas.

—La familia es lo primero —asintió el político.

Los aceites absorbidos por la grava del aparcamiento y el ácido olor de las fábricas papeleras establecidas en la orilla del río impregnaban la corriente de aire que entraba por la ventanilla. Brito oprimió un botón. El cristal se cerró.

—Habrá que rehacer nuestros planes.

—Estoy segura de que encontrarás una solución —dijo Rosa—. ¿No la encuentras siempre?

El tono era sarcástico, pero también cómplice. Al gobernador le gustaba. Su jefa de gabinete le había atraído desde el principio. Desde que escuchó su voz por teléfono, en las primeras llamadas que hizo desde Madrid.

Tenía iniciativa y, según había ido descubriendo, la virtud de convertir actos cotidianos, rutinarios, en simpáticos episodios. Le hacía sentirse joven. Después de tanta soledad era lo que necesitaba.

—En marcha —dijo él. Giró con brusquedad y salió a la carretera. Dudó un instante, pero eligió el carril de acceso a la autopista.

—¿Un viaje sorpresa? —sonrió ella.

—Nos sentará bien un poco de aventura —repuso Brito.

No había logrado acostarse con ella hasta la semana anterior. El tórrido encuentro había tenido lugar en el mismo coche que ahora conducía. Su vehículo particular, aquel un tanto anticuado pero todavía aparente Mercedes color cereza. El mecánico del Gobierno Civil había descubierto la avería sufrida durante el viaje a Argenta. Le había cambiado algunas piezas, negándose a cobrarle la mano de obra. Agradecido, Brito le había obsequiado con unas entradas de tribuna para el fútbol. Gracias a las reparaciones, el motor funcionaba con más suavidad.

—¿Vamos muy lejos?

—Un poco al azar —se dejó ir el gobernador.

—Esta tarde me espera una reunión con Aramburu.

Brito hizo una mueca de irritación.

—¿A qué hora?

—A las seis.

—Creí que disponías del día entero.

—Lo siento. Olvidé esa reunión.

—Puedes decirle, sin faltar del todo a la verdad, que el jefe te ha convocado a otra más urgente.

Rosa rompió a reír. A él le encantaba su risa; le producía un efecto sedante.

—Vamos. Coge el teléfono.

Ella le miró a través de sus redondos lentes.

—No estoy muy segura de querer hacerlo.

—¿Deberé recordarte que trabajas para mí? Anula esa cita.

—Está bien. Utilizaré mi celular. Será más seguro.

Tras aquella noche iniciática, después de hacer el amor en el asiento trasero del coche, sofocados aún, sin haber dormido, ocuparon la jornada en sus respectivas oficinas, a pocos metros uno del otro. Por primera vez, la Delegación del Gobierno le pareció a Brito un edificio hermoso.

Rosa fichaba a las ocho. No había tenido tiempo de cambiarse de ropa, pero cuando a las nueve en punto, como cada mañana, entró en su despacho, con la correspondencia y la bandeja del café, le causó un efecto radiante. Hacía unas pocas horas, en la madrugada, esa falda de cremallera lateral había yacido arrollada sobre las alfombrillas del coche. Brito volvió a excitarse. Sus manos se rozaron entre invitaciones y cartas. Ella le besó. «Todavía sigo caliente», le había dicho. Brito tuvo que hacer un esfuerzo para controlar su libido.

Quedaron a comer en un restaurante del extrarradio. Rozándose las yemas de los dedos, las rodillas por debajo del mantel, jugaron a explicarse las causas de su locura: demasiadas copas y tensiones compartidas, una instantánea atracción... Ambos intuían que algo estaba creciendo, anudándose entre ellos. A los postres, Brito le entregó el estuche con la sortija que, sin verla, había encargado por teléfono a la mejor joyería de Argenta. Un mensajero transportó hasta su despacho el paquetito envuelto en un primoroso envoltorio. Esa misma noche se volvieron a acostar en su apartamento.

Rosa marcó el número de Aramburu. Brito disfrutó de su influencia sobre ella. La conquista de esa mujer estaba galvanizando su decaído orgullo viril.

—No podré estar a las seis, como estaba previsto —decía su jefa de gabinete—. Mi madre no se encuentra bien.

«Verás, Santos, las cosas no funcionan así —oyó Brito replicar al subdelegado—. ¿No fijaste tú misma esa reunión semanas atrás? —siguió diciendo Aramburu, a un centenar de kilómetros de allí—. ¿Con quién te sustituyo? Busca a alguien que pueda acompañar a tu madre. Un médico, una canguro, no sé.»

—Un funcionario eficiente —gruñó Brito cuando Rosa hubo terminado.

Ella tomó una decisión.

—Tú ganas. Iré contigo.

—Bien dicho, nena. Así me gusta.

—¿Adónde piensas llevarme?

—A un sitio muy especial.

—Sólo pondré una condición.

—¿Condiciones? —murmuró el gobernador. La palabra le trajo otra clase de recuerdos. Reuniones clandestinas. Argel. La torcida sonrisa del terror.

—Que a ese lugar no hayas llevado a ninguna otra.

El gobernador sonrió. Estaba empezando a descubrir que Rosa era celosa, casi tanto como Úrsula.

Álvaro Brito sólo había experimentado los celos en la universidad, cuando salía con Mimí del Arco. Aquella niña bonita, hija del gobernador militar de Madrid, era consciente del poder que su respingona belleza le confería sobre anónimos estudiantes que, como él, atravesaban cada mañana el reseco césped del campus. Durante el curso no le había hecho el menor caso, pero, armándose de valor, se atrevió a tontear con ella en la fiesta de Paso del Ecuador. Mimí llevaba un vestido verde pistacho. Bailaron una canción de Elvis y luego, más apretados, una de las favoritas del joven pero ya clásico Brito, *Moon River*, en la inevitable versión de Andy Williams. Mimí emanaba una mezcla de lavanda y sudor que ya para siempre el futuro gobernador asociaría al deseo. Días después, cuando los alumnos sólo se veían en los pasillos de la facultad, para recoger las calificaciones, volvió a encontrársela. Con el corazón desbocado, le preguntó si quería salir con él. Estaban bajo el pórtico de Derecho; por las puertas giratorias entraban y salían estudiantes. «Esta tarde no puedo», repuso Mimí, parapetada tras una carpeta con calcomanías de los héroes de Mafalda. «Me refería a si quieres salir conmigo como pareja», añadió el joven Brito, encendido por una pasión que le había provocado trastornos del sueño y una diarrea líquida que no acertaba a cortar. Ella no dijo que no. Esa tarde la besó en un cine con un deseo ávido que le provocó punzadas de dolor en algún músculo cercano al corazón. Por Mimí aprendió a patinar en torpes círculos sobre el espejo del Palacio de Hielo, y a cabalgar como un indio borracho por las encinas de Boadilla, donde existía un picadero para alquilar monturas de paseo. La besó otras tardes hasta desfallecer de una dulce angustia que después, cuando volvía andando a casa de sus padres, en la calle Ballesta, se transformaba en desasosiego, casi en despecho. Viendo una película de arte y ensayo en el aula de cine de un colegio mayor ella lo masturbó una vez, torpemente, por encima del pantalón; pero nunca llegaron a hacer el amor. La felicidad apenas duró. Sin previo aviso, Mimí lo plantó por un alumno de Geológicas. Debió de dejarse seducir, dedujo un atormentado Brito, durante una excursión para encontrar té de roca en las faldas de Guadarrama; él no pudo asistir por culpa de una nueva manifestación gastroentérica. Pero esa relación no cuajó. Mimí tuvo otros novios. Al terminar la carrera se casaría con un hombre de negocios, Gómez Zopico, heredero de una familia de bodegueros y mayoristas de grano. Flaco y lampiño, el marido de Mimí también tenía algo de espiga, de silo, pensaba, rencoroso, Brito, cuando lo veía por Castellana conduciendo su Dauphine de color vainilla. Zopico compró para Mimí un ático en el paseo de La Habana. Brito pasó un año consolándose con amores mercenarios. Más adelante contraería matrimonio con Úrsula Glaría, una muchacha de la buena sociedad de Toledo, ajena al mundo universitario pero con relaciones y dote. Contrariamente al enlace Sánchez Zopico-Del Arco, que había ocupado media página en *ABC*, con ilustración gráfica, su compromiso ante el altar no mereció el interés de la prensa. Pasó el tiempo. Entró en política. Supo que habían nacido los hijos de Mimí, un par de gemelos flaquitos y pelusos como el padre. Nació Simón, el único hijo de Álvaro Brito y Úrsula Glaría.

Un cartel le hizo regresar a la realidad. Agramante, 110.

—¿Puedo fumar? —preguntó Rosa.

—Acabas de recordarme a mi hijo. Simón deja los ceniceros hechos un asco. Me lo ha dicho Paco, el chófer. Cuando lo lleva al colegio, fuma. Es el colmo. Adelante, envenénate tú también.

La semana anterior, solos en la madrugada, justo cuando acababan de desacoplarse en el asiento de atrás, ella se había deslizado hasta la parte delantera para alcanzar el paquete de tabaco. Pero aquel pitillo había quedado unido en su memoria a un penoso recuerdo. Rosa había cogido la cajetilla del bolso, y extraído un cigarrillo; al encender el mechero, un acampanado resplandor iluminó la tapicería del Mercedes. Entonces, muy cerca, casi cara con cara, Rosa había visto al intruso. Asustada, gritó. El corazón de Brito dio un vuelco. La llamita estaba revelando un rostro deforme, una chata nariz pegada a la ventanilla. Subiéndose la bragueta, el gobernador le pegó una patada a la puerta. Había creído sorprender, en las borrosas facciones del pervertido espectador, una sonrisa burlesca, como si el rato que llevaba observándoles le hubiese reportado un pérfido botín. Por un instante, mientras luchaba con la manilla (al ponerse a magrear con su jefa de gabinete, había bloqueado los seguros), el gobernador, en su hipocondría, llegó a identificar aquellos rasgos con uno de los terroristas más buscados. «De ser así, estaríamos muertos», pensó en el acto. De pronto, mientras se ajustaba un zapato, fue consciente de su imprudencia: habían ido a enfriar su temperatura erótica en un paraje rodeado de árboles y, cosa rara en Argenta, bancos de niebla. Debían de hallarse en un extremo del Parque Grande, donde la humedad, debido a la proximidad del río, actuaba en las noches frescas. En el exterior se produjo un movimiento simiesco, acompañado por ruido de ramaje roto. Una figura encorvada huía en la noche. Brito encendió los faros. Extrañas formas mutaban en la oscuridad. Rosa temblaba. «Vámonos», había dicho, abrochándose el sujetador. «Voy a salir a por ese cabrón.» «No me dejes sola.» Pero el gobernador había sacado una pistola de la guantera y apartaba ya los arbustos con varoniles gestos. Cuando volvió, estaba fuera de sí. «Antes o después, le cogeré.» «¿Qué vas a hacer, denunciarlo a la policía?», había ironizado ella, dolorosamente. Empezaba a sospechar que aquel individuo llevaba un buen rato excitándose con todo lo que ellos habían hecho en el asiento de atrás. Se sentía sucia, con ganas de vomitar. «Déjalo —había murmurado, ahogándose de vergüenza—. ¿Cómo explicarás qué hacía el gobernador de Argenta, a las cuatro de la madrugada, en un lugar como éste?»

A lo largo del horario laboral, Brito sólo podía verla en su puesto, pero estaba con ella de manera constante. Cuando despachaban juntos intentaba mantener la compostura, no evidenciar que se derretía imaginando lo que podía llegar a suceder en el curso de próximos y más relajados encuentros amorosos. Rosa avivaba el fuego rozando sus manos al entregarle un documento cualquiera, la última estadística criminológica, una invitación del club de Mujeres Demócratas para impartir una conferencia sobre la igualdad de oportunidades. Un Brito rígido, oculto tras su mirada de acero, recogía esos papeles como un autómata. Otras veces se comportaba mezquinamente. Un ejemplo: para evitar que Aramburu o cualquier otro funcionario intuyera siquiera lo que había entre ellos, la reprendía en público.

El deseo le hacía experimentar hacia Rosa un flujo de admiración, una cierta pleitesía, pero pronto su naturaleza se inclinó a transformar en dominio ese noble sentimiento. Brito estaba seguro de que su innato despotismo le había hecho sobrevivir en la lucha por la vida, en las pugnas políticas, en la guerra contra el terror. Lejos de considerar esa característica suya como un foco de tiranía, la dictatorial herencia de sus años franquistas, valoraba su intolerancia como una fuerza interior capaz de ordenar la realidad alrededor de él. A esa potencia atribuía sus éxitos, su estabilidad. Físicamente podía sentir su voluntad como una corriente alterna que en ocasiones, como al discutir con Simón, discurría sin control. Cuando se dejaba dominar por la ira, una hoguera abrasaba su sangre. Algo así como una burbuja de fuego estallaba en el interior de su cabeza. Entonces se transformaba en el «Brito cabrito» que había inspirado uno de sus motes juveniles. «¡Brito, cabrito, cabeza de chorlito!», le gritaban los alumnos mayores de las franciscanas, donde había estudiado hasta el bachiller.

Redujo con brusquedad para adelantar a otro vehículo.

—La verdad es que conduces de horror —se alarmó Rosa.

—Eso dice Simón. Cuando no me está recriminando lo mal padre que soy.

—¿Problemas de conciencia?

—Claro que no.

—¿De convivencia?

—Tal vez. Pero no sólo por culpa mía.

—Está en la peor edad.

—Di más bien que está inaguantable. Consigue sacarme de mis casillas. Últimamente le ha dado por ponerse teórico y hablarme de su generación. Como si esos mocosos fueran capaces de inventar algo nuevo. Como si la mía fuera una mierda pinchada en un palo.

—Vamos, Álvaro. El chico tiene un montón de cosas buenas.

El gobernador tardó en responder. Lo hizo con un tono levemente dramático.

—¿Quieres que te hable en serio?

—Desde luego.

Brito se arrancó una pestaña.

—Mucho me temo que se esté drogando.

Rosa no supo qué decir. Conectó el aparato de música. La voz de Andy Williams entonó *Canadian Sunset*.

—¿Cómo puede gustarte esto?

—Es fantástico —repuso Brito. Pero, lejos de relajarse con su música favorita, seguía rígido como una estaca.

—¿Me dejarás que te regale otros discos?

—¿Por ejemplo?

—Oh, no sé. Moustaki, Leonard Cohen. Tony Bennet, si me apuras. En tu línea, pero mejorando lo presente. Pablo Milanés.

—¿El juglar del barbudo? Cuando quiero intoxicarme con propaganda política dejo fluir mis propios pensamientos. No conoces a Andy. No lo has oído lo suficiente. No sabes de qué es capaz.

Brito subió el volumen. La almibarada voz rebotó contra las ventanillas. El sol extraía reflejos al capó. La autopista se extendía en una recta sin fin.

Rosa empezó a acariciarle la pernera del pantalón. El gobernador pudo sentir la aceleración de su sangre. Cerrando los ojos, se dejó abrasar por un torrente erótico. Su sexo respondió, desplegándose. Brito se inclinó y, con levedad, le acarició un pecho. Ella se sonrojó.

—Me pones a cien, gobernador.

Brito sonrió con lascivia.

—Portémonos. No vayamos a tener un accidente.

Tomaron el desvío hacia Agramantes, un pueblo famoso por sus truculencias medievales, brujas, leyendas de aparecidos, autos de fe. La tierra era pobre. Se sucedían ásperos páramos, peladas ramblas que con las lluvias arrastraban turbas de barro. El tomillo y la lentisca apenas hundían raíces en los yesíferos. Bandadas de tordos dibujaban flores negras en el cielo.

Dejaron atrás una zona cárstica, con cenicientas cárcavas impresas en las torrenteras como culebras minerales. Descendieron hacia un valle. El paisaje se fue impregnando de verdor.

Más tarde, con el sol en el cénit, las bóvedas de un monasterio cisterciense surgieron entre las copas de los árboles. Algunos frailes trabajaban en la huerta regada con aguas del río Madre, cuyo manantial nacía más arriba, en los riscos. Las cascadas podían admirarse desde las grutas, a las que se accedía por puentes colgantes. La hiedra cubría el cenobio. Troneras como lágrimas negras insinuaban el espesor de los muros. Los troncos de los cipreses hacían rebasar sus copas sobre las arquerías del claustro.

Aparcaron frente al ciego rosetón. Mientras Rosa observaba las truchas de un estanque, el gobernador reservó la celda del prior. No recordaba a ese recepcionista de citas anteriores, cuando había invitado a otras mujeres a pasar un rato agradable en la hospedería. Aquel escondite no estaba muy lejos del País Vasco. Era uno de sus talismanes. Nunca le había fallado. Nunca le habían sorprendido.

—Hemos tenido suerte. La suite principal está libre.

Rosa había cogido del suelo un pedazo de pan y arrojaba migas a las truchas. El gobernador se quitó la chaqueta. Deseaba quitarse cuanto antes el resto de la ropa.

—¿No tienes hambre?
—De ti —susurró Brito.
—Las obreras nos levantamos temprano. A las seis, concretamente. Desde entonces no he comido nada. ¿Sería mucho pedir que me llevases a un sitio típico y me invitaras a unas costillas a la brasa?

El gobernador vaciló. Su ansiedad sexual se estaba manifestando en una incipiente erección.

—Hay un merendero en el bosque, creo.

—¿No dijiste que nunca habías estado aquí?

—Lo habré leído en alguna guía.

Rosa apuntó una juguetona sonrisa.

—Vamos a comer. Después te recompensaré.

Brito preguntó en recepción. La casa de comidas estaba al otro lado de las cascadas. Podían llegar caminando.

Atacaron una ladera de hayas. Los troncos se elevaban transparentando la luz. Pronto dejaron de ver el sol. En el corazón del bosque persistía el rocío. Fresas silvestres brillaban entre zarzas y helechos. La senda se estrechaba, subía. Atravesaron un pasadizo excavado en roca viva. Tuvieron que bordear un precipicio. Abajo, a cincuenta metros en caída libre, bullían las aguas de un torrente. Un puente de tablas cruzaba el desfiladero. Brito tomó aliento y caminó pegado a la roca. Pero nunca pudo alcanzar el otro lado. Una súbita palidez demudó su rostro, y cayó de rodillas. Rosa, que iba delante de él, regresó corriendo a su lado. El gobernador no podía hablar. Un agudo dolor laceraba sus tímpanos.

—¡Álvaro!

—En mi cartera —acertó a decir.

—Tranquilo —dijo Rosa, pero era ella quien, observando su lividez, se estaba poniendo histérica. La expresión de Brito se había vaciado de inteligencia—. Tranquilo, cariño.

Al registrar nerviosamente su billetera se le cayeron una serie de tarjetas y la fotografía de una mujer. Supuso que era Úrsula, la madre de Simón. En la funda del carnet había un preservativo y una tableta de betahistina. Guardó el condón y le puso la pastilla en la lengua.

El gobernador se incorporó, clavando un codo en la tierra, y miró hacia abajo. Fue como si la cascada le arrastrase en su blanca caída. Uno de sus ojos giraba lentamente en su órbita. El bosque se desenfocaba. Tuvo la ilusión de que los árboles copulaban como lujuriosos monstruos.

—Apóyate en mí.

Regresaron despacio. Brito estuvo a punto de vomitar.

El monasterio disponía de una rústica cantina, donde sólo se servían desayunos y bebidas. Como las mesas daban al desfiladero, a los torrentes de espuma, prefirieron quedarse en la barra. Pero Brito había visto ya, allá abajo, puntos diminutos. «Hormigas», pensó. Un grupo de visitantes recorría bajo el vapor de agua el paraíso de los monjes del Císter. Brito bebió ruidosamente un vaso de limonada.

—Estoy mejor.

—Tiene que verte un médico.

—Me han reconocido varios. Todos dicen lo mismo. Estrés. Cervicales. Una otitis mal curada. Falta de sueño. En fin. Cuando me ataca es como si viera a través de una lente invertida. ¿Te acuerdas de esos espejos de feria?

—Me encantaban. Una vez que no había nadie me desnudé de cintura para arriba. Fue una cura de humildad, aunque no lo necesitaba. Conozco mis limitaciones. Nunca fui precisamente un bombón.

—A mí me pareces muy atractiva.

Un nuevo vahído perturbó al gobernador. Rosa se apresuró a sostenerle la cabeza.

—¿Puedes verme, Álvaro?

—Como en el fondo de una lente, de un telescopio invertido. —Hizo una trabajosa pausa para tomar aire, y dijo—: ¿Sabes? Cuando Simón cumplió diez años le regalé un telescopio. No lo había pedido, no quería nada. Es tan raro. Su madre nunca sabía qué comprarle. Por aquella época se pasaba el día leyendo cómics de ciencia-ficción. De modo que fui a una tienda y le compré un telescopio. No debería decírtelo, pero Úrsula estaba muy hermosa. Encendí las velas. Simón se me quedó mirando sin decir nada. Corté la tarta. Los dulces le gustaban mucho. Siempre repetía. Hasta se llevaba un trozo para merendar. Cogí el telescopio. «Esto debe ser para ti», dije, desembalando el trípode. «Está bien», dijo él. Fue la primera vez que lo dijo.

—¿Qué tiene de raro?

—Su código de palabras se redujo a la mínima expresión. En adelante, «Está bien», iba a equivaler a un sí. No a una afirmación rotunda, sino a una especie de autorización o permiso. Si quería decir no, decía «No importa». ¿Comprendes?

—Está bien —bromeó Rosa.

El gobernador exclamó.

—¡Mesonero!

—¿Señor?

—Póngame un whisky.

—Marchando.

Brito esperó a que le sirviera. Se mojó los labios y jugueteó con los cubitos de hielo.

—Simón dejó de hablar a los once años. Un buen día se encerró en una campana de silencio. No respondía en el colegio, no hablaba con nadie. Durante un año, permaneció mudo. Era inútil esforzarse. Su madre lo intentaba una y otra vez. Cuando se sentía agobiado, o si la veía llorar, decía «Está bien», «No importa». Lo llevamos a un psicólogo, por supuesto. No, nunca le pegué —negó, categórico.

—Tampoco te lo he preguntado.

—Pero estabas a punto de hacerlo, ¿no es cierto?

—Claro que no.

—He sido un buen padre. Ni siquiera me mostré agresivo con él.

—Respeto tu vida familiar, Álvaro —insistió Rosa—. Si algún día me pides que me implique, lo haré. Hasta entonces cuéntame lo que creas que debo saber. Puedes confiar en mí.

Brito asintió, pensativo.

—Lo intentamos todo. Fármacos. Terapias de grupo. Acupuntura. Talasoterapia. Yoga. Hipnosis. Un psiquiatra tras otro. El último que estudió el caso concluyó que el chico sentía veneración hacia su madre.

—¿Complejo de Edipo?

—Quién sabe.

—¿Y qué sentía hacia ti?

Brito se peinó las cejas y después, nerviosamente, se arrancó una pestaña.

—Una mezcla de respeto y temor. Fue lo que dijo el psiquiatra.

Un grupo de turistas acababa de aparecer en el umbral de la cafetería. El ambiente no debió de atraerles, porque se marcharon.

Brito había abatido la mirada sobre la barra tachonada de clavos de forja.

—Los psiquiatras están un poco locos —intentó consolarle Rosa—. ¿Le gustó el telescopio a Simón?

—Lo montó él solo, sin ayuda. Su habitación tenía una terraza que daba al mar. Antes de que dejara de hablarme me hizo ponerle un cerrojo. No sabíamos qué hacía dentro. No sabíamos nada de él. Nada, ¿entiendes?

Apuró el whisky. Para relegar de su cerebro la obsesiva presencia de Simón intentó crear una visión de Rosa desnuda en la celda del prior. Instantáneamente, volvió a creer en la relación entre su capacidad de actuar y la felicidad del prójimo. Su impulso producía calor, reacciones positivas. Era un núcleo fecundo, clave de la armonía de los suyos, que él gestionaba.

Entraron al hotel. El gobernador dedujo que el nuevo recepcionista debía de corresponderse con el del turno de tarde: un escuálido rapaz, con perilla y gorra de plato, procedente de cualquiera de los pueblos cercanos. Rosa y él pidieron la llave con la conciencia de una pareja adúltera.

La antigua celda del prior, muy amplia, tenía el aire

de una capilla. Las baldosas de loza retenían un resto de humedad, como si las mujeres del servicio de habitaciones acabaran de enjabonar el piso. El lecho era obispal. Brito descorrió los visillos. La terraza abría al precipicio. El manantial bullía.

Se acercó a Rosa y le acarició los pechos.

—No quiero hacer el amor deprisa —dijo ella—. Desnudarnos, vestirnos. Contigo no quiero que sea así. Tampoco como en mi casa, pendientes siempre del reloj y de tu teléfono. —Se acercó a la ventana—. ¿Adónde bajarán estas escaleras?

—Al arroyo, imagino.

Rosa abrió la cancela.

—¿Te atreves? —le provocó, empezando a descender.

Brito la siguió con aire desamparado. Las suelas de sus zapatos resbalaron en los escalones tallados en la roca. Tuvo que agarrarse a las cuerdas y descender de espaldas.

—¡No te quedes ahí! —le animó Rosa—. ¡Tienes que vencer el miedo!

Sus piernas le arrastraron hasta un balconcillo de piedra, señalado con simples cuerdas. El vapor de agua ascendía en líquidas nubecitas. Comprobó que el vértigo seguía allí, agazapado en el desván de sus pánicos. Faltaba otra rampa para alcanzar el lecho espumoso desde donde Rosa le lanzaba gritos ahogados por el estruendo de la cascada. En uno de los escalones del segundo tramo a punto estuvo de perder el pie, pero pudo aferrarse a la pasarela. La humedad hacía resbalar sus manos sobre la superficie musgosa de la madera de boj. Rosa le dirigía frenéticas señas. No lograba interpretarlas, no oía nada. Sólo zumbidos. Cuando volvió a mirar hacia abajo, dominado por una fatal atracción, el hormiguero había aumentado. Bajo el cielo blanco de la cascada, junto a la hormiguita Rosa, otros insectos de cabeza humana gesticulaban en una lenta caravana de signos, runas, notas musicales que ascendían flotando hasta él. Las hormigas seguían congregándose. Brito creyó ver todo un ejército moviéndose alrededor de la hormiguita Rosa.

—Quédese quieto —oyó que le decía una voz.

Sintió presión en el tórax. Alguien lo izó. Su cabeza golpeó contra una roca. Los helechos se agitaban como algas submarinas. Intentó hablar, pero de su boca brotaron sonidos opacos. Entre las nubes de vapor de agua veía puntos oscuros, alas de mariposas negras.

—Arriba con él —dijo alguien.

—¿Se ha hecho daño?

—Un corte en la cabeza. Venga, arriba.

—Por aquí, padre —oyó a Rosa.

Cuando volvió en sí, su amante se inclinaba sobre él. Le habían aplicado una gasa en la sien, que le dolía con intensidad. Un médico se disponía a auscultarle.

—¿Se encuentra mejor?

Brito asintió con lentitud.

—Ha sufrido una lipotimia. Le daré un específico y lo sedaré. ¿Es usted su mujer?

—Sí —dijo Rosa.

—Dormirá toda la noche. No le despierte.

—Descuide.

Las cortinas estaban corridas. Quizás anochecía, pensó Brito. Había más gente en la habitación. Reconoció al conserje del turno de tarde. Detrás se perfilaba el hábito de uno de los frailes que lo habían rescatado, subiéndolo a pulso por la escalera de roca. El médico se despidió.

—Las seis —murmuró Brito; tenía la sensación de estar borracho—. Aramburu te espera. El Estado te llama.

Rosa le dio un beso con sabor a medicina.

—Tienes que descansar. Ya has oído al doctor.

Le sobrevino una arcada.

—Es como si me estuviera comiendo mis propias tripas.

Antes de salir, el fraile le bendijo. Desenrolló el rosario que llevaba en la cintura y lo dejó colgado del perchero, como un amuleto.

—Duerme —dijo ella—. Te pondrás bien.

Se acostó a su lado. Brito pensó que esa tibieza era muy dulce, y más limpia que el amor carnal. El narcótico empezó a causar efecto. Se adormeció.

—Úrsula... —murmuró, entre sueños.

Su teléfono móvil empezó a sonar. Estaba en la chaqueta, en uno de los bolsillos. La jefa de gabinete comprobó que era una llamada con el prefijo de Argenta. De pronto, cayó en la cuenta de que se trataba del número privado de la residencia del gobernador. Supuso que debía de tratarse de Simón, pero, sin fuerzas para explicar lo que estaba pasando, qué hacían allí, por qué razón no podía Brito ponerse al aparato, lo apagó. Apagó también la luz de la mesilla de noche. Se desnudó, dejándose sólo la ropa interior, de color perla, un conjunto especialmente atrevido que al gobernador parecía excitarle particularmente, y volvió a acostarse. Tardó casi una hora en dormirse, pero lo hizo profundamente, abandonándose a un sueño enjoyado de espejos mágicos, cascadas, húmedos besos y, sonando desde algún lugar remoto, una balada de Andy Williams que esta vez no le sonó tan cursi, sino tierna y melódica como el trasfondo de una plúmbea felicidad.

6

Los gritos de Daisy alertaron al retén de servicio. Voces confusas se oyeron en la escalera. Los agentes entraron en la residencia con las pistolas desnudas. Momentáneamente, al ver al hijo del gobernador tendido en el suelo, con los ojos cerrados, en medio de un charco de sangre, quedaron sin capacidad de reacción.

—Avisa a Udías —dijo el que había entrado primero, después de comprobar que el chico respiraba—. Voy a registrar la vivienda.

El segundo de los guardias bajó corriendo las cinco plantas hasta los viejos calabozos excavados debajo del garaje.

Era festivo, pero el escolta del gobernador se había presentado para jugar una partida con el personal de vigilancia. Lo hacía a menudo. Los demás hombres daban por supuesto que no tenía un lugar mejor adonde ir. Udías recibió el entrecortado mensaje y subió a la carrera, también con la pistola en la mano. Al entrar en la residencia chocó con el guardia que se había quedado en el vestíbulo. A punto estuvo de disparársele el arma.

—¿Hay alguien más en el piso?

—Creo que no —le informó el número, que regresaba de dar un rápido vistazo por las principales estancias.

—Pida refuerzos y practiquen un registro a fondo —ordenó Udías. Alarmado por el aspecto del muchacho, procedió a improvisar un torniquete. Arrancó un mantelito, tirando por el suelo las piezas de loza que sostenía, y presionó la herida—. Miren todo, los armarios, bajo las camas —añadió, inclinándose para escuchar el corazón de Simón, que latía débilmente—. Las terrazas, el cuarto de la plancha, el montacargas. Cierren el edificio. No quiero que nadie lo abandone hasta nueva orden. Usted, ayúdeme a bajar al chaval.

Lo trasladaron al ascensor, cuyo suelo quedó manchado por el goteo de sangre que seguía resbalando de la herida. Udías lo instaló en uno de los coches. Un chófer ocupó el volante.

—Al hospital, rápido.

El conductor hizo rechinar las llantas en la rampa de salida y aceleró por las callejas del casco viejo. No era estrictamente necesario, porque había poco tráfico, pero Udías sacó el brazo por la ventanilla para instalar la sirena. La tarde de aquel domingo tranquilo caía con lentitud sobre el asfalto del centro. Embocaron una avenida. La Clínica Universitaria era un edificio alto y rectangular, con ventanas seriadas y aparatos de aire acondicionado zumbando como alborotadas abejas.

Udías se identificó en Urgencias. Hubo un cierto revuelo. El médico de guardia atendió el ingreso en uno de los boxes. Mientras lo examinaban, el guardaespaldas intentó comunicar con el gobernador. Su móvil estaba apagado, o fuera de cobertura. Llamó a la Delegación y pidió más hombres.

Pasó una hora. De vez en cuando, Udías se asomaba por la cortinilla de boxes. Un celador le indicó que esperara en la sala de visitas, pero Udías insistió. Se le señaló un banco del pasillo en el que que podía esperar «siempre que hiciera el favor de apagar el cigarro». No era consciente de haber encendido ese puro corto que humeaba entre sus dedos. Sólo fumaba en momentos de tensión, o cuando necesitaba pensar. Acostumbraba a llevar cigarros desarmados por los fondos de los bolsillos de sus americanas, contra cuyas costuras se insinuaba el arma. Apagó el cigarro y esperó.

Hacia las nueve de la noche, una camilla trasladó a Simón a las habitaciones de planta. Udías se metió en el ascensor. Simón abrió los ojos. Su mirada era inerte. No dio señales de reconocerle. Al llegar a trauma los recibió otro médico. Udías lo asaltó.

—¿Alguien me podría informar de su estado? ¡Exijo un diagnóstico!

—¿Es usted familiar suyo?

—He venido en representación del gobernador. Que es su padre, como ya he aclarado a sus colegas de Urgencias.

—¿El gobernador está aquí?

—Llegará más tarde.

El médico lo contempló con franca hostilidad.

—Lleven al paciente a la cuatro-cero-cuatro —señaló al celador—. ¿Me permite pasar? —le dijo a Udías—. Debo atender a otros enfermos. Usted no puede permanecer aquí.

Udías inmovilizó la camilla.

—No me iré hasta que alguien me diga cómo se encuentra.

El médico repuso, con celeridad:

—Tiene una herida de consideración, pero es joven y se recuperará. Ha necesitado una transfusión. Había perdido mucha sangre.

—¿Su vida corre peligro?

—No.

Udías respiró

—Otra cosa, doctor.

El médico le apartó y avanzó con la bata abierta entre las camillas. El escolta fue tras él y lo cogió del brazo.

—Escúcheme. Nadie tiene que saber que...

El médico se rebeló.

—No. Escúcheme usted. Puedo hacer que lo expulsen.

—¿Quién, la policía? —sonrió Udías—. El hijo del gobernador está a mi cargo, de manera que nadie me va a tocar los cojones. ¿Cómo se llama usted?

—Esto es intolerable...

—Le advierto que se está metiendo en un buen lío, doctor comosellame. No me obligue a tomar medidas que no deseo tomar. No le conviene.

El médico pareció reflexionar. La envergadura y agresividad de Udías estaban comenzando a afectarle. Sin embargo, se mantuvo firme:

—Le repito que no puede quedarse en planta. Aguarde abajo. Lo examinaré y le comunicaré algo.

Simón estaba consciente, pero seguía muy pálido. Tenía los labios exangües, incapaces de pronunciar una palabra. El celador hizo rodar la camilla hacia la 404.

Udías cambió de táctica.

—Me temo que le habré parecido un poco brusco, discúlpeme. Puesto que voy a seguir necesitando su ayuda, si me lo permite me sinceraré con usted. El chico ha sido atacado. Todavía no sabemos por quién ni por qué. Le he dicho que su padre, el gobernador, se dirigía hacia aquí, pero en realidad no era del todo cierto. Un asunto de importancia lo retiene. Tenemos un par de sospechosos. Debo regresar a la Delegación del Gobierno para proceder a un interrogatorio. Mis hombres vigilarán el hospital. Hablaré con su servicio de seguridad, no se inquiete. Le agradecería que informase de urgencia a la dirección.

—¿Cómo sé que lo que dice...?

—¿Es verdad? Si tiene alguna duda, puede llamar a Jefatura. Pregunte por el comisario Carriega. Ah, y nada de prensa. Sobre todo, doctor, nada de prensa.

Udías bajó a toda prisa. Cuatro agentes habían acudido a su llamada. Le estaban esperando en la puerta de Urgencias. Los distribuyó, encomendándoles el control de los distintos accesos, y subió al coche para regresar a la Delegación del Gobierno. Desde el asiento, humedecido por el sudor de su espalda, hizo una nueva llamada a su superior. El móvil de Brito continuaba mudo. No era la primera vez que el gobernador desaparecía. Dadas las circunstancias, ¿debería activar los dispositivos de alerta? Necesitaba pensar. En uno de sus bolsillos, junto a la navaja de hoja de sierra de la que jamás se separaba, encontró un desarbolado cigarro y lo encendió. Una brasa cayó sobre su pantalón, haciéndole un agujerito. La memoria del guardaespaldas reprodujo mecánicamente los años oscuros. Gritos de dolor, olor a carne quemada de cigarrillos apagándose en la carne. Los tiempos habían cambiado. En la actualidad existían métodos más sutiles para extraer información de bocas cerradas por el fanatismo o el dinero sucio.

El escolta conocía al gobernador lo bastante como para dar por supuesto que estaría ocupado con una mujer. Hubo una época, en San Sebastián, que llegó a utilizarle a él como coartada. «Voy con Udías a una misión —le decía a su mujer—. Me llama Udías desde San Juan de Luz.» El guardaespaldas sabía que esa complicidad incrementaba su confianza en él. Pero ¿cómo encontrarlo esta vez? Temiendo que acabara derivándose un cargo contra él, se decidió a informar al subdelegado Aramburu. Lo localizó en su número privado.

—Llamaré a su jefa de gabinete —decidió el segundo, una vez al tanto de la situación—. Quizá sepa algo. Ahora mismo salgo para la Delegación. Nos veremos en mi despacho.

Apenas unos minutos después, el escolta hacía su entrada en el Gobierno Civil. Pero en lugar de subir a la primera planta y esperar al subdelegado en su amplia oficina, descendió al segundo nivel del sótano, por debajo de la planta de garajes.

Al subterráneo se accedía por una escalera de caracol. La luz del sol jamás llegaba hasta allí. Un guardia civil estaba sentado tras un escritorio de pino sin barnizar, leyendo *El Comercial* por las páginas de los anuncios eróticos, algunos de los cuales aparecían subrayados con rotulador.

Se puso en pie. Llevaba la guerrera abotonada hasta la nuez pero estornudaba, como si acabase de atrapar una pulmonía. Hacía tanta humedad como en una bodega.

—¿Y los detenidos? —preguntó Udías.

—En la capilla.

Llamaban así a una estrecha celda situada al fondo del subterráneo. Sus paredes desnudas reflejaban la luz de un tubo de neón colgado del techo. Udías avanzó por un pasillo que comunicaba con algunas habitaciones sencillas, con pocos muebles. En una de ellas se veía un viejo televisor y una mesa de naipes. En otra, una cocinilla con restos de bocadillos sobre el mostrador de formica.

El agente que le acompañaba sostenía un pesado llavero. Agregó:

—El sargento Berdascas los ha trabajado un poco. Introdujeron en la residencia a una mujer. Una profesional. Estoy comprobando los números de contacto. En cuanto la localizemos enviaré una patrulla.

Udías descorrió la mirilla y observó el interior de la celda. Tres muchachos de corta edad estaban sentados sobre el suelo. Llevaban raídas camisetas, el pelo largo y ceñidos pantalones vaqueros, de tejido elástico.

El guardaespaldas abrió la puerta. Entró, la cerró de una patada y se quitó la chaqueta, dejando a la vista la pistolera. Dos de los chicos, Chato y Servando, se incorporaron como impulsados por un resorte.

—Buenas, caballeretes. Me parece muy educado que se levanten para recibirme, pero en atención a su deferente actitud debo decirles que la mía no es una visita de cortesía.

Enrolló la americana alrededor de su brazo derecho y ocultó el puño en el interior de la manga. El golpe impactó en el rostro de Servando, arrojándolo contra la pared.

—¡Hijo de...! —exclamó Chato, pero no pudo terminar. Un codazo le cerró la mandíbula. Su lengua quedó lastimada. Empezó a sangrar.

Pájaro se había levantado, apoyándose en una esquina, con las manos delante del cuerpo. Udías le dedicó una mueca que tal vez podía ser una sonrisa.

—Ahora me lo vais a contar todo. Por orden y sin omitir nada. Quiero saber quién os ha enviado aquí, a qué habéis venido, cómo se produjo la agresión. Quién era esa mujer. Si hubo drogas, y quienes las consumieron. Todo, ¿habéis entendido? Dispongo exactamente de cinco minutos. El más listo, que empiece a hablar. Tú, gilipollas —dijo, señalando a Chato, cuya nariz, ancha de por sí, empezaba a hincharse.

—Me has roto un hueso. ¡Te voy a denunciar, animal!

Udías no le dio opción. Lo puso de espaldas a la pared y durante un rato que a sus colegas les pareció eterno estuvo trabajando a fondo sus riñones y su columna vertebral. Los golpes fueron cayendo selectivamente, arrancándole quejidos. Al finalizar el castigo, Chato se desmadejó sobre las baldosas del piso.

—¿Alguna otra interrupción? —les consultó Udías, con basta ironía; a pesar del frío, su frente sudaba.

Servando empezó a cantar. Cuando consideraba que las respuestas no eran suficientemente claras, Udías volvía a emplear los puños. A modo de despedida, anunció que esa sesión no sería la última. Antes de abandonar la celda le sacudió un guantazo a Pájaro. Cerró de un portazo, hizo girar la llave de seguridad y se la devolvió al guardia. El número le informó que había localizado a la mujer, y que un par de hombres habían partido a buscarla. Udías quiso ver la navaja con la que supuestamente habían herido al hijo del gobernador, así como los objetos sustraídos de la residencia. Después subió a la carrera al despacho de Aramburu, pero el subdelegado no había llegado aún.

En el mismo coche abandonó de nuevo la Delegación, rumbo al hospital. Ignoraba de qué modo iba a explicar al gobernador que tres delincuentes de poca monta habían profanado su santuario para divertir a su hijo.

No tenía la menor duda de que Brito le presionaría. También a Simón, y quizás a esos descarriados muchachos, hasta conocer de primera mano la película de los hechos. Udías sabía por experiencia que Brito podía mostrarse tenaz.

En el hospital todo parecía tranquilo. Udías subió a trauma sin que le incomodara nadie. Junto a la cama de Simón habían instalado un gotero. El chico dormía con el cabello desparramado sobre la almohada. Su brazo derecho estaba vendado hasta el hombro. En la zona donde se había desgarrado la carne, gotas de sangre habían traspasado las vendas, dibujando la trayectoria de la herida.

Udías hizo acudir al médico. Fue informado de que Simón evolucionaba favorablemente, tanto que tal vez pudieran darle pronto el alta.

—Tendrá que hacer rehabilitación, pero no parece que vayan a quedarle secuelas. Otra cosa. Al poco de marcharse usted se presentó un periodista.

Udías ladró:

—¿No le dije...?

—No tengo la menor idea de cómo pudo pasar, pero el hecho es que ha estado merodeando por aquí. Intentó entrar a la habitación, pero, naturalmente, se le impidió el paso. Debía de estar bien informado, porque preguntó por Simón Brito.

Udías dejó traslucir una amenazadora expresión.

—Uno de los suyos se ha ido del pico, doctor.

—No lo creo. Y, aunque así fuera, en este hospital trabajamos cientos de profesionales. ¿Cómo saberlo?

—¿Con un poco de disciplina, quizás? ¿Imagina qué replicará el gobernador? No han pasado unas pocas horas y ya tenemos planeando a los buitres de la prensa. Hará bien en abrir una investigación interna. Déjelo, lo haré yo mismo. Al fin y al cabo, son ustedes funcionarios. ¿Quién coño era ese periodista?

El médico sacó un papelito del bolsillo de la bata.

—Risco, de *El Comercial*. Suele llamar cuando estamos de guardia, pero no le he visto nunca. No sabría ponerle cara.

Udías le arrebató la nota.

—Yo me ocuparé. Si no le importa, dormiré en la habitación, junto al chico.

—Eso no es posible, pero le extenderé un pase de día. He hablado con la enfermera jefe. Estará pendiente del muchacho. No se inquiete por su estado. Ya le he dicho que no registra gravedad. Sus constantes son normales. A media noche se disiparán los efectos de la anestesia. Ahora tengo que marcharme. Mi turno ha terminado. El doctor Garcés me sustituirá. Le comentaré el caso.

Udías se despidió de él con seca cortesía y llamó a Aramburu para ponerle en antecedentes sobre el interés de la prensa. El subdelegado le recriminó que no le hubiera informado de inmediato, así como el hecho de no haberle esperado en la Delegación, lo que consideraba un desplante.

Udías replicó:

—Cuando llegué, usted no estaba. Cuando me marché, tampoco.

—Había mucho tráfico —dijo el subdelegado—. Por eso me demoré.

—¿Tráfico, en domingo?

Se trataba de un desencuentro más, de los muchos que los habían distanciado desde que Udías, disfrutando de la máxima confianza de Brito, había ocupado plaza en Argenta. Mantuvieron una fuerte discusión.

—Será mejor que no sigamos hablando por teléfono —le cortó Aramburu—. Voy hacia allá.

—Le estaré esperando —repuso Udías, con aire retador.

Sin embargo, veinte minutos después, cuando se encontraron frente a frente, en la habitación en penumbra, con Simón tendido de medio lado, y respirando por la boca con un sonido gutural, decidieron concederse una prórroga.

—Sería bueno que aplazásemos nuestras diferencias para mejor ocasión —opinó el subdelegado, en voz baja.

Udías asintió, taciturno.

—¿Sabe usted dónde está el gobernador?

El escolta lo negó.

—He intentado localizar a su jefa de gabinete. En su casa responde un contestador, y tiene apagado el móvil. Al salir del garaje de la Delegación —añadió Aramburu con morosidad, como midiendo las palabras, quizá por temor al uso futuro que Udías pudiera hacer de ellas—, no vi el coche del gobernador. La plaza estaba vacía. Pregunté a los chóferes, pero ninguno sabía nada. ¿Qué opina usted?

—Nada en particular.

—¿Álvaro Brito desaparece de la noche a la mañana y usted no opina nada en particular?

—A veces se toma un descanso.

—¿Fuera de cobertura?

La mirada de Udías se espesó.

—Es un hombre como otro cualquiera. De vez en cuando, necesita ciertos esparcimientos.

—¿Qué insinúa?

—Nada en particular.

—Veo que no puedo contar con usted. De ahora en adelante, yo tomaré las decisiones. Voy a ordenar una búsqueda inmediata.

El guardaespaldas permaneció en silencio.

—Usted sabe dónde se encuentra, ¿verdad?

—Antes o después, volverá por sus propios medios.

Aramburu insistió:

—¿Está con una mujer? ¿Tiene una aventura?

—Podría ser.

—¿En algún hotel? ¿En la costa?

—Yo no me molestaría en inspeccionar tan lejos.

—No es usted consciente de la responsabilidad en que puede estar incurriendo, Udías. Entiendo que se niega a colaborar. Asumo el mando de la Delegación.

Udías ensayó una mueca burlona.

—¿Desea ordenarme algo más, señor, ahora que ha ascendido?

—Abandone el hospital. Permanezca en su domicilio, si es que posee algo distinto a la caseta de un perro.

Udías se retiró con gesto hosco. Necesitaba pensar. Se detuvo en el pasillo, a través de cuyas ventanas hacía rato que había caído la noche, y rebuscó por su americana. Pero sólo encontró una desportillada caja de cerillas y su navaja serrada, de cachas de nácar. La abrió un segundo, asegurándose de que no era visto desde el cuarto de enfermeras. La hoja brilló. Udías pasó un dedo por el filo, mirando la puerta de la habitación 404. Cerró el arma. Entonces reparó en una camilla aparcada junto a la pared. Había un cuerpo tendido sobre ella. El celador debía de haberle dejado un momento allí, mientras inspeccionaba la habitación que le correspondía o rellenaba algún formulario. El paciente era un hombre joven. Sus rasgos aparecían contusionados por lo que parecían señales de una paliza, pero a pesar de las deformidades, y de las costras de sangre seca que le rodeaban la boca, le resultaron extrañamente familiares. Tenía el pelo escalonado y un brillantito en la oreja. Sin conseguirlo, Udías intentó recordar donde había visto esa cara. El perfil de Aramburu se recortó en la puerta de la 404. Sepultando la cólera que apenas podía dominar, el guardaespaldas bajó por las escaleras de emergencia, sucias de polvo, colillas, vasos de papel.

La cafetería estaba abierta. Unas cuantas mesas aparecían ocupadas por sanitarios, que cenaban encorvados sobre sus bandejas de aluminio. En la barra, salteada de platos de bocadillos, había un hombre. Llevaba, pese al calor, un traje oscuro, de aspecto invernal. Un absurdo gorro de fieltro le ocultaba parcialmente el rostro. Tenía delante una taza de café y escribía en una libreta de notas. Udías se sentó a su lado y pidió un coñac.

—Entonces —le decía el hombre al camarero, que se hallaba de espaldas, secando una pila de vasos—, usted no sabe nada. Ni siquiera quién es el doctor Garcés.

—Soy un simple concesionario —se excusó el camarero—. No puedo conocer a todos los médicos de este hospital. Mire, en esa mesa hay varios. ¿Por qué no les pregunta?

—Brillante idea —aplaudió el hombre, doblando la libreta. Se giró hacia las mesas—: ¡Eh! ¿Alguno de ustedes es el doctor Garcés?

Nadie contestó. Udías le preguntó:

—¿Para qué desea hablar con ese médico?

—Por una cuestión profesional.

—¿Puedo preguntarle quién es usted?

—Risco, de *El Comercial*. —El periodista bajó la voz—: Cuánto corporativismo entre estos matasanos. Cuando hay problemas se protegen unos a otros, como gatos panza arriba. ¿Usted no será del gremio?

—No.

—¿Puede ayudarme?

—Quizá, si me dice qué anda buscando.

Risco lo evaluó.

—Noticias.

—¿Para su periódico?

El reportero asintió.

—¿Un accidente?

—Agresión con arma blanca. La víctima podría ser el hijo de un político.

—¿Está seguro?

—Mi fuente es válida. Jamás me ha fallado.

—¿Alguna enfermera?

Risco sonrió.

—Se dice el pecado, pero no el pecador.

Udías sonrió a su vez.

—Se trata de un pez gordo, ¿eh?

—Podría apostar un brazo, y no lo perdería. Antes de venir he dejado una página abierta. Por si tengo que telefonear a la redacción. Me gusta trabajar con red. Pero todavía no me ha dicho a qué se dedica usted.

Udías sorbió su coñac. Había cogido un palillo y lo sujetaba entre los labios, haciéndolo discurrir de una a otra comisura de la boca.

—Seguridad —masculló.

—¿Privada?

El guardaespaldas afirmó, inclinando su cuello de toro. Gruesas arrugas, como cordones, se marcaron en su piel. Un brillo de desconfianza había asomado a los ojos de Risco.

—¿Trabaja para la Clínica Universitaria?

—Eventualmente.

—Entonces, quizá pueda ayudarme. Ya ha oído a quién busco. Por lo que sé, es un tal doctor Garcés quien está al cargo de... —Consultó un segundo su libreta, volteando las hojas hasta encontrar sus apuntes—. Simón Brito.

—Ese apellido me suena.

—Brito, el nuevo gobernador. Pero no está aquí. Que yo sepa, no ha acudido al hospital. Extraña ausencia, ¿verdad? En una circunstancia así, ¿qué padre no se precipitaría a la cabecera de su hijo?

Udías bebió otro sorbo de coñac. El palillo se le quedó en el centro de la lengua. Lo relamió y lo partió por la mitad.

—Escuche, Risco. Creo que puedo pasarle cierta información. Pero no aquí, con todos ésos haciendo oreja. Salgamos un momento. Ah, no. Déjeme pagar. Tengo crédito. A mi cuenta, mozo.

El camarero lo miró, estupefacto. Udías le guiñó un ojo y salió de la cafetería con el periodista.

—Hablaremos mejor fuera.

No había estrellas ni luna. Unas deshilachadas nubes rojizas flotaban en el opaco cielo. Hacía casi tanto bochorno como durante el día. Udías dobló la esquina del sector de Urgencias y descendió unos metros por la rampa de ambulancias. Una farola proyectó sus sombras. Esa zona, a medias cubierta por un falso tejadillo de uralita que concentraba el calor como una lupa, estaba desierta. Un canal de desagüe que descendía hasta el suelo exudaba un líquido cuyo fétido riachuelo burbujeaba en la superficie de una alcantarilla, antes de desaparecer. El depósito de cadáveres estaba al otro lado. Los muertos descansaban en cámaras a baja temperatura.

Udías se detuvo.

—Al fin solos, Risco.

El periodista miró con inquietud la boca del túnel que se abría un poco más allá. Se trataba de una salida subterránea de la avenida principal, sólo transitada por vehículos hospitalarios. Había sido excavada años atrás, para facilitar el acceso el servicio de Urgencias. Los ingenieros habían cometido errores de cálculo, y con las grandes tormentas solía inundarse. A veces servía también de guarida a yonquis en su viaje hacia la eternidad. Los chóferes de las ambulancias los descubrían recostados en las estrechas aceras, bajo las pálidas luces del túnel, con un blanco éxtasis nimbando sus ojos ciegos.

Udías ordenó:

—Marque el número del periódico.

—¿Cómo dice?

—¿No tiene portátil? Tome el mío. Explique que ha sido una falsa alarma y que ya pueden cerrar esa página. Sus compañeros se lo agradecerán. Podrán irse a dormir.

—No se preocupe por mis colegas de cierre. Están acostumbrados a trasnochar.

—Marque el número, Risco.

—Me parece que esta conversación no tiene demasiado sentido. Volveré a lo mío. ¿Me permite pasar?

Udías le hizo una grotesca reverencia.

—Adelante.

Risco avanzó unos pasos en dirección a la esquina del edificio, pero un dolor insoportable le hizo caer. Al golpearse con el cemento, se despellejó los nudillos. Otro dolor más agudo, algo así como una llamarada caliente, se estaba expandiendo por su zona lumbar. Intentó levantarse, pero las piernas no le sostuvieron. Al contraluz del farol vio la silueta de Udías, encima de él. Se protegió la cara.

—Llevo algún dinero —gimió—. Y un anillo de oro. Puede pedir lo que quiera. Cualquier anticuario de la Morería se lo quedará.

Udías dejó sonar una carcajada.

—¿Digo que voy de su parte?

—¡No me haga más daño!

La alianza brilló en la penumbra. El periodista intentaba arrancársela del anular, pero debía de llevar demasiado tiempo incrustada en la grasa de la falange.

—Aquí está mi cartera. Tome.

—Guarde su dinero. Sé que los reporteros de sucesos suelen estar mal pagados.

Risco se frotó los nudillos. La piel se le levantó.

—¿Quién es usted?

—Eso no importa. Tampoco lo que acaba de suceder. Sencillamente, no ha ocurrido. Usted resbaló. Una mala caída la tiene cualquiera. Ahora volverá a la redacción. Explicará que fue una falsa alarma y cerrará esa página con cualquier otra información. En una ciudad tan grande como ésta no pueden faltarle noticias a un buen profesional. Y yo diría que usted lo es.

Udías se agachó para recoger el gorro de fieltro del reportero, que había caído justamente en el canalillo de desagüe. Lo sacudió de porquería y lo encasquetó al cráneo de su dueño.

Añadió, con cínica dulzura:

—Buenas noches, señor Risco. Ha sido un placer conocerle.

El periodista retrocedió hasta la puerta de Urgencias. De allí se dirigió hacia la penumbra del párquing. Udías lo vio subir a un coche, y oyó arrancar el motor.

Cuando se perdió hacia la avenida, el guardaespaldas marcó de nuevo el número del gobernador. Pero tampoco en esta ocasión obtuvo respuesta.

De pronto, su memoria se iluminó. Sonrió, con orgullo. No en vano decían de él que jamás olvidaba una cara.

Acababa de identificar al paciente que había visto tumbado en una camilla, en el corredor de trauma. Sin género de duda, se trataba de Marcos, el soplón del gobernador en la prisión de La Santidad. Alguien, probablemente cualquiera de sus propios compañeros, había recompensado así su interesada colaboración.

7

Álvaro Brito despertó envuelto en un viscoso sudor. Al principio supuso que se encontraba en su cama, pero al girarse hacia donde suponía debía estar la lámpara de la mesilla de noche y rozar algo que parecía una cara tuvo que ahogar una exclamación.

—Soy yo, Álvaro —lo tranquilizó Rosa.

Encendió la luz. No reconoció la habitación, el cuadro de las Tentaciones de San Jerónimo que colgaba de la pared, el arco apuntado que separaba el dormitorio de un vestidor y un cuarto de baño.

—¿Dónde estoy?

—¿No recuerdas lo que pasó?

El gobernador se incorporó sobre un codo y se llevó una mano al apósito de su frente.

—¿Qué es esto?

—Te golpeaste contra una roca.

—¿Qué hora es?

—Las seis.

—¿De la mañana?

—Lo sabremos en cuanto salgamos a la terraza.

—¿A qué terraza te refieres?

—Estamos en el monasterio, Álvaro. En la celda del prior.

Brito emitió un suspiro.

—Me siento como si me hubiese pasado por encima una manada de búfalos.

—El médico te administró un sedante. Sufriste un

ataque de vértigo. En parte fue culpa mía. Te provoqué para que bajases a la cascada por esas retorcidas escaleras de piedra. Lo siento.

—No tiene importancia. Tomaremos un café y nos marcharemos de aquí. Quisiera estar en Argenta a primera hora.

Desnudo, con el pelo revuelto y un sabor a huevos podridos en la boca, Brito se sentó sobre la cama.

—Me temo que no estoy en condiciones de conducir. Tendrás que hacerlo tú.

—No veo cómo. No sé.

—¿Y me lo dices ahora?

—Puedo aprender. Estoy aprendiendo a quererte, que es mucho más difícil. —Rosa sonrió—. ¿Creías que era perfecta?

El gobernador llenó sus pulmones de aire. Mientras lo expulsaba hizo rotar el cuello.

—Mujeres, en fin. Veré lo que puedo hacer.

La mañana era fresca. El gobernador se peinó con agua, aplastando el pelo hasta que le quedó pegado. Se vistieron con rapidez y se dispusieron a abandonar el claustro. Brito quiso cancelar en efectivo la cuenta de la habitación, pero el médico que le atendió había adjuntado en un sobre sus honorarios, que le parecieron escandalosos.

—¿Cuarenta y siete mil pesetas por una visita de rutina? —exclamó, blandiendo la factura delante del recepcionista.

—Se trata de un servicio independiente, señor. Si desea formular una reclamación, deberá dirigirse al interesado.

—Da la casualidad de que el interesado soy yo —protestó el político. Acababa de darse cuenta de que no llevaba suficiente dinero para pagar. Puesto que no tenía valor para pedirle prestado a Rosa, no iba a tener más remedio que tirar de tarjeta de crédito. Su presencia allí quedaría registrada por partida doble.

—Mi visa. Haga dos cargos. Uno por la reserva y otro para ese vividor.

Rosa le susurró:

—Le estás dando la tarjeta de la Delegación, Álvaro.

El gobernador la retiró, confuso, y entregó otra, de una de sus cuentas particulares.

—Espero que se haya recuperado de su afección, señor Brito —le deseó el mozo.

—¿Habrá alguien que no se haya enterado de que hemos venido a echar una cana al aire? —ironizó el gobernador, mientras subían al coche—. Podríamos convocar una rueda de prensa, resultaría más discreto.

A medida que se alejaban del valle, y del brumoso perfil de las Montañas Gemelas, el paisaje se fue haciendo estepario. Al cruzar los bosques, el gobernador había tenido la impresión de estar conduciendo a través de un sueño, pero ahora, con el sol naciente, acelerando por la comarcal que se extendía como una recta sin fin entre los viñedos de Agramantes, sintió que recuperaba la lucidez. «Me estoy volviendo loco», pensó, sin embargo, evaluando los riesgos que una relación como aquélla podía comportar. A su lado, con un ribete del sujetador asomándole por el escote, Rosa fumaba en silencio. Tenía buen aspecto, como si hubiera pasado una placentera noche. Brito intentó recordar si habían hecho el amor.

—¿Ayer, tú y yo, en la suite...?

No era raro que el gobernador se mostrase cínicamente pudoroso. En otras ocasiones, sin embargo, alteraba esa timidez con manifestaciones más sinceras, soeces, incluso. Esa mañana se sentía cortado.

—En fin, ya sabes. ¿Lo hicimos?

—Oh, claro. Nos entró un calentón en mitad del bosque. Todavía tengo los arañazos de las zarzas y de tus salvajes caricias.

Brito se echó a reír.

—¡Si nos oyeran!

Rosa parecía conturbada.

—En adelante deberíamos ser más cuidadosos, Álvaro. Lo digo sobre todo por ti.

—Te lo agradezco.

—Sería un desastre que trascendiera lo nuestro.

—Completamente de acuerdo. Pero ¿no estarás sugiriendo que debe terminar?

Ella meditó durante unos segundos.

—No creo que me gustase. Estoy bien contigo.

—Yo también te quiero —dijo el gobernador, y se echó a reír tontamente, como si acabase de cometer una travesura.

Rosa eligió uno de los nuevos compactos que le había regalado. Un cedé de los Smiths. Brito escuchó la primera canción y bajó el volumen.

—No es que me moleste particularmente esta murga, pero... ¿Dónde está mi selección de Sinatra?

—En la guantera. Me gustaría que escucharas estos otros. Son muy buenos: Miles Davis, Dylan...

—Juraría que Simón tiene algunos. De ese tal Bo... Diablos, no puedo acordarme.

—¿Te refieres a Bon Jovi?

—No, creo que no.

—¿A Bowie? Te he comprado el último. Es genial. Y tú un carca, gobernador.

—Mi mujer solía decírmelo.

—Ya tenemos algo en común. ¿Quién sabe? A lo mejor podríamos llegar a ser amigas.

—¿Úrsula y tú?

—¿Por qué no?

—Hay cosas que son imposibles. ¿Qué demonios podríais compartir?

—Quizá seamos almas gemelas. A las dos nos gustan los gobernadores retrógrados, responsables, irresistibles.

—Preferiría que no hablásemos de mi ex mujer.

—¿Ex?

—Está saliendo con un tipo, en la costa. Un individuo divorciado, o viudo, no estoy seguro. Posee un par de cines de poca monta, un tiovivo y una montaña rusa de alquiler para fiestas patronales. Con eso se gana la vida.

—¿Cómo lo sabes?

—Mantengo mis canales de información.

—¿Por esa razón ya la consideras tu ex? ¿Porque anda con otro?

Brito declaró, taxativo:

—Es motivo suficiente.

—Si quisiera rechazar tus demandas de reconciliación, ella podría apoyarse en una causa idéntica.

—¿Con qué argumento?

—Yo diría que te estás acostando conmigo.

El saxo de Miles Davis introdujo una nota acusatoria. Brito se removió en el asiento, incómodo. Rosa preguntó, con suavidad:

—¿Ibas a decir «No es lo mismo»?

El gobernador se mordió el carrillo. Aseveró:

—No es lo mismo.

—Eso no pasa de una vulgar manifestación de machismo, Álvaro.

Irritado, Brito movió el volante. El coche se desvió e invadió el arcén. Lo enderezó y dijo:

—Ella tiene la culpa.

Rosa encendió otro cigarrillo.

—¿Quieres decir que te has liado por despecho? ¿Para vengar su aventura? ¿Porque te ha puesto los cuernos?

—Un momento, querida. No estamos liados. Hemos hecho el amor, de acuerdo. Pero mantenemos una relación... profesional.

La brasa irritó los ojos de la mujer.

—Deja de humillarme, Álvaro. Te lo pido por favor.

El gobernador se detuvo en una gasolinera para reponer combustible. En apariencia, Rosa se había calmado. Escuchaba la música con una reconcentrada atención.

Para firmar las paces, Brito le destinó una torpe caricia. Abrió la portezuela y dijo:

—Tengo que ir al baño.

Alivió su vejiga en el sucio aseo de la gasolinera. Olía a mierda. Con infinito asco se enjuagó en un lavabo de oxidados grifos. Usó su pañuelo para secarse. Salió, comprobando con disgusto que las suelas de sus zapatos habían pisado un charco de orina, y fue a pagar en la caja registradora, de nuevo con tarjeta de crédito. Mientras se establecía la comunicación bancaria se entretuvo curioseando el aparador de la prensa.

Dos líneas impresas en la portada de *El Comercial* le hicieron dar un vuelco al corazón. Se podía leer:

«Herido de gravedad el hijo del gobernador Brito.»

Quedó paralizado por una fuerte sensación de irrealidad. La áspera voz del empleado de la gasolinera le hizo reaccionar.

—¿Me echa un autógrafo, jefe?

Brito regresó al presente. Un amago de vértigo le hacía zumbar los oídos.

—Añada el periódico.

—Que serán ciento veinticinco. ¿Tiene suelto?

—Creo que sí —murmuró el gobernador, buscando la página de referencia. La llamada de primera remitía a la sección de sucesos.

«Simón Brito, hijo del gobernador de Argenta, ingresado en la Clínica Universitaria por herida de arma blanca.»

Siguió leyendo, completamente ido. Conectó el móvil y marcó el número de la Delegación. La llamada se extinguió. El empleado lo contemplaba con cierta hostilidad.

—¿No hay cobertura?

—No.

—¿Tiene usted un teléfono?

—Hay uno junto al baño. ¿Adónde quiere llamar?

—Argenta capital.

—Ponga una de cien.

Brito rebuscó por sus bolsillos, pero no llevaba nada. Salió corriendo al coche.

—Monedas, Rosa. Vamos.

—¿Qué sucede?

—El periódico trae una noticia terrible. Deprisa, por favor.

Regresó corriendo, introdujo dos de cien y marcó un número de memoria.

—Delegación del Gobierno.

—¿Centralita? Aquí Brito.

—¿En qué puedo servirle, señor?

—Póngame con Aramburu.

—A la orden.

Transcurrieron algunos segundos. El gobernador comenzó a recobrar su aplomo. Su mente pensaba a toda velocidad.

—Lo siento, señor. Su secretaria me dice que está en la Clínica Universitaria.

—Deme el número.

Brito colgó y marcó de nuevo. Quedaba medio saldo. Le atendió una voz femenina.

—Clínica Universitaria.

—Con la habitación de Simón Brito Glaría. Debió de ingresar ayer, o esta noche.

—No puedo pasarle. Sólo admitimos llamadas a las plantas a partir de las siete.

—¿De la tarde?

—Sí, claro.

—Soy su padre.

—Vuelva a llamar a partir de las siete, por favor. Son las normas.

—Pero ¿qué normas de pacotilla son ésas?

—Le ruego que no sea grosero. Yo no lo estoy siendo con usted.

Brito se mordió un carrillo. Notaba el pulso desbocado, un sudor frío.

—Escuche, señorita. Le habla el gobernador. Se trata de una emergencia. Repito: le habla el gobernador.

Brito escuchó el ruido del aparato al depositarse sobre una superficie metálica. «¿Uno de esos fríos mostradores de cinc?», pensó, absurdamente. Esperó. Pasó un minuto. El saldo se iba reduciendo. Rosa había entrado a la caseta y le miraba con una expresión de solidaridad, casi de condolencia. Sostenía el periódico doblado y trataba de accionar su móvil, que tampoco respondía.

—¿Gobernador? —dijo una voz al otro lado del hilo.

—Aquí Brito.

—Soy el doctor Garcés.

—¿Cómo está mi hijo?

—Ingresó con un profundo corte en un brazo, pero afortunadamente se ha resuelto con una sencilla intervención.

—¿No corre peligro, está seguro?

El médico lo calmó.

—¿Podría hablar con él?

—Acabo de visitarle. Duerme. Es preferible que le dejemos descansar.

Brito respiró.

—Gracias, doctor. Estaré allí en un par de horas. —Su mirada se detuvo en el periódico; instantáneamente, su voz se enfrió—. ¿Puedo hacerle una pregunta?

—Desde luego.

—¿Ha leído *El Comercial*?

—¿El periódico de hoy? No, creo que no.

—Alguien ha filtrado la noticia. Que viene en primera página, por cierto. Con nombres y apellidos, y datos que sólo han podido salir del hospital.

—Puedo asegurarle que, sea quien haya sido, no pertenece a mi equipo.

El tono del gobernador se ablandó.

—Le agradezco lo que ha hecho por mi hijo.

—Habríamos obrado de la misma manera en cualquier otro caso, gobernador. Somos servidores de la medicina pública.

Brito iba a añadir algo, pero el saldo se había agotado. Colocó en su lugar el receptor. Las manos le temblaban.

—Son ciento veinticinco —le recordó el gasolinero—. Por el periódico.

—¿Rosa?

—No te lo vas a creer, pero acabo de darte todo lo que llevaba.

—¿No tienes más? ¿Quieres mirar en el bolso?

—No, no llevo.

—Oiga, tenemos mucha prisa. Se lo haré llegar.

El abastecedor frunció el ceño.

—¿De qué manera?

—Mire, no me haga perder más tiempo. Ya le he dicho que tengo prisa.

Brito rearmó el ejemplar y lo restituyó a su estantería.

—Ya está. Puede volver a venderlo.

—Imposible. Ha doblado el pico de las páginas, fíjese.

Brito palideció.

—Si le importa tanto el maldito periódico debe de ser porque alguna vez lo lee. ¿No sabe quién soy?

—Estaría arreglado, si tuviera que conocer a cada gilipollas que para en mi establecimiento a echar gasolina y una meada.

—Soy el gobernador de Argenta.

—Tóqueme los cojones.

Rosa juzgó necesario intervenir.

—Álvaro, por favor. Págale con la visa.

—Pero mujer, por el amor de Dios. Si cuesta más la transacción.

—¿No ves que es un montañés? Son famosos por su terquedad.

—Sin faltar, señora.

—Hazme caso, Álvaro. O no saldremos de aquí.

Los dos hombres parecían a punto de abalanzarse uno contra otro.

—Hazlo por Simón.

El gobernador sacó la cartera y, como si estuviese entregando un acta de rendición, depositó la visa en el mostrador. Sin dejar de mirarle, el empleado la introdujo en la máquina. En el silencio de la garita, la comunicación telefónica hizo sonar sus chillones dígitos. Se oyó un prolongado pitido y el tableteo de la señal de confirmación.

—Otro autógrafo. Aquí —indicó, tendiéndole un bolígrafo atado con una goma. Su dedo pulgar, manchado de grasa, aplastaba el recibo sobre el mostrador.

Desdeñando el bolígrafo, Brito arrancó la capucha a su estilográfica y garabateó su firma, tres puntos, una espiral, dos iniciales. Salió con Rosa. Subieron al coche. Metió mal la marcha, y las llantas derraparon sobre la grava. Transcurrió un rato hasta que volvió a hablar.

—¿Quieres leerme la noticia? Desde la primera línea.

La jefa de gabinete obedeció con la voz alterada. La información era reiterativa y bastante confusa. Venía firmada por un tal Risco, Matías Risco. Básicamente, el redactor comunicaba a los lectores de *El Comercial* (cincuenta mil ejemplares de media diaria, recordó el gobernador, lo que sumaba una difusión próxima al cuarto de millón de personas), que Simón Brito, hijo único del delegado del Gobierno, permanecía ingresado en una habitación de la Clínica Universitaria, centro al que había sido trasladado a última hora de la tarde del día anterior víctima de una agresión por arma blanca, en estado grave y habiendo perdido mucha sangre. Antes de proceder a la intervención quirúrgica, seguía informando Risco, fue necesario practicarle una transfusión. «En el momento de redactar estas líneas —añadía el reportero, con dramatismo típico—, la situación del paciente seguía siendo de pronóstico reservado.»

Brito masculló:

—¿Habrá algo reservado en esta maldita ciudad?

Rosa dedujo que se sentía avergonzado. Con la pretensión de ser útil, dijo en un tono neutro, como si ambos estuvieran en el despacho:

—Si me necesitas, sabes que...

—Oh, cállate. Dios. Esto se veía venir.

—No es culpa tuya, Álvaro. No te sientas responsable.

—Lo soy.

—Tu hijo tiene su propia personalidad. Es muy dueño de meterse en líos.

—Este asunto va a traer cola. Tiene toda la pinta de tratarse de algo más que un simple lío. Insisto en que la culpa es mía y sólo mía. Hace demasiado tiempo que ignoro sus andanzas. Nuestra relación es conflictiva. He dejado de ser su padre, para convertirme en su rival. Quizás —añadió, con énfasis—, en su enemigo.

Se acercaban a la autopista. Olvidándose del vértigo, y del dolor de su hinchada frente, Brito pisó el acelerador. Agregó, con un lastimero deje:

—Tengo que recuperar su confianza, pero no sé cómo.

—Tampoco debe de resultar fácil.

—No te imaginas hasta qué punto un adolescente puede hacerte la vida imposible.

—Yo no he tenido hijos, pero...

—Tampoco yo hubiera querido. Úrsula se empeñó. Para ser sincero, cuando Simón nació experimenté un breve sentimiento de felicidad. No, no estuve en el parto.

—No te lo he preguntado.

—Pero lo hacéis siempre, ¿no es verdad?

—Otras, quizá. Viejas amigas del gobernador, tal vez. ¡Qué fácilmente os delatais los hombres!

Brito, a su pesar, sonrió.

—Nunca fui un Casanova.

Rosa inquirió, con suavidad:

—¿Hay alguna otra? Hoy, ahora.

—¿Cómo puedes preguntarme eso en un momento así? No, no hay ninguna otra mujer en mi vida —declaró con solemnidad, procediendo a adelantar a un coche.

Calculó mal la rectificación. Un bocinazo le recriminó el riesgo de la maniobra. Otra vez volvía a tener la impresión de estar flotando en un ámbito desprovisto de gravedad, nebuloso e inquietante como el escenario de un ballet o de un cuento fantástico.

En su lucha por instalarse en la realidad, se le ocurrió decir:

—No debería admitirlo, pero me temo que me estoy enamorando de ti. Me gustas mucho, Rosa.

—Estás sin defensas. Necesitas apoyarte en alguien. Y a mí me tienes cerca.

—Te equivocas. Todavía soy capaz de distinguir un capricho de una pasión.

—¿Pretendes que me sienta halagada?

—Simón sí que es un capricho, una broma pesada.

—Madurará.

—¿Tú crees? Pagaría por verle convertido en un hombre, respetando los mismos códigos que algunos aún valoramos. ¿Cómo se comportará cuando sea padre? ¿Le gustaría que sus hijos le sometiesen al mismo calvario que él me está haciendo sufrir?

—Esa respuesta llegará, inevitablemente.

—Para entonces estaré en la terraza de algún club de golf, viendo atardecer con una manta en las rodillas. Eso si antes esos desalmados no han acabado conmigo.

—Estás obsesionado, Álvaro.

—Tengo motivos. Con la seguridad no se puede jugar. Piensa en lo que acaba de suceder. Nos ausentamos... Falto un día, Rosa, un solo día, y mi hijo resulta atacado por un agresor desconocido. Quién sabe si en la calle o en uno de esos garitos donde va a tocar la guitarra con cuatro drogadictos más.

—O en tu propia casa —apuntó ella.

—No —denegó el gobernador, con energía—. Eso es imposible. Simón jamás se habría atrevido a meter a nadie en la residencia. Deja de especular.

—Creía que en nuestro oficio era obligatorio hacerlo.

Brito preguntó, sorprendido:

—¿Te parecen parangonables nuestras funciones?

Ella sonrió, atrevidamente.

—¿Correlativas?

—Hay una diferencia de matiz. Más de una vez te cambiaría el puesto, puedo jurártelo. ¿Cuánto falta para llegar?

—Alrededor de hora y media.

—Debe de haber cobertura. Llama a Udías.

La voz gruesa del guardaespaldas invadió el interior del coche. Rosa había conectado el dispositivo de manos libres.

—¿Señor?

—Aquí Brito. Doy por supuesto que está al tanto de los hechos.

—En efecto, señor.

—Me encuentro a una hora de la ciudad. Hágame un resumen de la situación.

Udías vaciló.

—¿Está usted solo?

—Voy conduciendo. He tenido que desplazarme a un asunto privado, de carácter familiar. Hable.

Con su habitual economía de frases, Udías se aplicó a informarle.

—Los agresores de su hijo son rateros, chaperos de poca monta —concluyó—. Con historiales delictivos de hurtos, tirones y tráfico de estupefacientes a pequeña escala. Siento decírselo, señor.

—¿Chaperos? ¿Traficantes? ¿Los ha interrogado?

—Hemos tenido un primer contacto en los calabozos de la Delegación. Permanecerán allí hasta que usted disponga. El subdelegado Aramburu, desde que ha tomado el mando, no ha instruido nada al respecto.

—¿Asumido el mando? —se alarmó el gobernador—. ¿Aramburu?

—Me ordenó abandonar el hospital, la custodia de su hijo, y cesar en mis deberes. ¿Sigo suspendido de empleo y sueldo, señor?

—¿De qué me está hablando? ¿Dónde está usted?

—En mi apartamento. La caseta del perro guardián, según el nuevo gobernador en funciones.

Brito ahogó un juramento.

—Quiero pensar que se trata de un desliz. Regrese a la Delegación y ocúpese a fondo de esos delincuentes juveniles. Averigüe para quién trabajan. Registre sus casas, los bares que frecuenten. Voy directo a la clínica. Nos veremos a mediodía. Para cualquier información, llame a mi móvil. Recuerde que tiene mi confianza, Udías.

—Es un honor servirle, señor.

Brito añadió, ligeramente conmovido:

—Todavía tenemos que hacer muchas cosas juntos.

Colgó y ordenó a Rosa:

—Con Aramburu.

La voz del subdelegado sonó remota, como si respondiese desde una vasta distancia.

—Aquí Brito.

—Ah, señor. Estábamos inquietos por usted.

—Sé cuidarme solo.

—No me cabe la menor duda, pero...

—No hay peros que valgan. Tengo entendido que ha usurpado mis funciones. Sin encomendarse a Dios ni al diablo.

—Debe de tratarse de un malentendido. Puedo explicarle...

—Tendrá que hacerlo, porque pienso abrirle un expediente disciplinario. Esta vez su amistad con el ministro no le servirá de nada.

—En las circunstancias que se estaban viviendo, yo, señor...

—Es usted un incompetente, Aramburu. No hay más que leer el periódico de hoy para darse cuenta.

—¿Se refiere a la noticia publicada por *El Comercial*? Le juro que no he tenido nada que ver.

—Voy a pedir su traslado de inmediato. Ya puede ir preparando las maletas. ¿Qué dice? Le oigo como desde el fin del mundo. ¿Dónde está usted físicamente, si puedo saberlo? ¿Ya ha tomado posesión de mi despacho?

La voz de Aramburu adquirió un registro patético:

—Acabo de utilizar el teléfono azul, señor. Para dar cuenta al ministerio de su desaparición.

El gobernador pegó un puñetazo al volante. El coche se bandeó peligrosamente.

—Calma, Álvaro —susurró Rosa.

—¡Cállate! —rugió Brito; en ese momento, ambos dedujeron que Aramburu acababa de descubrir su pequeño secreto—. ¡Subdelegado!

—Diga, señor.

—No quiero encontrarle allí. Haga lo que le venga en gana, piérdase, emborráchese, dé una vuelta en globo, pero no quiero verle más.

—A sus órdenes, señor.

—A sus órdenes, señor —lo remedó Brito, exasperado, mientras cortaba la comunicación de un manotón—. Hay que joderse, el mariconazo este. Porque es pluma, ¿no es verdad, Rosa?

—Todo lo contrario. No te imaginas el éxito que tiene con las mujeres.

—¿Habéis tenido algo que ver, vosotros dos?

—Claro que no.

—Seguro que es bisexual.

Rosa lo miró, atónita.

—Ponme con *El Comercial*.

—¿Con ese reportero, Risco?

—Con el director, naturalmente.

—¿No crees que sería mejor esperar? ¿No es demasiado temprano?

—¿Qué pasa aquí? —rugió el gobernador—. ¿Qué es esto, una conspiración? ¿Es que todo el mundo se está volviendo loco? ¡Obedéceme!

Rosa buscó el número en la mancheta del ejemplar que todo el rato había sostenido sobre las rodillas.

—Con el director, por favor. Urgente.

—¿Quién le llama?

—El gobernador Brito.

—Un momento. Creo que acaba de entrar.

Se oyó un murmullo y, en seguida, al responsable de *El Comercial*. El gobernador lo conocía de una recepción de las muchas que le había muñido Aramburu en aquellas agotadoras semanas de aterrizaje en Argenta. No tenía formada una opinión sobre él. Para unos, era un viejo conservador, guardián de los intereses de las grandes familias de la ciudad. Para otros, un periodista experimentado, independiente. Para sus críticos, un chaquetero.

—¿Delegado?

—Aquí Brito. ¿Cómo está?

—Mal.

—¿Y eso?

—He debido pillar un catarro. Cosa regular.

Brito se impacientaba.

—Espero que se mejore.

—Ayer pasé un día horrible en Madrid. Y la noche ha sido toledana. Ahora mismo tengo escalofríos.

—Yo, en cambio, estoy bastante caliente.

Hubo una pausa. El tono del director sonó ahora más distante.

—¿También usted se siente indispuesto? El clima de Argenta es muy traicionero. Creo recordar que lo estuvimos comentando en nuestro reciente encuentro.

—Mi salud no tiene nada que ver. Mi indignación, sí.

—¿Por qué motivo?

—¿Usted me lo pregunta? ¿No ha leído su propia edición?

El director adoptó un registro conciliador.

—Ayer estuve en Madrid, como le he dicho. Lo que me impidió revisar las galeradas, según es mi costumbre. Pero tengo el periódico delante. Podemos comentarlo.

—Vaya a la página doce.

El altavoz amplificó un rumor de papel.

—¿No tiene nada que decir?

—¿Es cierta la noticia?

—¿Qué importa? Esperaba de su periódico una mínima dosis de respeto institucional. Algunos estamos intentando construir un Estado democrático, con una prensa objetiva y limpia.

—Pasaré por alto esta última observación. Está usted demasiado afectado.

—¿Como se sentiría, en mi lugar?

Brito iba a añadir una grosería, pero temió interrumpir la conversación. Sin mitigar su acritud, pero más cautamente, a modo de sondeo, tanteó:

—¿Piensa dar continuidad a este asunto?

—No puedo responderle con exactitud. Depende.

—¿De qué?

—De los acontecimientos. Nos debemos a nuestros lectores. Tienen derecho a saber.

—Ya saben que mi hijo ha sido herido de un navajazo, y que se recupera de sus heridas en un hospital. ¿Qué más deben saber?

—Oh, no sé... Cómo evoluciona, quién lo agredió.

—Entonces... —se atascó Brito; una verdosa arteria sobresalía en su frente, junto al apósito de esparadrapos y gasas—. Está decidido a seguir el caso, ¿verdad?

—Depende.

—Veo que no le gusta comprometerse.

—Antes de hacerlo prefiero estudiar los temas.

Brito se mordió un carrillo hasta sentir las muelas horadando la carne. Tomó aliento:

—Voy a advertirle algo. En la información he creído detectar unas cuantas imprecisiones. No hay nada de extraño en ello teniendo en cuenta la clase de reporteros que trabajan a sus órdenes. Todo el mundo sabe que *El Comercial* no es más que un periodicucho. Según mis datos venden bastantes menos ejemplares de los que van presumiendo. Sobreviven gracias a la publicidad institucional, a la caridad del poder. Que, no lo olvide, puede llegar a depender de mí. Incluya una sola especulación más en sus páginas, vuelva a imprimir el nombre de mi hijo y póngase a temblar por su cuenta de resultados. Si descubro mi apellido en su pasquín recibirá una citación. No para tomar un martini en el Gran Hotel, sino para enfrentarse conmigo delante de un juez. Ha sido un placer hablar con usted, director. Cuídese ese resfriado, no vaya a degenerar en una angina de pecho.

Colgó. Estaba congestionado. Rosa lo miró con reprobación.

—Acabas de cometer un error.

—Lo sé. Pero haría cualquier cosa por mi hijo. ¿Entiendes? ¡Cualquier cosa! Si hay algo que me importa en este mundo es él. No tengo nada más.

Llegaron a la ciudad. Brito detuvo el coche a unas cuantas manzanas de la Delegación, para que se bajara su jefa de gabinete, y prosiguió hasta la Clínica Universitaria. Un agente apostado en la entrada de Urgencias se acercó a darle novedades. Todo estaba tranquilo. Democráticamente, por si había algún reportero apostado, Brito se acreditó en el control de información y subió en el ascensor hasta la unidad de traumatología.

Simón estaba despierto. Una enfermera le había traído la bandeja del desayuno, que reposaba sobre la mesa auxiliar, con los restos de un café con leche a medio consumir y un cruasán apenas mordisqueado.

Brito se quedó en la puerta, sosteniendo la novela de bolsillo que acababa de comprar en el quiosco del hospital.

—¿Cómo estás, hijo?

—No te quedes ahí. Pasa.

El padre se sentó a los pies de la cama.

—Te he traído algo para leer. No sé si te gustará.

Era un *best-seller* de John Grisham. Simón lo abrió con una sonrisa.

—No has evolucionado mucho, desde Rimbaud.

—Me temo que ya no tengo demasiado tiempo para leer. Pero puedo ir a casa y traerte algún otro libro. ¿Tienes ropa?

—No te molestes. El médico ha dicho que me darán el alta en un par de días. Puedo aguantar con lo puesto. Y leeré a Grisham, por qué no. Tampoco estoy para mucho más.

—¿Duele?

—Un poco.

—¿El corte es muy profundo?

—¿Quieres verlo?

Aunque estaba acostumbrado a contemplar toda clase de tragedias, el gobernador solía mostrarse pusilánime a la vista de la sangre.

—No se te ocurra quitarte las vendas. La herida se te podría infectar.

Una leve irritación enronqueció la garganta de Simón.

—Deja de preocuparte por mí, ¿quieres?

Brito asintió.

—Lo intentaré.

—No tienes más remedio que obedecerme. Aunque no pueda moverme, estoy en una posición de ventaja.

—Creo que deberíamos llamar a tu madre.

—No lo hagas.

—Me recriminará por ello.

—Yo se lo explicaré.

El padre se levantó para subir la persiana. La luz del día bañó la habitación.

—Quisiera pedirte perdón, hijo.

—¿Por qué?

—Por no haber estado a tu lado.

—No tienes el don de la ubicuidad.

—Tuve que salir hacia San Sebastián, para participar en una misión de emergencia, pero a mitad de camino me encontré mal. El maldito vértigo, otra vez. Paré en un monasterio de las Montañas Gemelas y tuve que llamar a un médico. Qué extraña coincidencia, ¿verdad? Los dos con problemas de salud, a la misma hora, y sin saberlo. Pasé la noche allí.

Simón esbozó una mueca de incredulidad.

—¿Cómo se llama?

—¿Quién?

—La mujer con la que has pasado la noche.

—¿Otra vez vas a volver sobre esas absurdas sospechas? No hay ninguna señora, Simón. En serio. No sería capaz de mentirte, en tu estado.

—Lo dices como si estuviera agonizando.

El gobernador se echó a reír.

—¡Qué fijación con mi supuesta capacidad amatoria! ¡Por Dios, mírame! Mi próxima alegría sentimental no llegará hasta que me conviertas en abuelo.

—¿Te gustaría?

—No tengas prisa. Ninguna prisa, ¿eh, muchachote? Y si... —Su padre se acercó hasta la cabecera de la cama, la barba de veinticuatro horas había depositado una miríada de puntitos blancos en sus mejillas—. Si alguna vez necesitas expansionarte un poco, ya me entiendes... ¿Me entiendes, hijo?

—¿Vas a aconsejarme que me machaque en un gimnasio? Te recuerdo que odio el deporte. Ni siquiera he estrenado esos aparatos que hiciste instalar en la residencia.

—No te hagas el tonto. Estoy intentando decirte que en un momento dado, y tomando las debidas precauciones, no me opondría a que tuvieses una experiencia con una mujer.

—¿Qué clase de experiencia?

—Amorosa, digamos.

—¿Con qué clase de mujer?

—Con una profesional, por supuesto.

—¿Con una puta?

Brito suspiró.

—¿Puedo hacerte una pregunta personal, ahora que estamos solos?

—¿No deberías tener en cuenta mi estado? El doctor me ha ordenado reposo.

—Y a mí. Escucha, hijo. ¿Te gustan las mujeres?

—Claro, papá.

—¿Has estado con alguna íntimamente... en la cama?

—No es asunto tuyo.

El gobernador se dirigió a la ventana. La avenida ofrecía un tráfico agobiante. Sobre los automóviles flotaba una calima gris. Algo de esa contaminada densidad se trasladó a su lengua. Dijo, con un profundo cansancio:

—Tienes razón. Tu vida sexual no es asunto que me competa. Pero mis hombres han confirmado que una golfa tuvo acceso a la residencia, en tu compañía y la del resto de tus invitados. Me imagino que no sería para jugar al Monopoli. La estamos buscando. Todavía no sé si tiene algo que ver con lo que te sucedió. Sería de mucha utilidad que me facilitases una descripción. Estatura, edad, color de pelo. Los datos que recuerdes.

Simón se removió en la cama. El gotero se tambaleó. Hubiera caído de no cogerlo a tiempo el gobernador.

—¿Nunca descansas? ¿Siempre tienes que estar investigando a todo el mundo, como un policía?

—Soy policía

—Déjame en paz.

Su padre se dirigió al teléfono.

—¿Señorita? Le habla el gobernador Brito. Estoy en la habitación de mi hijo. Cuatro-cero-cuatro. ¿Sería tan amable de comunicarle al doctor Garcés que me encuentro a su disposición?

—Ahora mismo está en quirófanos, operando. En cuanto termine de intervenir le diré que acuda.

—Gracias.

Brito desenfundó el móvil.

—¿Udías?

—¿Señor?

—Aquí Brito. ¿Está usted en la Delegación?

—Afirmativo.

Brito volvió a alejarse para evitar que su hijo oyera la conversación.

—¿Ha concluido el interrogatorio?

—Creo disponer de bastante información.

—¿Y la mujer?

—Acaban de traerla. Voy a ocuparme de ella.

Una enfermera entró para retirar la bandeja del desayuno.

El doctor Garcés se presentó frotándose las manos en una especie de gimnasia relajatoria. Un ejercicio, asoció Brito, propio de cirujano, destinado a suavizar las rigideces del quirófano.

—Discúlpeme, gobernador. Me he visto obligado a operar de urgencia. Un terrible accidente. Uno de esos alocados chicos en moto. No llevaba puesto el casco y... Es el pan de cada día. Deberíamos reforzar las normas de seguridad vial y...

Simón le interrumpió:

—A lo mejor no ha tenido la culpa.

—El atestado lo aclarará, pero me aseguran del Samur que iba en dirección contraria, y a toda velocidad por la ronda. Por suerte, no ha matado a ningún inocente. Para intervenirle hemos tenido que esperar a que descendiese la tasa de alcohol. No es el primer caso del verano, ni será el último.

—Nos inquieta el tema de la juventud —asintió Brito—. Pienso elevar al Congreso, si es necesario, una serie de medidas para limitar el consumo de alcohol y los horarios de establecimientos nocturnos.

—No olvide las pastillas, gobernador.

—Están incluidas en el lote.

—¿Además de borracho, el motorista también iba drogado? —preguntó Simón.

—El análisis de sangre nos lo confirmará —repuso el médico.

Simón no se rindió.

—¿Cómo sabe que no se le reventó un neumático?

—Salgamos un momento, doctor —propuso Brito.

—Antes déjeme echar un vistazo a nuestro querido muchacho.

Con ayuda de la enfermera, descubrió la herida. Por encima de los hombros del médico, el padre observó la carne tumefacta en el brazo de Simón. Una culebra púrpura se extendía entre la muñeca y el codo. Las grapas le impresionaron. En blandos relieves, los bordes de la herida supuraban un líquido ambarino. Haciendo un gesto de horror, el gobernador apartó la cara.

—Dios Santo, hijo. Pensaba que no sería...

—Limpie y sustituya el vendaje —ordenó Garcés.

—¿Quién te ha hecho eso? —exclamó Brito.

—No se altere —dijo Garcés—. La lesión no ha interesado tendones ni vasos. Fea, sí, pero susceptible de tratamiento estético. Ya hablaremos de ese tema; según la evolución. Que será rápida, verá. ¿Estamos a lunes? El jueves en casa, Simón.

—Yo no tengo casa.

—No digas tonterías —intervino el gobernador.

—¿Podría quedarme aquí?

—¿Para siempre? —bromeó Garcés—. No me vendría mal un nuevo ayudante. ¿Te gustaría ser médico, Simón?

—Creo que deberíamos dejarle descansar —opinó la enfermera; se inclinó sobre él y le hizo una caricia en la frente—. Todo va a ir bien, Simón.

—Le duele, es normal —se apresuró a opinar Garcés, pero la sombra de una inquietud veló sus palabras—. ¿Me acompaña, señor Brito?

—Hasta luego, hijo. Vendré a verte por la tarde. ¿No necesitas nada, seguro?

—Estar solo.

El gobernador hizo un visaje en el aire y abandonó cabizbajo la habitación.

—No descarto por completo la posibilidad de que le sobrevenga una infección —admitió Garcés, una vez estuvieron solos—. Pasó demasiado tiempo hasta que lo trasladaron al hospital. ¿Quiere?

Le ofrecía su paquete de cigarrillos. Brito extrajo uno, distraídamente.

—No deberíamos fumar aquí. Venga.

Entraron en una especie de habitáculo que debían de compartir los médicos de guardia. En un rincón se veía una cama plegable, sin hacer.

—No sé por qué le digo esto —murmuró el médico, mientras le daba fuego con un Dupont de oro—. Considérelo intuición, resabio de perro viejo.

—Puede hablarme con franqueza.

Garcés asintió.

—El comportamiento de su hijo no me parece normal.

Automáticamente, Brito se puso a la defensiva.

—¿En qué sentido?

—Es como si nada le afectara. Resiste el dolor con facilidad.

Brito suspiró, aliviado de que no se tratara de algo peor.

—El chico se siente desorientado. Está viviendo una

adolescencia difícil. Su madre y yo nos hemos separado temporalmente. Imagino que la echa de menos. Y tampoco, póngase en mi lugar, si puede...

Garcés le comentó que tenía hijos de su edad.

—Entonces comprenderá que no debe de ser fácil adaptarse al tipo de vida que mis obligaciones imponen. Tensiones, amenazas, cambios constantes...

El gobernador dio una profunda calada.

—Inmensas residencias casi vacías, vigilancia y protocolo, dificultad para establecer amistades, inseguridad en el futuro, una interminable lista de colegios...

—Y mucha soledad.

—Procuro estar con él todo lo que puedo, pero...

El médico le tendió la diestra.

—No le entretengo más. Tendrá usted cosas que hacer. Prometo llamarle si se produce cualquier novedad.

El gobernador abandonó el hospital. Uno de sus hombres había aparcado correctamente el coche que él, al llegar, dejó montado sobre la acera, con las llaves puestas, dificultando el tránsito de las ambulancias. El agente se ofreció a conducir su automóvil privado, pero Brito prefirió seguir haciéndolo por sí mismo.

Udías le estaba esperando en la Delegación. Se había despojado de la americana. Llevaba a la vista la pistolera, un correaje de piel atigrada que a Brito ya le había llamado la atención. Alguna vez se había imaginado al guardaespaldas en las pensiones o apartamentos baratos donde solía alojarse, abrillantando esa piel con un trapo empapado en grasa de caballo. Limpiando el revólver. La única ocasión en que se habían emborrachado juntos, en San Sebastián, para celebrar el fallido atentado del cementerio de Gernika, Brito, cargado de whisky, se había sobrado preguntándole si le gustaba follar con el correaje puesto. El guardaespaldas se lo había quedado mirando, su hosco gesto endulzado por el espíritu del vino (Udías sólo bebía tintos jóvenes, por lo general de pésima calidad), antes de asentir entre sonoras carcajadas, con una mezcla de osadía y vergüenza.

—Preséntame a esa zorra —ordenó Brito.

Udías lo precedió hasta la escalera de caracol que descendía al subterráneo. Los zapatos del gobernador rechinaron en los peldaños de hierro. Un trozo de pared se había desconchado a causa de la humedad; al otro lado de los muros, a pocos metros, las terrazas freáticas del río empapaban los cimientos.

Dos o tres guardias descansaban en las estrechas estancias. Brito los saludó con marcial ademán. El aire helado olía a tabaco negro, a sudor.

En el interior de una celda, la mujer estaba de pie, fumando un cigarrillo. Llevaba un vestido rojo, muy corto. La melena, de un rubio sucio, le caía sobre la espalda en descuidadas mechas. Una mesa rectangular, con una silla a cada extremo, centraba el calabozo. Sin decir palabra, Brito tomó asiento.

—Vamos a empezar —anunció Udías—. Siéntese, señorita Dalila. Porque es así como se hace llamar en su oficio, ¿no es cierto?

Ella obedeció. Era evidente que estaba muy nerviosa. Probablemente, no había dormido en toda la noche.

—Su verdadero nombre —agregó el agente, dirigiéndose al gobernador— es Petra del Valle. ¿Por qué habrá tenido que cambiárselo, con lo artístico que suena?

—Yo no he hecho nada. Quiero un abogado.

El guardaespaldas emitió una risa corta. Brito había adoptado una gélida expresión. La miraba fijamente, sin pestañear. Bajo la delgada tela del vestido, los grandes pechos de la mujer temblaban de arriba abajo. No llevaba sujetador. Sus pezones se marcaban contra la tela.

—Reconstruyamos sus vivencias de ayer tarde —propuso Udías—. Hizo usted un... Un servicio aquí mismo, en la última planta. La vieron entrar sobre las cinco, y salir tres cuartos de hora después.

—¿Hay algo de ilegal en eso?

—Yo haré las preguntas. Unos menores le abrieron las puertas de la residencia. ¿Cuántos eran?

—Cuatro o cinco, no recuerdo. No parecían menores. Oiga...

—Quiero respuestas precisas. ¿Eran cuatro o cinco?

—Cuatro.

—Eso está mejor. ¿Se los cepilló a todos?

Dalila negó con la cabeza.

—No eran menores. El más joven aparentaba por lo menos veinte años.

—¿Con cuántos se encamó?

—Sólo con uno.

—¿A qué obedeció semejante muestra de moderación? ¿La señorita sufrió un ataque de castidad?

El gobernador disimuló una sonrisa. Los interrogatorios de Udías solían producirle uno que otro acceso de hilaridad. Se peinó las cejas, recomponiendo su hierática estampa.

—Habían pagado la tarifa simple. Dijeron que no tenían mas dinero.

—¿Quién lo dijo?

—¡Y yo qué sé! Todos me parecieron iguales.

—¿A cuál se tiró? ¿A uno rubio?

—No. Ése era el más tímido.

—¿No se acostó con él?

—Qué va. Se hizo una paja a mi salud. Para mí que tiene algún problema.

Udías consultó al gobernador. Brito había elevado el ángulo de la mirada. Más allá de Dalila, parecía contemplar el muro encalado de la celda. El guardaespaldas decidió continuar.

—¿Dónde realizó usted el... servicio?

—Me metieron directamente en un dormitorio enorme, con una cama gigante, como ésas de las películas medievales.

El gobernador pareció regresar a la realidad.

—¿Una cama con dosel? —cuestionó Udías.

—Sí.

—¿Quiere describir al individuo con quien hizo el amor?

Brito comprendió que Udías intentaba establecer un vínculo previo. Imperceptiblemente, aprobando esa línea, parpadeó.

—No recuerdo... Quizá si lo viera.

—Lo verá. Pero sería de gran ayuda que hiciera un esfuerzo memorístico. Posteriormente, si las cosas se ponen feas para usted, su colaboración podría servir como atenuante.

—Tenía... una nariz gorda, como un pimiento. Lo llamaban Chato, creo. Y el pelo crespo, como un morito.

—¿Qué hicieron los demás?

—Mirar.

—¿Todos?

—No puedo saberlo. Yo estaba debajo de ese mamón, y después encima.

—¿Estaban los otros tres en el dormitorio?

—Creo que sí.

—¿Consumieron drogas?

Ella guardó silencio. Udías aferró su mata de pelo y la retorció. La cabeza de la mujer quedó inclinada. Sus ojos se enrojecieron por efecto del tirón. Udías apretó un poco más.

—¿Alguno se drogó?

—Fumaron algunos porros.

—¿Los pasaban de mano en mano?

—Creo que sí. ¡Déjeme! ¡Me está jodiendo viva!

El guardaespaldas apretó un poco más.

—¿Qué hizo usted luego?

—Nada más. ¡Se lo juro! Cogí mi dinero, me vestí y salí.

«*Vini, vidi, vinci*», pensó Brito, mordiéndose un carrillo. Comprobó que se le estaba formando una llaga, pero presionó las muelas, complaciéndose en el dolor.

Udías prosiguió, impertérrito:

—¿Había alguien esperándola al salir?

—No.

—¿Le contó a alguien que había estado en la residencia del gobernador?

—Tampoco.

—Si lo hace, le juro que se arrepentirá.

Dalila asintió con un gemido. Udías la soltó. Ella pudo arreglarse el pelo. Su miedo era más fuerte que su indignación. Por encima de ella, el guardaespaldas volvió a consultar a su superior. Brito dio por conclusa la sesión. Se levantó y salió.

—La mantendremos encerrada unas horas, por si se produce alguna contradicción —decidió Udías, en el corredor—. ¿Desea interrogar al resto de la pandilla?

Brito desistió. En el fondo, prefería no visualizar con qué clase de gente se relacionaba Simón.

—Los dejo en sus manos. Céntrese en el que se la benefició. ¿Qué sabemos del dueño del arma?

Con economía de frases, Udías le hizo un resumen de los avances de la investigación.

—No creo que encontremos nada —añadió Udías—, pero de todas formas consultaré los archivos de Interior.

—Estaré en mi despacho —dijo el gobernador.

—Una cosa más, señor. Está ese periodista, Risco. Le hice una advertencia, pero no surtió efecto.

—¿Qué tipo de advertencia?

—Tuvimos una amable conversación en el hospital. Junto al túnel. De noche cerrada.

—¿Sin testigos?

—La luna no sabe hablar.

En las pupilas del guardaespaldas brillaba una luz negra. Brito volvió a intuir en Udías un odio de desconocida dimensión.

—Olvídese. Yo me ocuparé de la prensa.

El gobernador saludó a los guardias, subió las escaleras y entró en tromba en el despacho de Aramburu. El subdelegado le esperaba con la expresión de un perro apaleado. Se levantó, dejando las manos flojas sobre el escritorio, en actitud sumisa.

—¿Se encuentra mejor su hijo, señor?

Brito se había plantado en el centro de la oficina.

—Vayamos al grano, Gabriel.

—¿No quiere sentarse?

—Para lo que tengo que decirle, no será necesario.

—Antes de tomar una determinación le pediría que, al menos, me escuchase. Se lo suplico.

—Carezco de tiempo para usted.

Aramburu esbozó una sonrisa servil.

—Todo ocurrió muy deprisa. Y nadie sabía cómo localizarle.

—No me gustan las excusas. Ya se lo advertí una vez.

—Alguien tenía que asumir el mando.

Brito estalló.

—¡No de la forma en que lo hizo! ¿Cómo se atrevió a tratar de esa manera a uno de mis hombres? Ha insultado al único profesional que hay en esta casa.

—No fue mi intención. Udías tiene mi respeto. No volverá a pasar.

—Puede estar seguro —dijo el gobernador, con frialdad.

Aramburu hizo un esfuerzo por conservar la dignidad.

—Aceptaré la sanción que quiera imponerme.

—No seré yo quien le expediente, sino la dirección general.

El subdelegado palideció. Imágenes de oscuros destinos pasaron por su mente. Provincias remotas. Olvidados cuarteles.

Brito tomó una bocanada de aire, como si fuera a pronunciar uno de sus discursos del Día de la Constitución.

—A toda carrera política, y la suya lo ha sido, le llega

un momento de inflexión —arguyó, como si el comité de disciplina ya se hubiera pronunciado en contra del presunto infractor—. Declive que, en los cargos que pesarán contra usted, se argumentará sobre una pérdida de confianza. Somos caballeros, somos demócratas. Puede cuestionar mi persona, subdelegado. Incluso, por qué no, alguna de mis decisiones, pero nunca, nunca puede siquiera pasársele por la imaginación privarme de mi autoridad. El más elemental acatamiento a la jerarquía debería haberle impedido asumir mis funciones. Ha cometido el peor pecado que se puede cometer en la Administración pública: la usurpación.

—No me merezco esto —murmuró el subalterno, abatido.

El gobernador le dio la espalda y salió. Rosa estaba en la oficina contigua, junto a la puerta. Pasó junto a ella sin mirarla y se encerró en su despacho.

Llamaron.

—¿Quién?

Su jefa de gabinete entró con un portafolio aplastado contra el pecho. Llevaba la misma ropa del día anterior, pero se había recogido el pelo en un moño. Con los quevedos algo caídos, ofrecía la estampa de una eficaz funcionaria.

—Buenos días, Álvaro.

—¿Qué quiere usted? —exclamó Brito.

La puerta había cerrado mal. Ella dijo, para que le oyera el ujier:

—¿Cómo está Simón?

—¿Desea algo, señorita Santos?

—Hay asuntos pendientes que convendría despachar. Firmas, un fax urgente del comisario Carriega.

El gobernador pegó una palmada en la mesa.

—Las firmas, a Aramburu. Que haga algo útil, mientras llega su cese. Deje el fax y márchese.

—Álvaro, yo...

Los ojos de Brito ardían. La jefa de gabinete bajó la vista.

—¿Es que no me ha oído? ¿No ve que estoy ocupado?

La puerta se cerró. El cerebro cansado del gobernador se encaprichó con una metáfora existencial de puertas que se abrían y cerraban, teléfonos que transmitían las voces que habrían de seguir acompañándole en su paraíso, o en su negro infierno. Se detuvo en el fax de Carriega. Rosa tenía motivos para reclamar su atención. Lo leyó dos veces. El comisario le participaba sus fundados motivos para temer un inminente atentado. Ante la imposibilidad de localizarle durante al pasado fin de semana, le rogaba que se pusiera en contacto con él lo antes posible.

«Los perros han olido la pista —pensó el gobernador—. Ya están aquí.»

8

Tal como había previsto el doctor Garcés, el segundo jueves del mes de septiembre le dieron el alta. Su padre fue a recogerle en coche oficial. El día anterior, Daisy le había llevado al hospital ropa limpia. Para abandonar la Clínica Universitaria, Simón se puso unos vaqueros limpios, una camiseta y el chaleco militar. Su padre bajó con él en el ascensor, apoyando una mano en su hombro. Había hecho llevar un gran ramo para las enfermeras, de las que se despidió personalmente, agradeciéndoles sus desvelos.

Simón se dejó hundir en el asiento trasero. El vehículo avanzaba lentamente entre la circulación.

—Quisiera hablar contigo —dijo su padre.
—Claro. Cuando tú quieras.
—¿Te encuentras bien?
—Sí.
—¿Qué te parece ahora mismo?
—Por mí.
—Está bien. Pare el coche.

El conductor preguntó:
—¿Aquí, señor?

En el asiento del copiloto, Udías se removió, inquieto. Desde hacía varias jornadas no se separaba del gobernador ni a sol ni a sombra.

—Nos bajaremos en aquel semáforo —dispuso Brito.

El guardaespaldas preguntó:
—¿Quiere que vaya con ustedes?

Brito no contestó. Se bajó del coche y le hizo una seña a Simón.

—Regresaremos andando.

—No les molestaré —insistió Udías—. Les seguiré a distancia.

—Ustedes vuelvan a la Delegación.

Simón y él se alejaron hacia un pequeño parque, cerca del río. La mole de la catedral se adivinaba al otro lado, entre las ramas de los árboles.

—Te preguntarás por qué me he mostrado tan prudente hasta ahora —dijo Brito, eligiendo un sendero señalado con un barandal de madera—. Por qué he preferido guardar silencio y no emitir juicios sobre tu intolerable comportamiento.

Simón caminaba con la cabeza gacha. Una lata de cerveza vacía se le cruzó en el caminito de grava. Le pegó una patada.

Brito oscureció la voz.

—Cuando me enteré no podía creerlo. Que un hijo mío hubiera hecho algo así.

—¿A qué te refieres?

—¿Vas a hacerte el tonto? ¿Encima?

—Invité a unos amigos a casa, eso es todo. Como haría cualquier chico de mi edad.

El gobernador soltó una risita forzada.

—Naturalmente. Todos los adolescentes de España hacen lo mismo. Fuman droga en la habitación de su padre. Llaman a una puta y se la tiran en la cama de su padre.

—No hice nada malo.

—Qué imaginación. ¿Tampoco recibiste un navajazo?

—Fue un accidente.

—Basta de mentiras, Simón.

—Yo no miento. No soy como tú.

Un acceso de palidez dejó sin sangre el rostro del gobernador. Señaló un banco, desplegó su pañuelo y se sentó encima. Simón se dejó caer a su lado. Tenía ganas de fumar. Las punteras de sus botas de baloncesto se pusieron a remover la arena.

El gobernador se peinó las cejas con los dedos.

—Ese chico, al que conoces como el tal Pájaro, se llama en realidad Andrés Francés. Tiene varios alias, además del que te es familiar. El Escalador. El Araña. Una joya de elemento, vaya. En unión de sus compinches, ese tal Servando, Rafael Servando Pérez, y ese otro, el Chato, que es en realidad su hermano Miguel, poseen un nada envidiable currículum delictivo. Robos en viviendas, atracos a mano armada, agresiones con arma blanca y, por supuesto, tráfico de drogas. Los tres son menores de edad, como tú. Por poco, pero menores. Entran y salen del reformatorio como Pedro por su casa. Algo de todo esto, supongo, sabrías.

—No tenía ni idea.

Brito apeló a su paciencia.

—¿Cómo los conociste?

—A través de un amigo.

—¿Un amigo de Madrid?

—Sí.

—¿Cómo se llama?

—Eladio.

—¿Eladio qué?

—No lo sé. Tocábamos en el mismo grupo.

—En el Enano...

—Onanista. —Simón se echó a reír.

—¿Cómo se llama el grupo?

—Se llamaba. Se disolvió cuando me secuestraste legalmente para traerme aquí.

—Yo no te he secuestrado. Te recuerdo que viniste conmigo voluntariamente. ¿Cómo se llamaba el grupo? ¿Dinamita para el Clero?

—Qué va. Ésos tuvieron mogollón de éxito. Al principio nos llamábamos Las Vacas Sagradas, por influencia hindú, pero después fingimos convertirnos al cristianismo y el mánager nos bautizó como La Hostia en Verso.

El gobernador supuso que debería dar una respuesta definitiva, pero no se le ocurrió.

—Entonces —dijo, después de un desconcertado paréntesis— fue ese Eladio quien te proporcionó el contacto de Pájaro y el resto de la banda. Llamaste desde el maizal, a mitad de viaje. Quedaste con ellos y a partir de allí os hicisteis colegas.

Simón dibujó una media luna con la puntera de la bota.

—Me parecieron simpáticos. Buena gente. Empezamos a tocar juntos en ese local del Ayuntamiento. Acabamos de grabar una maqueta. Si quieres, puedes oírla.

—Me encantará. Dime de quién fue la idea de la fiesta.

—Mía. Yo les invité.

—¿Trajeron ellos la droga?

—Sólo fueron un par de porros. Todo el mundo fuma, papá.

—Permíteme que lo dude. También hay adolescentes responsables, que aspiran a labrarse un porvenir. ¿Qué más se meten?

—Nada más.

—La Policía opina lo contrario. Son camellos, Simón. Suelen transportar consigo una farmacia ambulante. Anfetaminas, éxtasis, drogas de diseño. No me extrañaría que trapichearan con cocaína y heroína.

Simón negó con la cabeza.

—¿No?

—No.

—Pero has fumado canutos con ellos.

—Son legales, ¿no? Tu gobierno permite el consumo.

Un vagabundo pasó junto a ellos. Transportaba un hatillo. Las uñas de sus pies asomaban a través de unas destrozadas sandalias. El gobernador le destinó una despectiva mirada.

—Un día de éstos —murmuró, reflexionando en voz alta— tendré que ocuparme de los sin techo. El albergue de transeúntes está a reventar. Cada año, con el buen tiempo, me dice Carriega, llegan nuevas remesas de esta chusma.

Simón se alteró.

—¿Por qué no los haces fusilar? Sería más práctico. Así no tendrías que ampliar el albergue.

Brito se encogió de hombros.

—La democracia los ampara.

—¿Eres tú quien decide qué es democrático?

—Más o menos.

—Creí que trabajabas para la gente. Para el pueblo.

—Oh, claro. Sólo que se trata de un cliente demasiado discreto. Tarda cuatro años en presentar su hoja de reclamaciones.

—Mientras tanto, tus amigotes y tú os ocupáis de defender sus intereses.

—Lo hacemos honestamente, hijo. Apoyándonos en la Constitución. Respetando y haciendo cumplir la letra de la ley. Sé que no es un oficio popular. Que a menudo se nos identifica con las oscuras fuerzas de la represión. Mi piel está curtida en la ingratitud. Puedo asumir esas y otras muchas injusticias. Hace mucho tiempo que dejé de preocuparme por la consideración del prójimo. No me supone un tormento interior el hecho de que algún radical quiera verme en el papel de Torquemada. ¿Qué sería del Estado moderno si nadie asumiera la responsabilidad de mantener el orden? Nuestra sociedad exige buenos médicos, jueces serios, obreros competentes, y también, por qué no, gobernadores leales.

Por regla general, cuando se extendía en consideraciones teóricas sobre las bases de su oficio, Brito disfrutaba escuchándose, pero en ese momento se sentía extrañamente conmovido.

—Soy un profesional, Simón. Me limito a hacer mi trabajo lo mejor que sé. No creas que no recibo compensaciones. Cuando veo a una familia disfrutando en la tranquilidad de un parque como éste, a un relajado ciudadano paseando por las calles seguras, me considero en el derecho de albergar un legítimo orgullo, la satisfacción del deber cumplido. —Concluyó, modestamente—: No pido que me ovaciones, ni siquiera tu comprensión. Sólo que me concedas el beneficio de la duda.

El vagabundo se había sentado unos bancos más allá. Sostenía una botella de vino cerrada con un corcho. La destapó y bebió un largo trago, que le hizo toser y escupir.

Simón dijo:

—No sabes el asco que siento.

—¿Por la presencia de ese paria? Podemos ir a otro banco. Mira, aquello debe de ser un quiosco de bebidas. ¿Te apetece un batido?

Simón sepultó el rostro.

—El asco es por ti.

Brito se arrancó una pestaña. Hizo un esfuerzo de autocontrol.

—A veces puedes ser muy hiriente.

—No aguanto más. Quiero marcharme.

—¿Adónde?

—A cualquier lugar donde no tenga que soportarte.

Su padre se mordió el carrillo, hasta hacerlo sangrar.

—¿Te gustaría regresar con tu madre?

—¿Para qué? Con ella sería lo mismo.

Brito se deslizó unos centímetros sobre el banco. El pañuelo sobre el que se había sentado se arrugó. Lo dobló en forma de pico y, con un coqueto ademán, adornó el bolsillo de su americana.

—Escucha, hijo. Yo te quiero. Te quiero de verdad.

—Tú no quieres a nadie. Sólo te quieres a ti mismo.

El párpado izquierdo de Brito empezó a temblar. Una llamarada de cólera le comprimió el estómago. En su visión se desenfocaron las copas de los árboles. Vio los perfiles de la catedral como la sombra de un castillo en ruinas. Un pájaro carpintero martilleaba el tronco de una acacia.

El gobernador tuvo la aguda impresión de que ese pico le estaba taladrando el tímpano.

—Dios sabe que todo lo he hecho por ti.

—Deja en paz a Dios. Ya lo habéis manipulado bastante.

—Basta ya de filosofía de barra, Simón. Me estás defraudando. Te manifiestas con un estilo previsible, gregario.

—¿Cómo un adolescente cualquiera?

—Nunca te he tratado como a un niñato. Tal vez puedas acusarme de otras cosas, pero de esto no. Y eso que me aportas muy pocas razones para otorgarte la consideración de un hombre.

El gobernador había logrado dominarse. El reflujo de ira, como una ola que iba perdiendo fuerza, le hizo sentirse mejor.

—Un hombre, Simón —añadió, en tono didáctico—, debe atesorar creencias, estar dispuesto a sacrificarse por ellas. Soy defensor del libre albedrío. Cada uno elige sus sueños. Cuando era joven, a tu edad, más o menos, creía en un país diferente. Pensé que mi aportación, aun siendo minúscula, podía contribuir a mejorar las estructuras políticas y sociales de nuestra patria. Crecí, como tantos otros, en un régimen de autoridad, con déficit de libertades. Tantos libros de grandes autores estaban prohibidos. ¿Te he confesado que estuve preso?

Simón esbozó una mueca sardónica. Pero el padre, decidido a referir el episodio, fingió no darse cuenta.

—Ocurrió en los años cincuenta. Por aquella época salía con la hija del gobernador Del Arco, un prócer militar, franquista hasta la médula. En mis ratos libres ensayaba obras de teatro en una compañía universitaria. Llegamos a interpretar a Pirandello, a Eugene O'Neill. Tu madre solía ironizar con mi frustrada vocación. Hoy siento pudor al recordar aquellas veleidades. Admitiré que era muy mal actor, aunque con buena presencia. Hacía papeles de bellaco y galán, alternativamente. Nuestro director simpatizaba con ideas comunistas. En el último curso nos jugamos el tipo montando una obra de Sartre. Su estreno fue un acontecimiento en el campus. La policía aguardó a que cayera el telón para llevarnos detenidos a la Dirección General de Seguridad. En aquellos calabozos nos interrogaron a fondo. El director se llevó una buena paliza. A mí no me tocaron, pero lo pasé mal. Hubo manifestaciones. El propio Franco, según pudimos saber, ordenó cercenar de raíz la simiente de una revuelta estudiantil.

Brito se frotó los ojos. Acababa de comprobar lo rápido que pasaba la vida.

—Cambiaste con mucha rapidez —dijo Simón—. Los franquistas se te llevaron al huerto.

—Eran tiempos difíciles, Simón, de renuncia y espera.

—No tuviste que esperar mucho para volver a esos calabozos.

—No —contestó de inmediato su padre—. Es verdad. Años después presencié interrogatorios a presos políticos, anarquistas, conspiradores, agentes de Moscú. No negaré que mis primeras lecciones sobre seguridad del Estado las recibí en el Movimiento Nacional, siendo diputado a las Cortes franquistas, y hombre de confianza de Carrero Blanco. Te aseguro que el día que voló por los aires vivimos una jornada de luto. Era autoritario, quizá tiránico, pero un gran español. Le lloré.

—¿También al Caudillo?

Brito sentía en la boca el sabor de la sangre. Desplegó el pañuelo y lo pasó por los labios. Quedó manchado de saliva parda. Apostrofó, épicamente:

—El ciclo de la muerte daba paso a la vida. Un grupo de diputados configuramos una plataforma política para preparar la sucesión.

El vagabundo, que había consumido el vino que quedaba en la botella, emitió un sonoro eructo. Brito siguió:

—Estábamos recién casados. Tú no habías nacido. Políticamente hablando, la situación era extrema. Por suerte, emergió la figura de Adolfo Suárez. Su impulso sería determinante, como sabes. El resto es historia.

Simón lo contempló con una mirada líquida.

—¿Has matado a alguien? —El padre guardó silencio—. ¿Has ordenado matar a alguien? —insistió Simón.

El vagabundo se levantó, y tambaleándose se dirigió hacia ellos. Brito se incorporó, lívido.

—¡Oiga usted, ciudadano!

El hombre se detuvo, con la botella en la mano.

—¿No sabe que está prohibido beber en la vía pública?

—Beber es vivir —repuso el borracho, con la voz pastosa—. ¿Está prohibido vivir?

Brito fue hacia él, alzó la mano y la dejó volar. El vagabundo cayó al suelo. Simón se levantó y agarró a su padre.

—¿Qué estás haciendo?

—¡Márchese! —exclamó el gobernador, fuera de sí—. ¡Voy a limpiar de escoria esta ciudad! ¡Andando, coño!

El vagabundo recogió su hatillo y partió al trote, trastabilleando. Un par de veces miró hacia atrás, temiendo que lo rematasen.

—Cómo olía el condenado —añadió Brito—. Seguro que se ha cagado en los pantalones.

—¿Por qué lo has hecho?

—Para no abofetearte.

—No sería la primera vez.

—Me he jurado no volver a ponerte las manos encima.

—Viniendo de ti, es una concesión generosa.

Brito intentó adoptar un aire cínico, pero estaba muy nervioso.

—Los años me están ablandando. Hasta he decidido mostrarme magnánimo con tus amigos. Serán desterrados. Podría internarles en un centro especial, pero me limitaré a poner tierra entre ellos y tú. De hecho, ya no están en Argenta.

—¿Desterrados? ¿A finales del siglo XX?

—Se acogerán a un programa especial del Gobierno canario. Tendrán la oportunidad de aprender un oficio. Recibiré puntuales informes de su proceso de adaptación.

Simón se apartó el alón de pelo que le caía sobre la frente.

—¿Y qué planes tienes para mí?

—Deberás adaptarte a una serie de horarios y normas. Estudiarás en casa, con profesores particulares. Prescindirás de malas compañías. Suprimirás las actividades que hemos considerado de riesgo: conciertos, bares, salidas nocturnas.

—¿Hemos?

—El psiquiatra y yo, sí.

Su hijo soltó una carcajada

—¿Vas a hacerme psicoanalizar? ¿Otra vez?

—Acudirás a la consulta de un profesional dos veces por semana.

Caminaban lentamente, entre los árboles. Simón se detuvo y encendió un cigarrillo.

—No te he dado permiso para fumar.

—¿Mamá sabe algo de todo esto? ¿Le has contado que me vas a enviar a un loquero?

—Sabe que en el transcurso de una juerga con mujeres, celebrada en la residencia oficial de la Delegación del Gobierno, con asistencia de delincuentes y libre disposición de sustancias psicotrópicas, su querido hijo resultó malherido, y que en posteriores registros aparecieron remesas de hachís y pastillas alucinógenas. Para no mencionar los excrementos que uno de esos sucios pandilleros dejó de recuerdo en el baño de tu padre. Porque se defecaron, Simón. La señora Pepa tuvo que fregar aquella inmundicia. No había querido decírtelo. Puede que ahora sientas las mismas náuseas que yo.

Simón expulsó una calada.

—No vayas a creer que a tu madre le importó demasiado —añadió Brito, con una astuta modulación—. Está demasiado ocupada poniendo las bases de una nueva relación. Sale con un hombre, no recuerdo si te lo había dicho. Por ese lado las cosas también se están complicando.

Simón hizo un gesto de indiferencia.

—Yo tenía razón. Sabía que no existía ninguna posibilidad de que volvieras con ella.

—¿Y qué, si es así? —dijo Brito, desafiante—. El presente no termina ahí, ni es tan terrible. Que un hombre y una mujer separen sus vidas... Es un lugar común. He llegado a una edad en la que puedo prescindir del sentimiento amoroso. No siento la pasión como una prioridad, ni siquiera como una necesidad.

—Debe de ser para despistar, entonces, que te estás tirando a tu secretaria.

—¿Cómo?

—Perdón: a tu jefa de gabinete. Esa urraca estreñida con gafas de culovaso.

—Estás yendo demasiado lejos, Simón.

—Eres tú quien ha ido demasiado lejos, y demasiado deprisa.

Brito habría necesitado tiempo para pensar, pero con Simón casi nunca existía margen.

—Pensaba contártelo.

—Seguro. No tengo la menor duda.

—No significa nada, hijo. Se trata simplemente de una relación... corporativa.

—¡Genial!

—Si ese pequeño asunto doméstico va a perturbarte, no tengo el menor inconveniente en dejar de verla.

—No podrías hacerlo, aunque quisieras. Trabajáis juntos, ¿recuerdas? Lleva tu agenda. Por toda la Delegación corren los rumores.

Brito se arrancó una pestaña.

—Apuesto a que es una fiera en la cama. Tiene toda

la pinta. Vamos, sincérate conmigo. ¿Cómo te lo montas para despistar a los gorilas?

—Basta, Simón.

—Os estoy viendo en el despacho, los dos solos. ¿Lo habéis hecho entre los expedientes, encima de la bandera?

—Qué pesadilla —murmuró Brito—. Dios misericordioso. Dime que voy a despertarme de un momento a otro.

Simón chasqueó los dedos, como un mago.

—Ya está. Contempla a tu hijo. Al espejo de tu alma. Al muchacho errante. Mírame bien. Esto soy.

—Me estás llevando al límite.

—Confía en mí, papá. Estamos hechos el uno para el otro. Hagamos un trato. Un pacto de caballeros. A partir de ahora no tendremos secretos el uno para el otro. Te lo contaré todo. Mis infiernos personales. El loco sueño de reventaros a todos. La esperanza de no ser. Y tú me hablarás de lo que sientes cuando todos esos tricornios y gorras de campaña se inclinan a tu paso. De tu poder sobre los hombres y de tu gran obra inconclusa.

—Estoy escuchando la voz de un loco.

—¡Sí!

—Deliras, Simón. Das pena.

El chico echó a correr hacia la salida del parque. Su padre le siguió durante algunos metros, pero después, incapaz de sostener el ritmo de su carrera, se detuvo con el aliento cortado. Estuvo un rato vagando por la arboleda, tratando de sosegarse, antes de cruzar un puente y regresar andando a la Delegación.

No reparó en un joven de aspecto normal, ni alto ni bajo, con barba, vestido, pese al calor, con una parka y vaqueros de pana negra, que le iba siguiendo a prudente distancia.

9

El apartamento de Rosa Santos no tenía aire acondicionado. Habían pasado toda la noche juntos. Seguían dormidos. El sol incendiaba la mañana de Argenta, las calles que Brito debía proteger.

En el despertador digital de su jefa de gabinete eran las once de la mañana cuando él, resoplando como un rinoceronte, se dejó caer a un lado del futón. La lámpara china estaba encendida, proporcionando una luz celeste, una cálida intimidad que, no obstante, al gobernador le resultaba almibarada, fuera de lugar o concebida para otra clase de amantes. Desde la primera vez que se había acostado con ella en ese dormitorio de mujer soltera, con los trajes de chaqueta dispuestos con impecable orden en el armario empotrado y los cajones de ropa íntima ordenados con un hogareño espíritu de perfección, no había dejado de preguntarse cuántos otros habrían ocupado antes su lugar. Cuántos, tras hollar esas mismas sábanas, se habrían levantado, desnudos, ahítos del placer que ella sabía proporcionar, y dirigido al cuarto de baño para tomar una ducha, utilizando sus geles perfumados, su champú, su peine.

Las ropas del gobernador, su traje y corbata, el alfiler, sus calcetines y zapatos se amontonaban en un revoltijo, a los pies de la cama. Al levantarse, se enredó con el cable del teléfono móvil, conectado al ladrón del televisor, que permanecía encendido, el volumen al mínimo, retransmitiendo un documental de animales salvajes. Brito se había cubierto con una colcha de inspiración oriental que le daba un cierto aire de sátrapa, pero el edredón resbaló de sus hombros. Riendo, regresó al lado de Rosa. Le arrebató los redondos quevedos, que por alguna razón le excitaban enormemente, besó su boca con un ardor juvenil y, obligándola a cabalgar sobre sus muslos, le hizo el amor por segunda vez. Con ella se sentía pletórico, lleno de fuerza.

Acababan de separarse, otra vez empapados en sudor, cuando sonó el teléfono. El gobernador dio un salto hasta el televisor y consiguió descolgar el portátil a la segunda señal.

—Aquí Brito. ¿Con quién hablo?

—Udías, señor. ¿Le cojo en mal momento?

—En absoluto, si se trata de algo urgente.

—Así lo creo, señor. Acabo de mantener una reunión de trabajo con los hombres de Carriega. Han localizado un piso franco.

El gobernador hizo un esfuerzo de concentración.

—¿Un comando?

—Podría ser. Uno de los individuos ha sido reconocido por los vecinos.

—¿Quién es?

—Yo diría que se parece mucho a Gaztelu Moriarte —repuso Udías, sin reprimir un barniz sarcástico—. Como un hermano gemelo se parece a otro hermano gemelo.

Brito tuvo una súbita conciencia de su desnudez. Como si estuviera desarmado, vendido.

—¿Está seguro?

—El testigo lo está. La Policía, también.

El gobernador se arrancó una pestaña.

—Malditos pistoleros... No hay tiempo que perder. ¿Está usted en la Delegación? —Udías contestó afirmativamente—. Hágame un favor. Dígale a Rosa que anule todos mis compromisos y convoque al comisario Carriega.

—Acabo de bajar de su despacho, señor. Su secretaria no se encontraba allí.

—Entiendo —murmuró Brito, errando una pícara mirada sobre el cuerpo desnudo que se adivinaba bajo la sábana; Rosa aparentaba dormitar, pero él sabía que estaba despierta, y atenta a la conversación—. Bien, yo mismo convocaré a Carriega. Permanezca localizable, Udías. Voy a necesitarle en las próximas horas.

—¿Malas noticias? —preguntó su jefa de gabinete cuando él colgó.

Había retirado la sábana. Tenía los pechos morenos y firmes, coronados por pequeños pezones de color canela que la tensión erótica apuntaba y hacía estremecer. Brito daba por supuesto que tomaba el sol en el balcón, preservándose de las miradas ajenas con un complicado montaje a base de toldos y biombos, y que usaba cremas reafirmantes para evitar la decrepitud del seno; pero esos y otros hábitos, que en otra le habrían resultado vulgares, en Rosa le parecían plenos de originalidad y encanto. «¿Habré cometido el error de enamorarme?», pensó. Aún conservaba en su lengua el sabor de su paladar, que esa mañana sabía a magdalenas mojadas en el café con leche que habían compartido.

—Debo marcharme.

—¿Una emergencia?

Brito no contestó.

—¿Puedo ayudarte?

—Regresa a la Delegación y localiza a mi hijo. Debe de estar en la Casa de Cultura, en sus prácticas de música. Asegúrate de que se encuentra bien, y de que su escolta está operativa.

—¿Adónde vas?

—A comisaría. Tengo que hablar con Carriega.

Brito comprendió que debería ducharse, pero, acuciado por las noticias, se vistió a toda prisa. Frente al espejo del cuarto de baño, entre las cremas y horquillas de Rosa, planchó su pelo con agua fría y lo peinó vigorosamente, hasta que quedó pegado al cráneo. Desenchufó el teléfono, lanzó un beso a su querida con la punta de los dedos y descendió las escaleras, haciendo rechinar las suelas de sus gruesos zapatos de horma inglesa. Le disgustó el rancio olor a col hervida que se filtraba a través de las puertas cerradas, cuatro por rellano. Nunca usaba el ascensor; temía ser reconocido.

En la calle llamó un taxi, que lo trasladó, unas pocas manzanas más allá, al edificio de la Comisaría Central. Un policía lo condujo al despacho de Emilio Carriega. El comisario estaba hablando por teléfono, pero al ver al gobernador se interrumpió.

—¿Ha sido informado? —preguntó Carriega.

Brito afirmó.

—No va a creerme, ni me pregunte por qué, pero un sexto sentido me lo venía advirtiendo. Sabía que algo estaba a punto de pasar. Lo supe en cuanto salí de la cárcel. Esos chacales rabiosos no pueden ocultarme nada. Están a punto de despedazar a alguien.

El comisario lo miró con intensidad.

—¿Sospecha que vienen a por usted?

—¿A por quién, si no? —murmuró el gobernador. Se había puesto pálido.

—Es prematuro hablar de objetivos. No tenemos indicios sobre la dirección de un posible atentado.

—Conmigo no se haga el ingenuo, Carriega. Sabe que soy hombre marcado. ¿Qué más pruebas quiere? ¿No le basta su presencia física? ¿Qué otra cosa pueden estar planeando en Argenta? Tenga la seguridad de que la organización no ha enviado a Gaztelu para disfrutar de unas vacaciones pagadas. ¿Cuántos hay con él?

—Otro, pensamos, y quizás una chica. El segundo podría ser Jon Iturriaga, antiguo integrante del comando Vizcaya.

La mandíbula del gobernador se crispó.

—De manera que han decidido utilizar la artillería pesada.

El comisario salió un segundo al pasillo y después preguntó, con discreción:

—¿Dónde está su escolta?

—He venido solo.

A Carriega le pareció raro, pero decidió aceptarlo. No ignoraba que a veces Brito eludía la vigilancia asignada, desapareciendo durante horas, incluso días enteros. Lo tenía catalogado como un excéntrico, pero su hoja de servicios y sus contactos políticos le inspiraban respeto; descontando que él mismo se hallaba bajo sus órdenes. Le había confundido verle allí, entrando de repente, solo, con esa expresión de ausencia. Brito era capaz de desconcertar a cualquiera. Al comisario se le ocurrió pensar que, en el plano protocolario, la escena desentonaba. Debería ser él quien estuviese en el despacho de la Delegación del Gobierno, no al revés. De hecho, era la primera vez que el gobernador acudía allí. Guardó silencio, a la espera de que su superior tomase la iniciativa. Cosa, que, en efecto, Brito no demoró en hacer.

—He ordenado a mi jefa de gabinete que cancele todos mis compromisos. Le sugiero que haga usted lo mismo, a fin de que nos pongamos a trabajar sin que nada ni nadie nos moleste.

Carriega asintió. Cogió el teléfono e impartió instrucciones a su secretaria. Le ordenó que hiciese comparecer a los policías encargados del caso y, tras una consulta con el gobernador, que localizara al teniente coronel al mando de la Guardia Civil, Armando Santibáñez. Mientras esperaban, invitó a Brito a tomar asiento en una mesa auxiliar, atestada de expedientes, que retiró con un brazo, y vasitos vacíos de café. A petición de Brito, empezó a resumirle a grandes rasgos los avances de la investigación, pero pronto, debido a las constantes interrupciones del gobernador, comprendió que, si pretendía serle de utilidad, no debía omitir detalle alguno.

Algo inseguro, con la conciencia de haberle ocultado datos, se levantó de su escritorio y sacó una carpeta. En su interior había fotografías de un edificio con fachada de ladrillo, situado en la calle Federico García Lorca, una vía de arrabal que iba a morir bajo el Puente del Poeta, al otro lado del río Madre. Brito pasó un dedo índice por la superficie satinada del papel revelado y enumeró las plantas, que eran siete —«más un entresuelo», añadió el comisario—. El gobernador se centró en las fotos. No eran demasiado nítidas, pero habría reconocido esas caras a través de las llamas del infierno. Permanecían en su memoria, indelebles. Aunque estaba más delgado, y utilizaba una gafas globosas, de cristales opacos, el gobernador identificó a Gaztelu Moriarte, con su perfil de halcón y su característico peinado de raya baja. Al verlo así, apresado en un instante todavía fresco en el tiempo, en primer plano, inofensivo y próximo, andando por una calle con zapatillas deportivas y una bolsa colgada del hombro, tuvo la vertiginosa sensación de que muy pronto iban a encontrarse; de que entre el hombre que ya había intentado matarle y él estaba a punto de establecerse un contacto, un encuentro. Las restantes imágenes mostraban a sus compañeros entrando o saliendo del portal y de un coche blanco, aparcado entre otros vehículos corrientes. Las instantáneas, tomadas con máquinas digitales, estaban fechadas. Brito las puso en orden cronológico y las repasó con morosa lentitud, tratando de extraer de ellas la máxima información.

—Llevan ustedes más de una semana sobre la pista —murmuró, aludiendo a las fechas.

Su mirada se había acerado. El comisario intentó deducir si su tono contenía un reproche encubierto.

—Intenté decírselo, pero...
—¿Pero?
—No conseguí localizarle.

—¿Nunca, en ningún caso?

—La verdad es que le llamé una vez, hace unos días, y no insistí.

—No he pretendido criticar sus métodos, Carriega. Simplemente le estoy demandando una explicación.

—La confirmación de la Unidad Central de Inteligencia no ha llegado hasta hoy. No creí necesario molestarle. Sé lo ocupado que está.

—Se asombraría del mucho tiempo libre de que dispone hoy en día un delegado de Gobierno —intentó bromear Brito, pero su tono era amargo—. En beneficio de nuestra futura colaboración, debo decirle que desde el ministerio habríamos progresado con más velocidad.

Pese a esa educada advertencia, resultó obvio que Brito no pretendía abrir una línea de discusión procedimental. Carriega se tranquilizó. Ambos sabían que demasiado a menudo la descoordinación entre las agencias y cuerpos de seguridad deparaba resultados nefastos, frustrando en el último instante la paciente labor de meses.

—¿Cómo dieron con ellos?

—Fue la chica la que nos proporcionó la pista —explicó el comisario—. Pertenece a la célula de anarcos de la Facultad de Veterinaria, una de las más activas. La teníamos controlada. Recientemente abandonó su piso para alquilar este otro.

—Bastante mona, y hasta con cierta clase —comentó el gobernador, con frivolidad—. Para nada me recuerda a esas otras espesas *euskaldunas* entrenadas para matar.

El comisario facilitó al gobernador información sobre la presunta activista. Se llamaba Sara Martí y reunía un perfil atípico. Procedía de una familia acomodada. Su padre era un pediatra catalán de algún renombre. En Barcelona, la muchacha había tenido problemas de drogas. Llegó a ingresar en un par de centros de rehabilitación. Probablemente, razonó Carriega, la habían enviado a Argenta con la esperanza de alejarla de las malas compañías.

—Con toda seguridad —agregó el comisario— sus benditos padres no deben de tener la menor idea de las actividades delictivas de su hija. Ha estado en contacto con elementos grapo y con árabes del movimiento palestino.

—¿Estamos ante una chica inteligente? ¿Qué tal va en la universidad?

Sorprendido, el comisario regresó a su escritorio y consultó las notas de otra carpeta.

—Acaba de terminar cuarto curso. Buenas calificaciones. Disponemos del informe de uno de sus profesores, que accedió a colaborar en secreto. En apariencia, se trata de una alumna ejemplar.

—Esta vez han tenido buen gusto —insistió el gobernador; parecía súbitamente fatigado.

—¿Le apetece, un café?

—Se lo agradecería.

Antes de que Carriega le diese aviso, una secretaria apareció en el umbral de la puerta.

—El inspector Sánchez y el sargento Benavides acaban de llegar. No he podido encontrar al teniente coronel.

—Hágalos pasar. Traiga café para el señor Brito, hágame el favor.

—También está aquí el señor Udías.

—Que pase.

Los tres hombres entraron con semblantes serios. Udías lo hizo en último lugar, a cierta distancia de los policías, y se quedó quieto en un rincón, como una sombra.

—El momento tan temido ha llegado, caballeros —dijo Brito, sin levantarse ni mirarles.

El comisario les invitó a tomar asiento. Udías permaneció en su esquina, inmóvil como una estatua.

Brito tomó aire y, creando una instantánea tensión, dijo:

—Soy hombre de pocas palabras. Prefiero los hechos. Vamos a intervenir de inmediato.

Los agentes se consultaron. El comisario iba a decir

algo, pero optó por guardar silencio. Su secretaria entró con una bandeja de café. En lugar de los vasos de plástico, había dispuesto un juego de vajilla inglesa, que parecía sin estrenar, con los filos de oro intactos. El sargento apartó una pila de expedientes para hacer hueco a la bandeja de plata, un tanto roñosa en las asas.

—En este tipo de circunstancias, el factor tiempo es una de las claves a tener en cuenta —siguió diciendo el gobernador, imprimiendo a sus palabras un timbre más severo, casi marcial—. Supongamos que sus observaciones de campo son correctas, cosa que, ustedes me perdonarán, dudo, y que Gaztelu y Jon Iturriaga llevan tan sólo una semana en Argenta, cómodamente alojados en casa de esa falsa alumna de Veterinaria, comprando a diario el periódico y el pan y estudiando sus objetivos, que serán varios y de distinto signo. Bien, señores. Una semana, en el cómputo de una acción de guerra, es mucho tiempo. Quizás, ojalá me equivoque, demasiado.

Brito clavó la mirada en el inspector.

—¿Qué hay del coche?

—Lo hemos localizado —repuso el mando policial. Un brillo de sudor mojaba su frente. Era evidente que la presencia del gobernador le acomplejaba. Al hablar movió innecesariamente las manos, anudándolas y frotándolas entre sí, como si tuviera frío—. Fue sustraído hará unos veinte días en una pequeña población de Bilbao.

—¿El propietario denunció el robo?

—Sí.

—¿El mismo día?

—Sí.

—Lleva placas falsas, supongo.

—Así es, señor.

—Veinte días es mucho tiempo. ¿No le parece, inspector?

—Puede ser —murmuró el policía, inquieto.

El gobernador tomó con delicadeza una taza, se sirvió café puro y bebió un sorbito. La secretaria sólo había traído dos servilletas de hilo. Cogió una, la desdobló y se limpió los labios. Al depositar la taza sobre la bandeja produjo una resonancia metálica.

—¿Ustedes no toman café?

Los presentes negaron, cortésmente.

—¿Udías?

—Gracias, señor.

El gobernador le sirvió una taza y, extendiéndola, con su platito, por encima de su hombro, aguardó a que el escolta la cogiese, por detrás de su espalda, y regresara a su rincón. Entonces preguntó:

—¿No es usted de la misma opinión, comisario? ¿Le parece, teniendo en cuenta con quiénes nos jugamos los cuartos, que un plazo de veinte días de pasividad policial puede resultar peligroso?

El comisario se tomó unos segundos antes de responder:

—Con su permiso, señor. Nuestros hombres han cumplido en todo momento con su obligación.

—¿Lo he puesto en duda? No sea tan susceptible, Carriega. Me refería a la secuencia temporal. Al carácter contemplativo, ensimismado, de la investigación.

Carriega supo ocultar su enfado. Apelando a su sentido de la disciplina, arguyó con humildad:

—Los individuos han sido localizados e identificados. Ninguno sospecha que ha sido descubierto. Se les vigila las veinticuatro horas. Estamos listos para intervenir.

—¿Hoy?

—Si es necesario, sí.

—¿Udías?

El guardaespaldas avanzó unos pasos. Depositó el servicio de café, ya vacío, sobre el escritorio del comisario, y dijo:

—Es evidente, como sostiene usted, señor, que el tiempo juega en contra nuestra. Puesto que no conocemos, ni podemos adivinar, la naturaleza del atentado que preparan, nos queda como única salida desmantelarlos con una acción. Que podría llevarse a cabo esta misma madrugada, aprovechando la tranquilidad de la noche. De esta manera no alarmaríamos a los vecinos. Los soprenderemos en el interior del piso, mientras duermen.

—Bien dicho —aprobó Brito.

El comisario escrutó los rostros de sus hombres de confianza.

—Puede hacerse —opinó el inspector.

—¿Y hasta entonces? —quiso saber Carriega.

—Si inician cualquier movimiento sospechoso —resolvió Udías—, estaremos en condiciones de abortarlo.

—Informaré al ministerio y coordinaré la operación —dijo Brito, poniéndose en pie—. Necesitaremos cincuenta hombres. Reúna un grupo de tiradores de élite. Los apostaremos por las azoteas colindantes y las riberas del río. Salvo que sea absolutamente necesario, den órdenes de que no disparen a matar. Los quiero vivos. Una hora antes cierre la ciudad; Carriega: ponga controles en todas la salidas, por si alguna de esas ratas escapa a la trampa. No comenten nada a la Policía Local; son una banda de aficionados, y demasiado amigos de los periodistas. Si lo considera oportuno, Carriega, dé cuenta de lo aquí hablado a su director general. Tiene fama de hombre participativo. Quizá desee asistir a los juegos artificiales. Nada más, por ahora. A partir de este momento, estaré en permanente contacto con usted. ¿Alguna pregunta?

El comisario apuntó:

—¿Y la Guardia Civil?

—Yo me ocuparé.

Brito cogió el dossier. Udías y él salieron juntos. Reconstruido tras el atentado de finales de los setenta, el edificio de la comisaría era luminoso y limpio. Al alcanzar la calle, la luz no los deslumbró. La mañana era refulgente. El aire estaba en calma, detenido como una gran bolsa sobre las perezosas calles. El gobernador y su escolta recorrieron caminando los quinientos metros que los separaban de la plaza de la Catedral. Apenas hablaron. Udías no se dirigía a su superior si no era a requerimiento suyo. Y el gobernador parecía sumergido en sus pensamientos. Cuando subían las escaleras de la Delegación, dijo:

—Voy a necesitar un chaleco antibalas. Procúreme uno.

—¿Quiere también un arma?

—Llevaré mi pistola.

—¿Desea que permanezca con usted?

—Debo informar a Madrid. Diríjase a la Comandancia de la Guardia Civil y dé parte a Santibáñez. Llámeme desde allí, cuando el operativo esté listo.

—A la orden, señor.

Al entrar a sus oficinas, el gobernador saludó con una inclinación a Rosa Santos, que se hallaba ocupada despachando con otra funcionaria.

—¿Dónde estaba usted? —preguntó, con aire inquisidor.

—Tuve que ausentarme al médico —repuso la jefa de gabinete, sin poder evitar un golpe de rubor.

—¿Se encuentra indispuesta?

—Se trataba de la revisión anual. Pura rutina.

—¿Y?

—Salvo la edad, no me han encontrado ningún problema.

—No sea tonta —sonrió Brito—. ¿Esas cervicales? ¿Cómo van?

—Mejor.

—Me alegro. Supongo que le habrán dicho que tenga cuidado con los movimientos de cuello, al bajar y subir la cabeza.

Un flujo de sangre coloreó las mejillas de Rosa.

—¿Me requería para algo urgente, señor?

—Sí. Pase a verme en cuanto termine lo que esté haciendo.

—No es importante. Puedo atenderle ahora.

Brito dedicó una condescendiente sonrisa a la otra funcionaria, que lo contemplaba con cierto envaramiento. Era una de las empleadas del departamento de Inmigración. Raramente veía a su jefe.

—Se llama usted Rosario, Rosario Belver, ¿verdad?

La aludida sonrió a su vez halagada porque recordara su nombre.

—Sigan trabajando, por favor. Todo lo que ustedes hacen es importante.

El gobernador entró en su despacho y cerró la puerta. Se quitó la americana, puso los pies encima del escritorio y, abriendo uno de los cajones, sacó una botella de whisky. Al mojarse los labios, paladeando el licor, se sintió mejor. Luego desparramó el dossier policial por la mesa. Volvió a estudiar, con total concentración, las fotografías de los terroristas. En una de ellas, la única en la que aparecía sin gafas de sol, Gaztelu Moriarte parecía mirarle a la cara. Brito no había podido olvidar esos ojos redondos, brillantes e inexpresivos como los de un depredador. Un estremecimiento de odio lo agitó al recordar el careo que había mantenido con él, años atrás, en el piso de Toulouse donde permanecía confinado por la Policía francesa, acusado de haber intentado escapar a un control, y de complicidad con los correos de la banda. Pese a haber estado detenido en varias ocasiones, otra de ellas en Bilbao, donde un Udías más joven, pero no menos cruel, lo había interrogado sin éxito, la justicia nunca le había logrado imputar delitos de sangre. Sin embargo, ni el gobernador, ni sus peones de confianza, ni la cúpula de Interior albergaban la menor duda de que los había llevado a cabo. Brito siempre había sospechado que al menos uno de los frustrados atentados de que él mismo había sido objeto habían partido de su entorno, sin descartar que el propio Gaztelu, en persona, hubiese dictado la orden. En el curso de una de sus últimas acciones en el País Vasco,

Brito había logrado capturar a su compañera sentimental, Leire Unzurranga, una muchacha de Castro, regordeta y anónima, muy tímida. Como integrante del comando Donosti, pesaba sobre ella un largo historial delictivo. Había asesinado a sangre fría a una mujer policía de la Guardia Municipal de Irún, y participado en la colocación de vehículos explosivos, con resultado de varias muertes. Sentenciada a noventa años, penaba condena, junto a otras camaradas suyas, en la prisión provincial de Huesca, de la que había intentado evadirse, sin suerte, en un par de ocasiones. Brito poseía información fidedigna de que Gaztelu había estado rondando las mugas del Pirineo aragonés. Al margen de sus más que probables contactos con el interior de la cárcel, relacionaba su presencia con la voladura de un coche patrulla de la Guardia Civil en la estación de esquí de Candanchú.

Álvaro Brito descolgó el teléfono azul y marcó el número directo del ministro. Le atendió Indalecio Freitas, su secretario personal, una joven promesa de la política en quien Jaime Mayor tenía depositada su confianza. El secretario ministerial y el delegado del Gobierno en Argenta apenas habían mantenido relación. Pero Brito era amigo de su padre, don Inda, antiguo, como él, diputado de la Unión de Centro Democrático, ya retirado de la arena pública. Les seguían uniendo los recuerdos de su etapa parlamentaria. Don Inda había sido uno de los diputados constitucionalistas. La organización vasca intentó liquidarlo a principios de 1980, cuando su hijo, calculó Brito, mientras intercambiaba con él los habituales saludos protocolarios, no debía de haber hecho la Primera Comunión. Al poner en marcha el coche en el garaje de su casa, explotó. Freitas salvó milagrosamente la vida, pero sus rodillas resultaron alcanzadas por la metralla, y le quedó una cojera crónica, que llevaba con envidiable humor. Brito y él seguían felicitándose por Navidad.

El joven Freitas le informó que el ministro se hallaba fuera de Madrid. Durante las próximas horas iba a estar ocupado, pero si el asunto era de relevancia podía hacerle llegar un mensaje. Brito supo aprovechar la oportunidad. Enfatizando hasta un nivel dramático la gravedad de la situación, el carácter letal del comando, su ya prolongada estancia en la ciudad, argumentó la urgencia de pasar a la acción. A través del auricular discernió, esperanzado, ruiditos de raspaduras de papel. El secretario tomaba nota de cuanto iba diciendo. «Solicito autorización para ir a por ellos —epilogó el gobernador—. De lo contrario, tendremos razones para lamentarnos.»

No olvidó delegarle un saludo para su padre y mentor. El gobernador se sirvió un dedalito de licor en el tapón de la botella y lo apuró de un golpe, echando la nuca atrás.

Llamaron a la puerta. Se apresuró a bajar los pies del escritorio, a fingir que leía un expediente. Era Rosa. Reparó en que las fotos de Gaztelu seguían desperdigadas por la mesa y se apresuró a recogerlas.

—Su hijo está bien —le informó Rosa—. Acabo de hablar con el escolta. Simón se encuentra en la Casa de Cultura, tocando la guitarra. Se quedarán allí hasta la hora de comer.

—Envíe dos hombres más.
—¿Por qué me tratas de usted?
—Cierra la puerta.

Estaba pálido. Sin chaqueta, con los puños de la camisa sueltos, deparaba un aspecto inusualmente descuidado. La botella estaba a sus pies, oculta, pero el pringoso tapón había quedado entre los papeles.

—Estoy algo tenso, es todo.
—¿Por qué no subes a la residencia, te das una ducha y comes algo?
—¡Comer! —exclamó Brito—. ¿De verdad crees que es momento de comer?

Sonó el teléfono azul. Brito avanzó el mentón, indicando a su jefa de gabinete que saliera. No hubiese sido necesario, pues ella misma, al deducir la confidencialidad de la llamada, se retiraba. El gobernador sintió una intensa piedad. «Al fin y al cabo —pensó— no ando muy sobrado de apoyos.»

La voz de Jaime Mayor se oyó muy próxima, como si hablase desde el despacho contiguo. El joven Freitas acababa de ponerle al corriente, pero deseaba conocer en persona los detalles del caso. Por desgracia no disponía de mucho tiempo, dijo. Sin revelarle que, previamente, había realizado consultas con el director general de la Policía, así como con varios mandos de la Guardia Civil y la Dirección General de Seguridad, el ministro formuló algunas preguntas relativas a la actividad del comando. Brito admitió la verdad, lo poco que sabían, para, acto seguido, activando la misma táctica que había utilizado con Freitas, subrayar los motivos de su inquietud. «No hay tiempo que perder, ministro —dijo—. Mientras conversamos, esos hijos de puta pueden estar amartillando la pistola para cargarse a un concejal, o volar Dios sabe qué.» El titular de Interior preguntó: «¿De cuánta gente dispones?» «De medio centenar de hombres», repuso Brito. «Te enviaré un cuerpo especial.» El ministro hizo una nueva pausa, antes de preguntar: «¿Cuándo se llevará a cabo la acción?» «Al amanecer», precisó Brito.

El gobernador colgó con una sonrisa de satisfacción. Había conseguido un doble objetivo, la libertad de actuación, por un lado; el refrendo de su autoridad, por otro. Volvía a ser el mismo de siempre, imbuido de rango y sed de justicia «El ejecutor», pensó, con una corriente de orgullo.

Comunicándose alternativamente con Interior, con la Comisaría Central y con la Comandancia de la Guardia Civil, empleó las horas siguientes en diseñar el asalto.

Instalado en el cuartel de la Benemérita, Udías se esforzaba, junto al comandante de grupo y un equipo de mandos designados por el teniente coronel, por no dejar nada al azar.

Habían conseguido planos de la casa y los estudiaban con todo detalle. El edificio de la calle García Lorca tenía dos entradas, la principal y la boca de garaje, que se abría con mandos automáticos o con una llave de la que sólo poseían copias los propietarios. No había manera de saber si el comando disponía de un segundo coche aparcado en el interior de la planta subterránea. En un principio, los especialistas de la Guardia Civil plantearon la conveniencia de entrar de manera simultánea por ambos accesos, pero finalmente, para no alertar a los vecinos, muchos de los cuales, operarios de las grandes fábricas cuyas cadenas de producción funcionaban con ritmos de tres turnos, se levantaban antes del alba, decidieron penetrar por el garaje. A partir del sótano tomarían las siete plantas, cada una compuesta por cuatro viviendas de noventa metros cuadrados.

Udías se hizo informar sobre los horarios de apertura de las tiendas ubicadas en la zona. Abrían, en las proximidades, una peluquería, varios talleres, franquicias de repuestos mecánicos, pequeños comercios de mercería o electricidad. Probablemente, la tasca, una panadería y el quiosco del barrio alzarían sus persianas antes del amanecer. Razón de más, argumentó Udías, para entrar por la parte trasera: un callejón mal asfaltado, de apenas veinte metros de longitud, y una rotonda que iba a morir a la rampa. Más allá, un jardín ralo y una valla alta, erizada de vidrios, separatoria con el inmueble vecino.

Por teléfono, el guardaespaldas informó al gobernador. Acto continuo, Carriega llamó a Brito para participarle que, según la unidad de vigilancia, Jon Iturriaga acababa de salir de la casa, subiendo al coche, un Renault blanco, con el que se dirigía, por los carriles del puente, hacia el centro de la ciudad. Dos vehículos camuflados le seguían. Varios policías permanecerían vigilando el edificio, por si Gaztelu o la mujer abandonaban a su vez el piso franco.

Brito dejó abierta la frecuencia policial, se sirvió un dedalito de licor y se recostó en la butaca. «Bonzo a Martes —oyó, en medio de molestas interferencias—. Lo hemos perdido. Estamos justo detrás de ti.» «No hay problema. Sospechoso en vía América, carril central.» El gobernador contuvo la respiración. La avenida de América, una de las principales arterias de la ciudad, y la que canalizaba el tráfico de ronda, con los pesados camiones procedentes de Francia y Levante, quedaba muy cerca de allí. Desde las ventanas de la residencia, entre las torres de la catedral, se veía un tramo de su calzada.

Salió al balcón. Una ráfaga de luz lo deslumbró. Se quitó la corbata y aspiró el aire de la mañana. La gran plaza estaba tranquila. Ajenos a cualquier amenaza, los ciudadanos atravesaban las losas de granito hacia el Ayuntamiento o hacia la sede de los Juzgados. Brito sabía que a esas horas el alcalde recibía al secretario de Estado de Fomento, a fin de tratar asuntos de infraestructuras. En condiciones normales habría participado en la reunión, pero dadas las circunstancias, y siguiendo sus instrucciones, Rosa Santos había excusado su asistencia. Desde el punto de vista informativo, no iba a perderse nada; sabía perfectamente, con antelación, por boca del propio ministro, en qué iban a consistir las concesiones presupuestarias del Gobierno central hacia la municipalidad de Argenta. Brito había informado negativamente de las capacidades del alcalde, pero el partido, por el momento, no disponía de mejor candidato. A medio plazo, año o año y medio, captarlo e instruirle para las todavía lejanas elecciones iba a suponer una de sus tareas prioritarias. Hasta la fecha no había conseguido seducir a ningún independiente de prestigio, un catedrático, un médico, un arquitecto, pero todavía llevaba poco tiempo en su destino; en absoluto desesperaba de poder lograrlo.

En el portón de la Casa Consistorial, una pareja de guardias municipales —gorras de plato, camisas azules de manga corta— hacían guardia, departiendo con los usuarios que acudían a la agencia ejecutiva o al servicio de abastecimiento de aguas. Detrás de ellos, en la penumbra del vestíbulo, trazado a la manera de las viejas entradas de carros de los palacios renacentistas, algunos escoltas, miembros, también, de la Guardia Urbana, asignados a la protección de concejales, fumaban sus cigarrillos, charlando.

El palacio episcopal permanecía cerrado. Brito imaginó al arzobispo, con su pelo blanco, su bonete rojo y su pulcra sotana, trabajando en la inmensa biblioteca, atestada de publicaciones teológicas. Dentro de escasas fechas, con ocasión de las celebraciones de las fiestas patronales, subiría al altar mayor de la basílica, arropado por la totalidad de la curia, para oficiar la misa concelebrada y pronunciar un sermón que sería retransmitido por la televisión pública a todo el país.

Al fondo de la plaza, en el edificio gris de los Nuevos Juzgados, con su toga y su aire inquisitorial, presidiendo una vista tras otra, debería de hallarse, casi con seguridad, el juez Madurga. Con el cual, por causa de los permisos carcelarios del etarra Marcos, Brito se las había tenido muy tiesas.

No era la primera vez que ambos protagonizaban un enfrentamiento. Con anterioridad, Madurga había estado destinado en el País Vasco, donde se significó por su manga ancha hacia los presuntos delitos de terrorismo y su activa militancia en el seno de la Asociación de Jueces para la Democracia, cuyo cargo de secretario general detentó durante algún tiempo. Obedeciendo las órdenes del delegado, el alcaide Funes, director de La Santidad, le había remitido un dossier solicitando la aplicación del tercer grado para el recluso por quien tanto se interesaba el gobernador, pero el magistrado, despachando la solicitud con cuatro líneas desabridas, había hecho caso omiso. Brito desistió pronto de intentar comprender sus razones. Unas veces Madurga se mostraba permisivo, tolerante; otras, como la que ahora le afectaba, sordo y rígido como una roca. Decidido a obtener sus propósitos, el gobernador había sondeado, en soterrada demanda de influencia, al fiscal general del Estado, pero tampoco, aunque se produjo el contacto, esa vía había proporcionado fruto alguno. En el Ministerio de Justicia estaban convencidos de que Madurga era una especie de psicópata, juicio que Brito no estaba lejos de compartir. El gobernador disponía de bastante información sobre las actividades que el soltero y misántropo juez llevaba a cabo al margen de los Juzgados. Con demasiada frecuencia había sido visto en locales del casco viejo, bebiendo más de la cuenta; al menos en una ocasión estuvo divirtiéndose en un garito de ambiente alternativo. Tenía asignado un escolta, que informaba puntualmente de sus movimientos al Gobierno Civil, en concreto al subdelegado Aramburu. Sobre Madurga, también, a pesar de sus comprensivas sentencias, pesaban amenazas de la banda terrorista. En las últimas semanas, como si le hubiera llegado alguna filtración, como si hubiera oído campanadas, rumores de un comando itinerante, había solicitado un reforzamiento de su seguridad. Pero el gobernador, alegando que apenas disponía de efectivos, y que cada día aumentaban en número las personalidades y autoridades a proteger, le había denegado la solicitud. En revancha, imaginó Brito, Madurga se resistía a estimular a su chivato con estancias fuera de prisión.

La frecuencia policial carraspeó. Brito pudo escuchar a uno de los agentes comentando que Iturriaga acababa de aparcar el Renault en la parte trasera de la catedral, junto a los autobuses turísticos que hacían una parada de dos horas para admirar las cúpulas de Goya y el legendario milagro de las bombas. Arrojadas por la aviación republicana, la supuesta intercesión de la Virgen había evitado que estallasen sobre las tejas del cimborrio.

Los policías habían aparcado a su vez, y seguían a pie al sospechoso. Brito reconoció en las ondas la voz de Carriega. El comisario estaba indicando a sus hombres que se acercaran todo lo posible a Iturriaga, y que, si observaban cualquier movimiento anómalo, procedieran a su detención. Agregó que enviaba refuerzos, y que prevendría en el acto a la Delegación y a los escoltas municipales.

Adelantándose, el gobernador ordenó a su cuerpo de guardia redoblar la vigilancia, disponiendo que se impidiese entrar o salir a nadie, hasta nueva consigna. Sonó su móvil. Era Carriega. El gobernador fingió desconocer la información. Le dio las gracias y le aseguró que tomaría las medidas oportunas.

Salió de nuevo al balcón. Una nube mitigaba el resplandor del sol. Su corazón se aceleró. Creyó distinguir al etarra a un centenar de metros. El sol brilló otra vez. Entornó los ojos. Sin duda, era él. En comparación con otros ciudadanos, que discurrían a su lado, ignorando que nunca habían estado tan cerca de la muerte, parecía bastante alto. Llevaba gafas oscuras, barba y, pese al calor, una prenda larga, de color azul, una especie de parka que le cubría hasta la mitad de los muslos. Caminaba de forma mecánica, con los brazos pegados al torso. Durante unos segundos se mimetizó con un grupo de peregrinos ocupados en atender las explicaciones de un guía que gesticulaba con marcados aspavientos al señalar las torres y los relieves escultóricos de los santos. Después avanzó en solitario junto a la fachada de la basílica. De vez en cuando se detenía y giraba la cabeza hacia los edificios situados en la vertiente sur de la plaza: los Juzgados, un modesto hotel para huéspedes de paso en la ciudad, una maciza y fea residencia militar. Esta última edificación albergaba numerosas familias de oficiales destinados en la base o en la Academia General. Iturriaga se dirigió hacia el centro de la plaza, entre bandadas de palomas, vendedoras de maíz, mendigos profesionales que explotaban el turismo religioso. Metió la mano en el bolsillo de la parka y sacó un objeto. El gobernador apreció cómo los policías que le iban siguiendo se abrían en un semicírculo, dispuestos a caer sobre él. Pero el bulto oscuro que sostenían sus manos no era una pistola, sino un cuaderno sobre cuyas páginas, como si estuviera tomando apuntes del natural, con vistas a elaborar un boceto o un plano, comenzó a trazar signos. De pronto, a su izquierda, en la puerta del Ayuntamiento, se produjo un tumulto. El gobernador dedujo que los escoltas, alertados desde Jefatura, habían decidido batir los alrededores. Iturriaga se dio cuenta. Sin la menor prisa, como un peregrino más de los muchos que transitaban la plaza, se dirigió a las puertas del crucero y se introdujo en el templo.

El gobernador estuvo a punto de ordenar su captura inmediata, pero, temiendo precipitarse, y hacer naufragar el conjunto de la operación, se contuvo.

Para paliar su ansiedad, llamó por teléfono a Udías. Su lugarteniente había decidido encaminarse, con un retén de guardias civiles, al inmueble de García Lorca. A pie de calle, revisaba el dispositivo de vigilancia. Aseguró a Brito que Gaztelu y la chica continuaban en el interior del edificio. A menos que no poseyeran la virtud de la invisibilidad, dijo, era materialmente imposible que lo hubiesen abandonado. No sin recordarle que le comunicase la más ínfima novedad, Brito colgó.

Segundos después, la emisora policial informaba que el sospechoso había abandonado el templo por el arco de San Valero, la entrada más próxima al aparcamiento. Iturriaga subió a su coche. Respetando los discos y la prohibición de adelantar, se disolvió en el tráfico de la avenida de América.

Udías lo vio llegar un cuarto de hora después. Recorrió el primer tramo de la calle García Lorca y aparcó el Renault junto al arcén que daba al río, separado de la calzada por un terraplén cubierto de malezas y escombros. Iturriaga cruzó la calle y entró a la casa tras llamar al portero automático, como si hubiese olvidado la llave o careciera de ella. «O quizá —agregó Udías, en una conversación inmediatamente posterior con su superior—, para asegurarse de que sus compañeros seguían arriba, sanos y salvos. Que en su ausencia no se había producido una emboscada. Que podía subir sin temor y reunirse con ellos.»

El gobernador sonrió. La inminencia de la acción había hecho resucitar al cazador que llevaba dentro. Estaba tenso; sudaba; una energía molecular electrizaba los poros de su piel. Se sirvió un golpe de whisky y, como una fiera enjaulada, paseó por el enorme despacho. Encendió un cigarrillo; luego, con la colilla del anterior, otro. Sabía que las horas de espera se le iban a hacer eternas, pero, en lugar de lamentarse, se dispuso a disfrutar del acecho, seguro de que su presa, antes o después, acabaría por ponerse a tiro.

Por la línea interior, Rosa Santos le comunicó que su hijo acababa de llegar. En ese preciso momento estaba subiendo por el ascensor. Brito apagó el cigarrillo, volteó la americana sobre sus hombros y se dirigió a una puerta de roble enclavada en la mitad del pasillo. Únicamente él poseía la llave de aquella entrada que comunicaba directamente con uno de los rellanos de la residencia privada.

La puerta principal estaba abierta. Simón acababa de entrar; habría olvidado cerrarla. Brito vio su espalda, cubierta por una camiseta de colores chillones cuyos contrastes dibujaban el perfil de Fidel Castro.

—Ah, eres tú —dijo su hijo, deteniéndose bajo un gigantesco tapiz que representaba una escena de cazadores; un rayo de luz procedente del salón de billar hizo fulgir los hilos escarlatas de los faisanes heridos. Simón añadió, con un tono irónico—: Mi padre.

Los separaban apenas unos metros de pasillo, pero el gobernador tuvo la impresión de que su hijo se encontraba muy lejos, más allá de cualquier lugar accesible para él.

—¿Es nueva esta costumbre de no cerrar la puerta?

—Simple comodidad. Con los gorilas que me has asignado no se me acercaría ni un vendedor de cupones. Ya la cerrará la señora Pepa. O tú mismo, puesto que has entrado después.

—Te advertí que debías acatar unas mínimas precauciones. Estamos hablando de tu seguridad. No es ninguna broma.

—¿Por qué insistes? ¿Estamos en código rojo?

—Deja de decir chorradas.

—¿Vamos a saltar por los aires?

El gobernador hizo un gesto de desaliento. Simón exclamó:

—¿Hay terroristas rondando? ¡Bravo! ¡Punto final a la rutina!

Brito masculló algo entre dientes y cerró de un portazo. Había algo tan amenazador en su mirada que Simón retrocedió instintivamente.

—Ven aquí.

—Si no te importa, iré a mi cuarto. Tengo que estudiar un poco.

—He dicho que vengas aquí. No tengas miedo.

—Es imposible no tenértelo.

—¿Por qué? No voy a hacerte nada.

—Siempre repites lo mismo, antes de romperme la cara.

—Te juré que no iba a volver a ponerte la mano encima. Soy un hombre de honor. Ven aquí.

Simón obedeció, a desgana. El padre le acarició una mejilla, pero él rechazó aquella manifestación de afecto.

—Hueles a alcohol.

—Acabo de tomar una copa, es cierto —admitió Brito.

—¿Para celebrar algo?

—Puede.

—¿Qué? ¿El saldo de una vieja cuenta?

Su padre lo miró, asombrado. El chico sonreía malévolamente. Se retiró el pelo de la cara y preguntó:

—¿Estás celebrando que Gaztelu y su pandilla han decidido darse una vueltecita por la ciudad?

Brito quedó mudo. De pronto, tuvo la espantosa sospecha de que Simón estaba con ellos. «Pero no. No puede ser. ¿Es que me estoy volviendo loco?»

Simón afirmó, conservando la sonrisa:

—¿No es así?

El gobernador se había apoyado en la pared; sus uñas arañaban el estucado. Preguntó, para ganar tiempo:

—¿Y tu guitarra?

—En la Casa de Cultura. El director me ha adjudicado una taquilla, por mi buen comportamiento. Es un tipo legal, uno de esos rojos nostálgicos. No se ha vendido, a diferencia de otros. La política le da asco. Se interesa por la marcha de mi libertad condicional. Porque yo también disfruto del tercer grado, ¿no es verdad, papá?

Brito no respondió. Tenía la boca seca. Simón añadió:

—En la taquilla puedo guardar mis cosas. Las púas. Las chinas. Una foto de mamá. Los poemas. Teléfonos de putas. Un poco de mis posesiones más preciosas. Que allá están a salvo de ti.

Cerca, en el despacho, se repitió un pitido. Brito hizo un gesto apresurado, como indicando a Simón que permaneciera a su vista, y corrió a descolgar el teléfono azul.

La voz del secretario Freitas le inspiró un efecto sedante. Iba a pasarle con el ministro, que tenía urgencia de hablar con él. El gobernador esperó. Con desagrado, comprobó que había manchado la camisa con cercos de sudor. Debería haberse duchado en el apartamento de Rosa. Ahora, de todas formas, tendría que hacerlo en su cuarto de baño. Quizá llenara la bañera. Deseó fervientemente encontrarse bajo el agua templada, con perfume de sales y un whisky al alcance de su mano. Estrenaría una camisa y uno de los frescos trajes de algodón que se había hecho coser en el mejor sastre de la ciudad.

Mayor Oreja le confió que acababa de recibir una información procedente de París, según la cual el etarra Gaztelu, además del armamento habitual de los comandos de la banda, podía disponer de una indeterminada cantidad de explosivo, procedente del robo de un arsenal de Bretaña. «La dinamita habría sido transportada a bordo de una furgoneta robada, y distribuida en uno o varios vehículos, ocultos en algún lugar seguro, listos para estallar.» Brito le informó de los movimientos que Jon Iturriaga acababa de realizar alrededor de la plaza de la Catedral, tomando notas y analizando los edificios administrativos. El ministro le interrumpió con un par de preguntas. Volvía a parecer extraordinariamente interesado. La experiencia de Brito le estaba haciendo sospechar que en el ministerio sabían algo más; quizás intuían el objetivo de la acción planificada por los emisarios del terror. Estuvo a punto de preguntar, pero no se atrevió. Tampoco le dijo al ministro que se había impuesto dirigir físicamente la operación, extremo que se proponía no revelar hasta la última fase del asalto. Sabía que Mayor, poco amigo de los héroes, podría oponerse a ese método. Antes de colgar, el ministro formuló diversas reflexiones alusivas a la necesaria coordinación de los cuerpos.

El gobernador reparó en la presencia de Simón. Debía de haber entrado en el despacho mientras atendía la llamada. No se extrañó. Su hijo se movía con el sigilo de un gato, y más cuando utilizaba esas botas de suela neumática, que no hacían el menor ruido.

—¿Sabes con quién hablaba?

—Me lo imagino. Pero puedes estar tranquilo. No has dicho nada que no supiera. Tus gorilas son unos bocazas. Después del pollo que acaban de montar en la Casa de Cultura, registrando lavabos y sótanos, y arrinconando a los aterrorizados monitores. Por cierto, los trataron poco menos que como a delincuentes. Me resultó fácil tirarles de la lengua.

—Tropa de incompetentes —se enfadó el gobernador.

—No te pongas así, papá. En el fondo son buenos chicos. Un poco simplones y bruscos, es verdad, pero bastante dispuestos. Se han ocupado de mí como verdaderos padres adoptivos. Mientras duró la clase de guitarra no se movieron del estrado, atentos a reaccionar ante cualquier imprevisto que pudiera hacerles temer por mi vida.

El gobernador alzó un índice en señal de advertencia; pero Simón prosiguió:

—Deberías aconsejarles que no mostrasen las armas en público. Todo el rato están abrochándose y desabrochándose las chaquetas, luciendo los correajes y las fundas de las pistoleras. Hay uno, a quien apodan el Cabra, que si le dices buenos días saca la pipa. Han visto demasiadas películas.

A su pesar, Brito sonrió.

—Puede que no te falte razón. Serán relevados.

—Quiero renunciar a mi escolta personal. Considéralo como mi contribución al éxito de la operación Gaztelu.

Simón se retiró el pelo de la cara. Una suave burla bailaba en sus ojos verdes. De todas sus máscaras, aquella expresión era la que más irritaba a su padre.

—¿Quién te lo ha dicho?

—Nadie, realmente. Pesqué un fragmento de conversación por el walkie del Cabra. Está un poco sordo; y lo pone a todo volumen. Hasta el último alumno de música debió de enterarse, y eso que había gente tocando con amplificador. Óyeme, papá, mientras atrapas a los terroristas me portaré bien. Llévate al Cabra y al otro pistolero.

—Hablemos en serio, Simón. La situación lo exige.

—¿Vamos a mantener una de nuestras constructivas charlas de padre a hijo?

—No pienso sermonearte más.
—¿Quieres que me siente?
—Quiero que me escuches.
—Creo que hablaremos mejor sentados, papá.
—¡Cállate!
—Soy todo oídos.

El gobernador dio un corto paseo por el piso. Su frente relucía, perlada de sudor. Simón ocupó un diván y cruzó con indolencia las piernas. No llevaba calcetines. Una rosca de suciedad manchaba sus tobillos. Su padre los señaló.

—No puedo soportar que te vistas así. Y que no te duches todos los días.

—Lo hago, papá, pero no sé qué pasa que en seguida vuelvo a ensuciarme. Será la contaminación.

El gobernador murmuró algo ininteligible sobre los hábitos de higiene. Después, serenándose, anunció:

—Estaré ocupado en las próximas horas. Tú te quedarás aquí.

Simón dibujó una pistola con el pulgar y simuló un disparo.

—Pum. Te vas a cargar a Gaztelu. Pum, pum.

—Basta, Simón. Ese miserable y sus secuaces serán capturados y puestos a disposición judicial. Hasta que eso ocurra, y confío que no tendremos que esperar mucho, permanecerás en la residencia. Mientras no te lo autorice, no saldrás bajo ningún concepto. Si lo intentas, los guardias te lo impedirán.

—Pero es que tengo que salir, papá.

—¿Para que?

—El loquero, ¿no recuerdas?

Desde hacía unas cuantas semanas, el hijo de Brito asistía a la consulta del psiquiatra. Las primeras sesiones le resultaron insoportablemente aburridas, pero después comenzó a cogerle gusto al diván y al juego mental, que le distraía en su dimensión lúdica. El especialista grababa cuanto decía y registraba picudas observaciones con un lápiz de punta fina. Simón disfrutaba versionándose a sí mismo, inventando una infancia, otra familia.

El psiquiatra era el doctor Yus, amigo del doctor Garcés, a quien Brito había solicitado consejo. El gobernador había mantenido un encuentro con ambos médicos. Sorprendentemente, Simón había aceptado someterse a tratamiento sin protestar demasiado. Dos tardes por semana, miércoles y viernes, se dirigía al gabinete, escoltado siempre. Aguardaba hojeando revistas y pasaba a una habitación apenas iluminada. En las primeras sesiones, el médico se limitó a sondearle. Pronto decidió que el tratamiento, para arrojar balances positivos, debería prolongarse. Los honorarios del doctor Yus ascendían a treinta mil pesetas por sesión, pero en atención al delegado estaba dispuesto a cobrar la mitad de su tarifa. «¿Es un adicto, doctor?», le había preguntado Brito. «Todavía no puedo asegurarle nada —repuso el psiquiatra—. Opino, en cualquier caso, que lo hemos cogido a tiempo.»

—Hoy no irás —decidió su padre.

Simón pareció contrariado.

—No debería faltar. Precisamente esta tarde el doctor quería probar mi respuesta a la hipnosis.

—Le llamaré, no te preocupes.

—Puedo hacerlo yo.

—Yo lo haré. ¿Tienes algún otro compromiso?

Simón pareció meditar.

—Ahora que lo dices, había quedado.

—¿Una cita?

—Eso pienso, sí.

—No pareces estar muy convencido.

—Acabo de recordarlo. Esta noche, a las diez.

—¿Con quién?

—Con una chica.

—Eso ya lo había adivinado. ¿Quién es?

—No la conoces. Canta en un grupo. Bastante mal, por cierto.

—¿Qué has visto en ella?

—Nada especial.

—¿Entonces?

—Está riquísima. Hemos quedado para seguir tus recomendaciones, y follar.

El gobernador se arrancó una pestaña. La delicada piel del párpado se le irritó.

—¿Sabe el doctor Yus que estás manteniendo una relación sentimental?

—Aún no hemos llegado tan lejos. Pero, si te parece, no tengo inconveniente en hablarle de ello.

—Tendrás que darle plantón.

—No me gustaría hacerlo, papá.

—¿Por qué? ¿Temes que se vaya a... a fornicar con otro?

—Puede... Es tan sensible...

—No imaginas lo que una mujer es capaz de llegar a hacer por despecho —dijo el gobernador, sin captar el aire burlón de su hijo, porque estaba pensando en su ex mujer.

La imaginó a esas horas en la playa, tumbada al sol del Mediterráneo mientras su nueva pareja, el hombre que le había sustituido en su vida, atendía sus negocios de atracciones feriales. Sintió la puñalada de los celos, pero pudo sobreponerse. «Tengo cosas más importantes en que ocuparme —pensó—. Quizá la llame esta madrugada.»

—Tengo una idea —dijo Simón—. La invito a venir aquí.

—Ya has traído a la residencia demasiadas visitas. Las anteriores no estaban a tu altura y ésta, por lo que me cuentas, tampoco. Mañana será otro día. Si quieres, podemos ir a cenar.

—¿Los tres?

—¿Por qué no?

—¿A uno de esos restaurantes tuyos con salsas caramelizadas y camareros sodomitas? Ra es vegetariana.

—¿Tu novia se llama Ra?

—Raquel. No es mi novia.

—Entiendo. Sólo la chica con la que pretendes...
—¿Fornicar?
—Dejémoslo, Simón. También podemos tomar un bocadillo.
—¿No acabas de decir que lo dejemos?

El gobernador se mordió un carrillo. El dolor y el sabor de la sangre cloroformaron su reacción. Volvió a sonar el teléfono azul. Corrió al escritorio y lo descolgó al segundo timbrazo. Era Freitas. El ministro no podía ponerse, pero deseaba hacerle saber que sus advertencias se confirmaban plenamente. Unidades de la Guardia Civil acababan de descubrir en pleno campo una furgoneta abandonada cincuenta kilómetros al norte de Argenta, a tiro de piedra de la base militar. En su interior había unos cuantos cartuchos de dinamita. La cantidad restante debía de haber sido embarcada en otro vehículo, todavía sin identificar. En una primera estimación, los expertos sospechaban que la furgoneta llevaba abandonada varios días. El gobernador tomó nota mental de la información, dio las gracias al secretario y colgó.

Simón se había introducido un dedo en la nariz.

—Deja de hacer eso, ¿quieres? Es de muy mala educación.

—No soporto el aire acondicionado. Reseca mis pituitarias. ¿Sabes?, mientras hablabas con tus jefes se me ha ocurrido una solución perfecta.

—No me digas. ¿A qué?

—¿No te interesa saber de qué se trata?

—Por supuesto. Te escucho. Pero sé breve. Apenas dispongo de tiempo.

Simón se cogió las rodillas. Sus ojos brillaban con una especie de fiebre. El gobernador se preguntó si habría dormido lo suficiente, si estaría bajo los efectos de alguna pastilla. Su hijo empezó a hablar a toda velocidad, atropellando las palabras.

—Nos enfrentamos a un problema logístico. Por un

lado, necesitas tener las manos libres. Por otro, estás inquieto por mí. Es imprescindible que te liberes de ese temor. Para que, mientras cumples con tu deber, no te tortures intentando adivinar qué estoy haciendo solo, aquí, o fuera de aquí. ¿Correcto?

Brito apeló a toda su resignación.

—Continúa.

—¿Cuál es la solución? Muy sencilla, papá. En realidad, todo el rato la has tenido delante, pero te negabas a verla. Tal vez a mí también me pasaba lo mismo, pero ya ves que he sabido rectificar a tiempo.

—Que es oro, te acabo de decir. ¿Quieres explicarte de una vez, por el amor de Dios?

—Iré contigo.

—¿Adónde?

—A ese piso franco.

—¿Estás loco?

—Digamos que a ese respecto el doctor Yus alberga dudas razonables. Hasta dentro de algunos meses no emitirá su diagnóstico definitivo. Tiene otro concepto del tiempo. Es un científico bergsoniano, no vayamos a olvidarlo. Y a propósito, papá, en su léxico están vetados los términos vulgares de la demencia o cualquier trastorno mental. Loco, locura. Creo que no deberías volver a pronunciarlos. Cuando me preguntas, coloquialmente, si estoy loco, pulsas sin querer una fibra herida, traumatizando, quizás, una lesión interna. Podrías desequilibrarme, empeorar mi estado.

—¿Más aún?

—Sabremos mi dolencia dentro de veintiocho semanas y algo así como un millón de pesetas. Puedes descontármelo de mi paga, así no te resultaré una carga. Porque...

—¡Simón!

—Dime, padre.

—¿Te estás quedando conmigo?

—Me quedaré todo el día y la noche entera, si hace

falta. Si vais a intervenir al amanecer, te haría bien dormir un poco. Teniendo en cuenta que has pasado la noche fuera, debes de tener bastante sueño. Acuéstate. Yo puedo quedarme despierto, por si hay alguna llamada de código rojo.

Exasperado, Brito se derrumbó en un sillón. Estaba muy pálido. Una vena azulada se marcaba en su frente. Le dolía terriblemente la cabeza.

—¿Te encuentras bien?

—No.

—¿Quieres que te prepare una copa?

El gobernador asintió con los ojos cerrados. Simón se levantó, cogió la botella que estaba a los pies del escritorio, eligió un vaso en el mueble bar, lo limpió, pues tenía motitas de polvo, y le sirvió una generosa ración.

Con la cara tapada, Brito extendió una mano para coger el vaso, Simón dijo:

—Hay cosas que no deberías hacer, papá.

—¿Por ejemplo?

—Beber tanto.

—Cada cual se aplica su propia terapia.

—El alcohol podría volverte agresivo. Más violento de lo que ya eres, quiero decir.

Brito pareció despertar de un largo sueño. Su mente estaba a punto de desvariar.

—Contigo estoy siendo un alma de la caridad. Ése es el error de fondo.

—Te lo digo por tu propio bien. Si sigues chupando así, no me extrañaría que acabases acompañándome a la consulta del doctor Yus.

El padre soltó un bufido.

—Al margen de las copas, ¿debo practicar alguna otra clase de abstinencia?

Simón replicó:

—Harías bien en controlar tu libido.

—Te lo pido por favor, Simón...

—Hablemos de hombre a hombre, papá. Sincérate conmigo. Cuando el cuerpo te pida una expansión y necesites una noche libre, coméntamelo con toda libertad. No me opondré. «*Semen retentun, venenum est.*» Puedo cenar solo y ver un rato la televisión. Daisy y Lucinda cuidarán que no me falta de nada. Si pasara algo te avisaría al instante a casa de Rosa. He encontrado su teléfono particular en la guía. Además, es fácil de memorizar. Dos, dos, tres:...

—Por todos los ángeles del cielo... ¿Qué habré hecho para que el Señor me castigue con un hijo como tú?

—Quiero ir contigo, papá.

—¿Pretendes demostrarme algo? ¿Que estás conmigo a las duras y a las maduras? ¿Algo así? —Simón pareció reflexionar—. ¿Que ya eres un hombre? —siguió preguntando su padre—. ¿Que tienes un par de cojones?

—No lo sé. Creo que me vendría bien vivir una experiencia como esa al margen de la ley.

—Te recuerdo que represento al Estado en esta lamentable ciudad. Incluso, en esta lamentable familia. ¡Nada de lo que pueda hacer, absolutamente nada, puede estar al margen de la ley.

—Sobre ese punto habría mucho que discutir.

—No tengo tiempo para abrir un debate sobre la defensa del Estado de Derecho. Podemos dejarlo para mañana, cuando estos pájaros estén a buen recaudo. ¿Desde cuándo te interesas por mi trabajo, Simón?

—Supongo que desde que he tenido la oportunidad de acceder a otros puntos de vista.

—¿A qué te refieres?

Simón se retiró el pelo de la cara.

—Hablé con Marcos, papá.

El gobernador se puso en pie. La cabeza se le quedó hundida entre los hombros, como agobiada por un peso.

—¿El mismo Marcos en el que estoy pensando?

—Tu chivato, sí.

—¿Cuándo?

—En el hospital. Debieron de meterlo por error en mi habitación. Imagino que había escasez de camas. Sus compañeros le habían dado una buena paliza. Acababan de operarlo. Debimos de despertar de la anestesia más o menos al mismo tiempo. Se encontraba bastante peor que yo, pero no había renunciado a sus ideales. El policía que le vigilaba se quedó fuera y estuvimos charlando.

—¿Por qué no me lo habías dicho?

—No le di importancia.

—¿Pasas la noche con un etarra y no le das importancia? ¿Te recuerdo quién eres?

—En aquel momento sólo éramos dos jóvenes en la habitación de una clínica.

El gobernador soltó un juramento. Dejó el vaso de whisky en el brazo del sillón y avanzó un par de pasos con los puños apretados, como si fuera a golpear a su hijo. Simón se echó hacia atrás, cubriéndose la cara con las manos, pero el castigo no llegó a materializarse. Brito se detuvo en el último momento.

—¡Me vas a matar, desgraciado!

Todavía protegiéndose, Simón dijo:

—Cálmate, padre, por favor.

El gobernador se despeinó las cejas, que quedaron erizadas sobre los arcos superciliares, como canosas crestas. Sus manos no podían disimular un temblor.

—Voy a hacerte una pregunta. Una sola. Pensarás la respuesta y me responderás la verdad.

—¿Te he mentido alguna vez?

La bofetada, seca y abierta, le cruzó la cara.

—Piensa bien lo que vas a responderme.

Su hijo abrió los brazos en cruz.

—Pégame todo lo que quieras. No me defenderé.

—¿Has tenido más contactos con la banda?

Simón rompió a reír con carcajadas histéricas.

—¡Sospechas de mí!

—¿Estás con ellos?

—¿Qué harías si te dijera que sí?

Brito se giró y le pegó un puñetazo a una lámpara de pie. El mueble se vino abajo en medio de un estrépito de cristales rotos.

Llamaron a la puerta.

—¡Soy Lucinda, señor!

—¡Fuera de aquí! —bramó el gobernador.

—¿Está seguro de que no me necesita?

—¡He dicho que se largue!

Al otro lado se oyó una apresurada carrera. Brito se acercó a la pared, descolgó el cuadro de la Jura de Santa Gadea y lo estampó contra la chimenea. El lienzo quedó desgarrado entre los cuernos de una de las cabezas de sarrio. Simón había saltado detrás del diván. Un pisapapeles de mármol voló en dirección a los ventanales. La luna se quebró en mil pedazos hacia al exterior, provocando una lluvia de cristales. Parte de los vidrios cayeron a la plaza. Se escucharon gritos procedentes de la calle. Después, el gobernador la tomó con los pesados butacones de cuero, que alzó sucesivamente en vilo, y con los que destrozó un par de mesas bajas de caoba que sostenían revistas de arte y un juego de té. El timbre de la puerta principal empezó a sonar con insistencia. Con los brazos caídos y una intensa expresión de sufrimiento, Brito se había quedado inmóvil en mitad de la sala. Contempló los destrozos. Tambaleándose, se metió en la cámara y cerró la puerta.

Aprovechando su ausencia, Simón abandonó la sala y se encerró en su habitación.

10

Después de destrozar la sala de trabajo, había permanecido en la cámara de seguridad, solo y a oscuras. Un débil piloto le permitía intuir las pantallas apagadas de los ordenadores. Sostenía, como un fetiche, el teléfono azul. Oyó voces, apresurados pasos, trajín de enseres. Supuso que las mujeres del servicio se afanaban en eliminar las huellas del desastre.

Prendió una luz y marcó la combinación de la caja fuerte. Dentro había dinero e informes confidenciales heredados de su antecesor. También, los dossieres de etarras deportados que Brito había ido elaborando desde su base de Costa Rica. A raíz de informaciones y contactos previos con las policías del área caribeña, su investigación en México, Venezuela y Cuba, camuflada de misión comercial, había deparado útiles constataciones. Aguardaba una ocasión propicia para entregar al ministro sus estudios de campo. Quizá lo hiciera después de la operación Gaztelu.

Salió de la cámara. El despacho estaba limpio. Faltaban la lámpara y el cuadro de Santa Gadea, y los butacones habían sido retirados, pero el resto de la estancia presentaba el abigarrado aspecto de costumbre. Subido a una escalerilla, un silencioso operario tomaba medidas al roto ventanal.

Udías se hallaba junto a la chimenea, esperándole. No hizo el menor gesto. La cabeza del gobernador daba vueltas.

—¿Alguna novedad en relación a Gaztelu?

—Sus camaradas y él siguen en el piso franco, con las persianas bajas, encerrados a cal y canto. La chica salió a comprar comida preparada. Debe de ser mala cocinera.

—Tendrá otras habilidades —murmuró Brito, desfallecido—. ¿Lleva usted mucho rato aquí?

—Muy poco, señor —repuso Udías, con prudencia.

—Acabo de tener una pequeña discusión con mi hijo. Temo que, en el calor del debate, se haya producido algún desperfecto. —El escolta se mantuvo en silencio—. ¿Quién ha llamado al cristalero?

—La señora Pepa se ocupó, señor.

—¿Mi hijo está en la residencia?

—Me he tomado la libertad de comprobarlo. No quiso abrirme, pero permanece en su cuarto.

—Quédese. Yo voy a descansar un rato.

—Le conseguí el chaleco antibalas.

—Limpie y engrase mi arma. La encontrará en un cajón del escritorio. La llave está en aquel espantoso jarrón chino. Muy antiguo. De la dinastía Ming, creo.

De la habitación de Simón brotaba un sonido infernal. Probablemente, pensó el gobernador, había conectado su equipo de música.

El reloj de alabastro del cuarto de baño de su dormitorio señalaba las cinco cuando terminó de afeitarse. Aunque una ligera resaca se empeñaba en descentrarlo, la ducha le había sentado bien. Se contempló en el espejo. Vio a un hombre mayor, marcado por la dureza de la vida. Se aplicó crema hidratante en la cara, se lavó los dientes y se cambió de ropa.

Tenía hambre. Fue a la cocina. Doña Pepa estaba de espaldas, trajinando. No le oyó entrar, y se sobresaltó al oír chirriar una silla. En su alarma habitaba una preocupación de carácter vagamente maternal, como si realmente, en su calidad de ama de llaves, responsable del orden y la limpieza de la casa, y también, en una doméstica adición, de la felicidad de sus huéspedes, le doliera de manera personal el hecho de que el señor y Simón pelearan con tanta frecuencia. Era la clase de reacciones que solía conmover al gobernador. Valorándolas por encima de un acto de servidumbre, las interpretaba como una exaltación de la fidelidad debida.

—Eso huele muy bien.
—Le agradezco el cumplido. Es sopa de pescado, para la cena.
—Debe de estar deliciosa.

La cocinera se esponjó.

—¿Le apetece probarla?
—Sí, gracias.
—¿Desea que le prepare algo más? Mucho me temo que no ha comido nada en todo el día.
—La sopa será suficiente.
—Montaré la mesa del comedor.
—No se moleste. La tomaré aquí.

Brito distinguió un pequeño transistor en la alacena, entre los botes de conservas. Doña Pepa se apresuró a apagarlo.

—Déjelo encendido.
—No quisiera molestarle, don Álvaro. Es uno de esos programas tontos para mujeres desocupadas. La culpa es de las niñas, Daisy y Lucinda, que me han aficionado al serial.

El gobernador sonrió. Las réplicas tenían un marcado acento venezolano. El tono más grave correspondía a un hombre; un segundo timbre, levemente ambiguo, tanto que podría corresponder a un adolescente o a una mujer, parecía obedecer a su hijo. Discutían. El Padre le recriminaba que no hiciera nada. «Tienes cerca de veinte años y te pasas el día tumbado en la cama, como un haragán. No sé de quién has heredado el vicio de la vagancia. No será de mí, que he dedicado la vida entera a trabajar, para manteneros.» El Hijo respondía: «No puedo hacer nada porque estáis todo el día pendientes de mí. De lo que hago o dejo de hacer. No sabes cómo me agobia. Me siento paralizado.» El Padre: «Ya has conseguido destrozar los nervios de tu madre, y casi me estás volviendo loco a mí.» El Hijo: «Quisiera que me dejarais en paz de una maldita vez.» El Padre: «¿Cuándo te piensas poner a trabajar?» El Hijo: «Puedo encontrar trabajo en cuanto me dé la gana.» El Padre: «Sal a la calle, entonces.» El Hijo: «Ahora estoy ocupado.» El Padre: «¿En qué?» El Hijo: «Estoy leyendo un libro, ¿no lo ves?» El Padre: «¡Novelitas! ¡Sal a la calle y trae un jornal, si tienes lo que hay que tener!»

—Apáguelo —dijo Brito.

Sobre la superficie niquelada del transistor perduró su huella dactilar, manchada de grasa. Después de colocar un salvamanteles, doña Pepa sirvió al gobernador.

—¿Vino, señor?

El gobernador dijo que no. Llenó la cuchara y sopló para enfriar el caldo.

—Sublime —aprobó—. ¿Y ese folletín? ¿Lo emiten a diario?

—Salvo los domingos. No piense que lo sigo. Deben de llevar mil capítulos o más. Es la historia de una familia. Un dramón, no se imagina. Pero a veces me entretiene.

Doña Pepa apoyó los riñones contra la puerta del frigorífico.

—No sé que me está dando verle comer solo.

Brito sonrió con tristeza.

—¿Pena, quizá?

—Le respeto demasiado, señor. Pero estaba pensando que a lo mejor a Simón le apetecería compartir la mesa con usted. Tampoco él ha probado bocado desde el desayuno.

—No creo que quiera hablarme.

—¿Por qué no lo intentamos?

—Será inútil.

—¿Me deja probar?

—Es usted una buena mujer.
—¿Voy a buscarlo?
—No se moleste, doña Pepa. Acaba de llevarse un par de bofetadas. Estará dolido.
—Ya sé que no es asunto mío, pero pienso que no debería haberlo hecho.
—Me saca de quicio. No para de meterse en líos. ¿Cómo quiere que lo eduque?
—¿Ha probado con cariño?
El padre emitió una risa sarcástica.
—¡Si le hemos dado todo!
Doña Pepa no se rindió.
—Con nosotras responde con mucho afecto. No se imagina lo divertido y amable que puede llegar a ser. Hasta nos ha hecho un montón de regalos.
—¿Lo dice en serio?
—A mí, sin ir más lejos, uno de esos carísimos pañuelos de seda. Con estribos y caballos. Muy lindo. Y a las chicas, un conjunto para cada una, a la última moda.
—Me gustaría saber de dónde ha sacado el dinero.
—¿Cuánto le da usted?
—Tiene asignada una paga semanal, para sus gastos. Poca cosa.

Doña Pepa separó una silla y se sentó frente a Brito, con el respaldo al revés.
—¿Da su permiso para decirle algo?
—Estamos en sus dominios. Aquí manda usted.
—Más de una vez le he oído llorar. Se encierra para que no le veamos. Me da tanta lástima... Hasta ahora no me he atrevido a entrar a su habitación. «No vayas a meterte en lo que no te llaman», me repito a mí misma. Daisy y Lucinda me han dicho que algunas noches escuchan algo parecido a unos cortados sollozos. Como si apretase la almohada contra la cara. «Recuerda al lamento de esos perritos abandonados en la calle», dice Lucinda, que es muy romántica. Ese muchacho alberga una pena en el corazón.

El gobernador se llevó a los labios una cucharada de sopa. Disgustado, comprobó que se estaba enfriando.

—Eso ya lo sé. Pero ¿qué le pasa?

—Ustedes tienen que hablar.

—Mire, Pepa, lo he intentado hasta quedarme afónico. Es como dirigirse a un muro. En lugar de escuchar, empieza a provocarme. Conoce mis puntos débiles, y los explota con una frialdad que la dejaría helada. El chico no respeta a nadie, ni siquiera a mí.

—Claro que le respeta. Y también a su madre.

—¡Ya salió Úrsula! —exclamó el gobernador—. ¡Qué solidarias se muestran ustedes cuando les interesa!

—No me interprete mal, señor, yo sólo...

—Déjelo. Su madre debería estar con nosotros, pero el hecho es que no es así. ¿Sabe cuántas veces ha llamado a esta casa, desde que fui destinado a Argenta? Dos. Siempre con prisa. Puede que se comunique con Simón a espaldas mías, lo ignoro. Supongo que está muy ocupada rehaciendo su vida —agregó, con rencor.

—Simón debe de echarla de menos.

—No esté tan segura. Ha tenido la oportunidad de visitarla, y se ha quedado aquí.

—Eso sólo puede deberse a una razón. A que, en el fondo, le prefiere a usted.

La sopa se había enfriado. El gobernador se limpió los labios, dobló la servilleta y salió de la cocina. Al pasar por el cuarto de su hijo volvió a oír rumor de música, pero a un volumen tan bajo que puso en duda que el propio Simón lo escuchara con nitidez. Cabía la posibilidad de que se hubiera puesto los cascos, que aquel débil eco escapase al sobrecargado conducto de los auriculares.

El espíritu de Brito se sumergió en un pozo de ideas negras. Estaba condenado a él. ¿Hasta cuándo? ¿Hasta sus veinte, veinticinco, treinta años? Tenía que tomar una determinación. ¿Dónde estaba escrito que debía sacrificar su carrera y su salud a los sinsabores de la paternidad? También él podía rebelarse al destino. No iba a echarlo de casa; sería tanto como invitarlo a abrazar una existencia marginal. Llamaría a Úrsula. Pero esta vez no adoptaría el papel de susurrante acosador. No. La conminaría a hacerse cargo de él. Compraría para Simón un billete sin regreso y lo acompañaría a la estación. Su madre y su futuro padrastro deberían apechar con él. ¿Quién sabía? Quizá Simón le tomase gusto a las atracciones feriales y terminara convirtiéndose en un empresario de parques temáticos.

El cristalero había concluido su faena. Los estores estaban alzados. Transparente, la nueva luna brillaba al sol de la tarde. Un ligero olor a masilla, a pegamento, flotaba en el aire.

Udías continuaba en el despacho, como un perro fiel. Allí estaba, pegado a la chimenea, con la pistolera colgando de un respaldo y el móvil al alcance de la mano. Brito estuvo seguro de que ni siquiera se había sentado. Pensó que debería ofrecerle algo de comer, pero en lugar de hacerlo ocupó su escritorio, queriendo indicar que ya estaba en condiciones de tomar las riendas de la operación.

Llamó a Rosa por la línea interior. Seguía en su puesto, unas plantas más abajo, en su oficina de la Delegación. Tampoco ella debía de haberse movido. Tratando de imaginar sus rasgos cansados, esa sutil hinchazón que se le acumulaba en los labios cuando llevaba demasiadas horas respondiendo al teléfono, Brito le pidió que citase a Carriega y al teniente coronel Santibáñez.

Antes de colgar, Rosa le dijo:

—Tengo que verte, Álvaro.

El gobernador experimentó un intenso fastidio. ¿No se habría enamorado en serio, aquella mujer? Su pequeña aventura estaba empezando a ir demasiado lejos. Se hacía imperativo poner punto final a esa inoportuna relación. Consciente de que Udías no perdía palabra, contestó, fingiendo impaciencia:

—¿Es imprescindible mi firma? Está bien. Bajaré.

Rosa estaba rebuscando algún papel en los archivos. Se había quitado los lentes, que descansaban junto al teléfono. Uno de los cristales ópticos se había empañado. «¿Habrá estado llorando?», se preguntó el gobernador. Cerró la puerta, la atrajo hacia sí y la besó. Como si no hubiesen hecho el amor esa misma mañana, sus lenguas se enlazaron con avidez. Brito le abrió la blusa y, enrollándole el sujetador hacia arriba, cogió con fuerza sus grandes pechos, haciéndola gemir. La erección fue tan súbita que le dolieron los testículos. Ella se puso de rodillas delante de él y le bajó la bragueta. Antes de que Brito pudiera pensar, su pene estaba dentro de su boca. Apretó los dientes y se corrió a los pocos segundos.

—Oh, Rosa —acertó a decir.

Ella le dio la espalda para escupir con disimulo en un clínex. Después sacó otro pañuelo de la caja y le limpió a él un filamento de semen. Súbitamente, se oyó la puerta del despacho contiguo, el de Aramburu. Mientras Rosa componía su blusa, Brito se abrochó a toda prisa. Sin hablar, señaló al techo, indicando que estaría arriba. Al salir, le tiró un beso con la punta de los dedos.

Subió a la residencia. Se sentía como uno de esos actores capaces de desempeñar distintos papeles en una misma obra.

Mientras los mandos convocados se presentaban, analizó con Udías las últimas noticias procedentes del piso franco.

—Iturriaga volvió a salir hace un rato, después de comer —le informó el escolta—. No cogió el coche. Cruzó el puente a pie. Compró un periódico y se tomó un café y una copa de helado en ese chiringuito que hay a la orilla del río.

—Una copa de helado —relinchó el gobernador—. El muy hijo de puta.

El desahogo sexual le había devuelto la confianza en sí mismo. Ardía en deseos de entrar en acción.

—Debía de tratarse de un encuentro en clave —prosiguió Udías—. El quiosco estaba prácticamente vacío. A los pocos minutos se presentó un cliente. Un individuo muy joven. La mayoría de las mesas estaban desocupadas, pero él se sentó a su lado. Llevaba un libro envuelto en un forro, y se puso a leer. Iturriaga se levantó para pedirle fuego. Intercambiaron algunas palabras. Se levantaron casi a la vez, alejándose en direcciones opuestas. El desconocido detuvo un taxi y se dirigió a la estación de autobuses. Sacó un billete para Bilbao y ocupó su asiento. Nuestros hombres lo siguen por la autopista. Todavía no han conseguido identificarlo.

—Un correo, sin duda.

Udías asintió.

—El coche de línea tiene prevista una parada reglamentaria a mitad de camino. ¿Procedemos a su detención?

—¿Cuánto falta para esa parada?

El guardaespaldas consultó su reloj de pulsera. Un viejo modelo de esfera sobredorada, con una gastada correa de cuero.

—Cuarenta minutos, aproximadamente.

—Tenemos tiempo. ¿Qué hizo Iturriaga?

—Regresó al piso franco.

—¿Alguna otra salida?

—No.

—¿Llamadas?

—Desde que se ha intervenido la línea, ninguna. El teléfono sigue a nombre del propietario del piso. Es improbable que lo utilicen. La lista de llamadas, a partir de la fecha de alquiler, es reducida. Estamos comprobando los números. Nada especial, hasta el momento. Un restaurante chino. La tintorería. El servicio de información de la compañía telefónica.

—¿Quién es el dueño de la vivienda?

—Un caballero viudo. Hace años que permanece en

Madrid, en una residencia para militares retirados. Posee varios pisos en la capital, y también aquí, en Argenta. Un inspector lo ha visitado esta misma mañana. Al parecer, se alteró bastante. Hacía varios meses que no sabía nada de sus inquilinos. Le ingresan puntualmente el alquiler. Cheques al portador contra una cuenta del Banco de Bogotá.

—¿Su nombre?

Udías estiró una mueca.

—Es conocido suyo, señor. León de Laguna.

El gobernador dio un respingo.

—¡Todavía vive ese viejo carcamal!

—No debe de quedarle mucho. Está enfermo. Parkinson. Una gestoría se ocupa de sus asuntos inmobiliarios. No se preocupe por él. Le hemos proporcionado una versión más suave. Que tal vez sus inquilinos formen parte de una banda de ladrones de arte. El gestor nos ha proporcionado llaves, pero seguramente habrán cambiado la cerradura. Temen por los destrozos que se puedan ocasionar. Les hemos dado garantías. El seguro cubrirá los daños.

Brito permaneció como ausente. Udías supuso que tal vez recordaba episodios de su vida pasada. Después dijo:

—El odio es más fuerte que el olvido. Cuando lea los periódicos le dará un síncope. Prefiero que se le diga la verdad. Llame a Madrid, Udías. Que alguien vuelva a esa residencia y le informe sin tapujos.

—Yo no se lo aconsejaría, señor.

—¿Cómo dice?

—Recuerde que le mataron a un sobrino, aquel joven teniente de Infantería. Cuatro tiros por la espalda. Su memoria sufrirá. Su reacción puede ser imprevisible.

Brito se impacientó.

—¿Desde cuándo se discuten mis órdenes? ¿Qué cree que hará el viejo? ¿Engrasará el pistolón y se levantará de la silla de ruedas? Haga lo que le digo.

—Le pido disculpas, señor.

Udías se dirigió al teléfono, pero el timbre sonó antes de que pudiera llegar. Era Rosa Santos. El gobernador se puso, a disgusto. Su jefa de gabinete le comunicó que el subdelegado Aramburu solicitaba autorización para verle.

—¿Qué coño quiere de mí?

—Lo tengo delante. ¿Le paso la llamada?

Por un extraño reflejo, Brito asoció el correctivo que le había dispensado a su violenta conducta con Simón. El resentimiento de dos víctimas le pareció excesivo para una sola jornada. Determinó:

—Que suba.

Debió de hacerlo a la carrera, porque Udías todavía no había logrado conectar con el ministerio cuando se oyó el timbre de la puerta principal. Una de las doncellas abrió. Era la primera vez que el subdelegado pisaba la vivienda del gobernador. Se quedó en el vestíbulo, cohibido, observando su imagen reflejada en el espejo modernista. Brito salió al pasillo. Aramburu traía una expresión descompuesta, casi dolorosa.

—Entre.

Udías le dirigió una mirada preventiva. Aramburu respondió con mansedumbre, saludándole con una inclinación. El gobernador se había situado a unos pasos de él.

—Usted dirá.

El subdelegado reunió todo el valor de que era capaz.

—Estoy enterado de la amenaza de un atentado. Mi sitio está junto a usted. No le defraudaré. Se lo juro.

Un aura de debilidad flotaba alrededor de su pálida cara. Incapaz de resistir la mirada de Brito, el subdelegado agregó:

—Perdone el atrevimiento, señor.

—¿Cómo lo ha sabido?

—De forma casual, mientras hacía mis rondas de rutina. Dieron por sentado que estaba al tanto de todo.

—Entiendo.

—No me pregunte quién.

—No pensaba hacerlo.

—Nadie sabe aún que estoy... sancionado.

—Cálmese. Ya tiene usted un expediente abierto. No pienso incoar otra investigación.

El gobernador se paseó nerviosamente con la vista en el suelo y las manos anudadas detrás de la espalda.

—¿Qué hace con la americana puesta? —dijo al fin, encarándole—. ¿No ve que los demás nos hemos arremangado para meternos en la madriguera?

Pese al tono seco, intimidatorio, Aramburu dedujo que su humor había cambiado.

—Me la quitaré ahora mismo —sonrió, experimentando una oleada de gratitud.

Brito le dio una palmada.

—Encárguese de coordinar la unidad especial que nos envía Madrid. Proceden de Logroño, tengo entendido. Quince hombres. Cada uno vale por tres. Deben de estar al llegar.

Aramburu se expansionó en una sonrisa de felicidad. Colgó su americana en el respaldo de una butaca, junto a la chaqueta y la pistolera de piel atigrada que sólo podía pertenecer a Udías. En una de las mesitas auxiliares que habían sobrevivido a la ira del gobernador descubrió otro supletorio telefónico. Tomó asiento en un escabel y se apresuró a realizar su cometido. La compañía de asalto, efectivamente, acababa de llegar. Estaba al mando del capitán De la Cruz. Aramburu repitió su nombre en voz alta, para que lo oyera el gobernador. Brito hizo un gesto de asentimiento. No conocía personalmente a De la Cruz, pero había oído hablar de él a sus colegas del ministerio. Era un especialista en desactivación de explosivos.

—Hágale venir —ordenó el gobernador, adoptando aires de jefe de Estado Mayor.

A las siete de la tarde se presentaron el comisario

Carriega y el teniente coronel Santibáñez. Udías les invitó a inclinarse sobre los planos del edificio. El guardaespaldas había modificado en algunos aspectos el plan integral de cerramiento de la zona. La calle García Lorca y todas las vías adyacentes quedarían bloqueadas por coches patrulla de la Policía Nacional. Había tiradores apostados en las azoteas vecinas y a lo largo de la ribera del río. Udías insistió en que, además, en previsión de la existencia de algún otro comando, se instalaran controles en las salidas principales de la ciudad, y que las estaciones de trenes y autobuses, el aeropuerto, incluso las líneas de transporte urbano permanecieran bajo vigilancia. Para cubrir todos esos objetivos, Brito estimó insuficientes los efectivos de la Policía Nacional. Consciente de contradecirse, y de incurrir en un riesgo, dijo:

—Vamos a necesitar refuerzos. Hágame un favor, Aramburu. Póngame con el superintendente de la Guardia Urbana.

El teniente coronel frunció el ceño.

—¿No levantaremos la liebre antes de tiempo?

Al exterior del despacho, la luz comenzaba a declinar.

—Tendremos que arriesgarnos.

Junco Marina, el responsable de la Policía Municipal, era un veterano. Recientemente, el propio Brito lo había condecorado por sus veinticinco años de servicio. En teoría disponía de mil doscientos hombres, pero buena parte de ellos vegetaban en labores administrativas. El gobernador calculó que, con la premura que le iba a exigir, sería capaz de reunir como mucho a media compañía de patrulleros. Le hizo un resumen de la situación.

—¿Cómo no me había advertido, gobernador?

—¿Advertirle, yo? —gritó Brito—. ¿Cuántas veces, en público y en privado, me ha garantizado que la ciudad estaba limpia de etarras? ¡No me haga hablar, Marina! ¡Para usted, vivimos en el país de las maravillas! ¡Apañados estaríamos, si de ustedes dependiéramos! —Atendiendo a una seña de Carriega, hizo un esfuerzo por dominarse—: Olvide lo dicho. Es la tensión. Confío que esta noche su eficacia se elevará ante mi criterio. Más adelante analizaremos los fallos de prevención. El subdelegado Aramburu le informará del operativo. Vaya reuniendo a su gente. Y llame a su mujer para decirle que esta noche no irá a cenar. Seguramente, tampoco a dormir.

—A la orden, señor,

Sonó el walkie de Udías. Desde el vehículo que seguía al autobús del correo, hacia Bilbao, acababan de comunicar que el coche de línea se había detenido en la parada reglamentaria. Esperaban órdenes. Los mandos conferenciaron brevemente. El teniente coronel argumentó que tal vez el correo no viajase solo. En tal caso, y de procederse a su detención, otro cómplice podría prevenir a la organización, que daría aviso a Gaztelu y su gente. Decidieron proseguir el seguimiento, sin despertar sospechas.

Más tarde, embutido en el uniforme azul de las fuerzas especiales, se personó en la residencia el capitán De la Cruz. Al entrar en la sala se quitó la gorra para formalizar un saludo militar. El teniente coronel le agradeció la deferencia. Rapado, el cráneo del comando relució a la luz de la araña de cristal. De la Cruz era un hombrón de estatura gigantesca, y ancho como un armario. Llevaba la camisa abierta al estilo de un legionario; entre los vellos del pecho, como un amuleto, una antigua moneda de plata brillaba colgada de una gruesa cadena, también de plata. A lo largo de su carrera, De la Cruz había acuñado fama de albergar tanta compasión como un lobo salvaje. Udías y él se conocían de varias operaciones comunes, la mayoría de ellas en el País Vasco. Sin embargo, no se saludaron. Eran individuos de pocas palabras.

Brito le dio la bienvenida, mientras lo examinaba con aire de satisfacción. De la Cruz se puso a estudiar los planos. Hizo algunas preguntas, pocas, y tomó abundantes notas en una libreta que sacó de la guerrera.

Los mandos habían ocupado los tresillos de cuero, sobre la enorme alfombra persa, y fumaban sin dejar de hablar. El subdelegado Aramburu recibió por parte de Brito una serie de instrucciones de última hora y se dispuso a marcharse hacia el cuartel de la Policía Municipal. Pero al abrir la puerta se llevó una sorpresa. El ama de llaves y el hijo del gobernador estaban frente a él. El chico sostenía una bandeja repleta de bebidas y sándwiches.

—¿Molestaremos a los señores si nos atrevemos a pasar un momentito? —preguntó Pepa. Traía una jarra de agua, un mantel y un juego de servilletas.

La mujer asomó el busto.

—¿Da su permiso, don Álvaro?

—Ah, doña Pepa. Caramba, Simón —murmuró su padre, un tanto confuso—. Adelante, hijo. Pero ¿qué nos traen?

Simón llevaba los vaqueros rotos y la camiseta de Fidel Castro. El líder cubano se fumaba un puro con el águila del Tío Sam en el puño, como un halcón amaestrado.

—Hemos supuesto que estarían ustedes muertos de hambre —dijo el chico, soplando el flequillo que le caía sobre los ojos.

El teniente coronel aprobó la iniciativa.

—Bien hecho, muchacho. La noche va a ser larga.

Doña Pepa y Simón extendieron el mantel y colocaron la mesa. Sosteniendo un abridor en el aire, el chico preguntó:

—¿Una cervecita, general?

—Acaba usted de ascender —sonrió Carriega—. Agradézcaselo al barbudo.

—Venga esa caña —aceptó Santibáñez, riendo—. La verdad es que estaba seco. Pero no me pidas que brinde por el barbas, hijo.

Simón se concentró en decapitar botellas. La herida del antebrazo seguía entorpeciendo sus movimientos, Pepa se ofreció a ayudarle, pero él insistió en valerse. Sirvió los vasos y los fue ofreciendo con los platos de bocadillos.

La cocinera lo contemplaba con un orgullo familiar. «Como si fuera la abuela que nunca tuvo», pensó el gobernador. Sus padres y los de Úrsula habían muerto años atrás, siendo Simón muy niño.

—Riquísimo —aplaudió el teniente coronel, tras hincarle el diente a un emparedado—. ¿Ibérico?

La cocinera afirmó:

—A esta casa entra sólo lo mejor.

—Igualito que en el cuartel —añadió el guardia civil, con la boca llena. Un trocito se le cayó a la alfombra, pero lo cogió y volvió a masticarlo.

Sonó la línea azul. Brito se apresuró a contestar. Freitas demandaba información actualizada, El ministro se encontraba en una cena oficial, pero había vuelto a interesarse por la operación.

El gobernador le puso al corriente. Acababa de colgar cuando sonó la línea interior.

—Soy Rosa. ¿Estás bien?

Brito experimentó una ligera disfunción. Demasiados frentes abiertos. Quizá le estaba alterando la presencia de Simón. El muchacho se había sentado en un brazo del tresillo y conversaba animadamente con los mandos.

—¿Qué ocurre?

Rosa vaciló.

—Algo fuera de lo común.

Simón había sacado un paquete de cigarrillos y ofrecía a Carriega. Brito se sulfuró.

—Por el amor de Dios, Rosa. ¿Estoy para adivinanzas?

—Nunca lo adivinarías. Tu mujer acaba de preguntar por ti.

Tuvo una sensación de vértigo. Debía reafirmarse. Pisó con fuerza y endureció las piernas hasta que le dolieron los músculos.

—¿Qué quería?

—Hablar contigo. Ha dejado un número, por si quieres devolverle la llamada. ¿Te pongo?

—No. Dame el número.

La jefa de gabinete deletreó el prefijo y seis cifras.

—Pero si es un teléfono de Argenta —observó Brito.

—Así es. De la centralita del Hotel Bristol, concretamente.

Se trataba de un establecimiento de dos estrellas. Situado en la plaza de la Catedral, quedaba a escasos cincuenta metros de la Delegación del Gobierno.

—¿Quieres decir que se aloja allí?

—Eso parece.

—Lo que faltaba. Si vuelve a llamar dile que me has dado el recado y que en cuanto pueda me pondré en contacto con ella.

—¿Malas noticias? —le preguntó Santibáñez.

Brito hizo un gesto de intrascendencia.

—Nada que afecte a la operación.

Salió a la balconada, apesadumbrado. El Hotel Bristol erguía su vulgar fachada enfrente de la basílica. Su parpadeante letrero de neón afeaba la estética de la plaza. El Ayuntamiento estaba empeñado en retirarlo, pero por el momento no había sido posible. Un feo toldo, a modo de marquesina, protegía la entrada. Junto a su puerta se agolpaba un grupo de turistas con aire oriental. Japoneses que, después de disparar sus máquinas fotográficas y hacerse con rosarios de pétalos de rosa, vírgenes de pan y otras manufacturas y productos típicos de la región, pasarían una noche en Argenta.

Cerró el balcón. Los mandos estaban dando buena cuenta de bebidas y bocadillos. Simón fumaba cómodamente sentado. Como si estuviera actuando, desplegaba su encanto, esa mezcla de vulnerabilidad y seducción que tan atractivo lo hacía. Tanto Carriega como el teniente coronel tenían hijos de su misma edad. Debería conocerlos. Salir con ellos.

—Me encuentro un poco solo en la ciudad —decía el chico—. Mi padre se pasa todo el día fuera, persiguiendo maleantes y anarquistas.

Santibáñez rió sonoramente.

—¡Vaya imagen que tiene su hijo de usted, delegado!

—En realidad, nos llevamos bastante bien —dijo Brito—. Aunque los jóvenes nunca están satisfechos, hagas lo que hagas.

—Nunca, no señor —subrayó el comisario—. Por mi parte, hace tiempo que desistí de meter en cintura a mis retoños. Su madre se ocupa de eso, por suerte para el cuerpo y para mí.

—Nuestro caso es distinto —diferenció Simón—. Mamá ya no está con nosotros.

Se hizo un embarazoso silencio. El gobernador murmuró, humillado:

—Mi mujer está pasando una temporada en Toledo, su ciudad natal. Estudia un proyecto para abrir una galería de arte. A eso es a lo que te referías, ¿no, hijo?

—Supongo que sí, papá. ¿Otra cerveza, mi teniente coronel?

—Tengo bastante, gracias. En cambio, me tomaría un café.

El gobernador estuvo tentado de invitar a Simón a abandonar la sala, pero se obligó a mordisquear uno de aquellos sándwiches de mantequilla y salmón. Al terminar el canapé se sorprendió atacando una medialuna, a la que siguió otro bocadillo y hasta una guindilla que le obligó a apagar su ardor con un vaso de Ribera de Duero. ¿Por qué tendría semejante hambre? Udías comía como un chimpancé. Había trasladado los restos de la bandeja a un rincón, y devoraba. Desdeñando las servilletas, se limpiaba la boca con el dorso de la mano. Un rastro de grasa brillaba en los vellos de sus muñecas.

Sonó la línea interior. El gobernador se levantó masticando un trozo de jamón. Era Rosa, de nuevo. Su tono sonó como ahogado.

—Su esposa está aquí, señor.
—¿Dónde?
—Abajo, en su despacho.
—¿Se trata de una broma?
—No.

Brito se mordió un carrillo. Pudo sentir la llaga, abriéndose.

—Haga pasar la visita.

Brito improvisó una disculpa. Simón fumaba con indolencia, el flequillo tapándole la mitad de la cara. No, no era posible que supiera nada, pensó su padre. Bajó a la planta institucional. Rosa permanecía en su puesto, como un centinela. Cuando dejaran atrás esas horas rabiosas, tal vez podrían concederse una nueva oportunidad. Brito le dirigió una sonrisa cargada de preocupación y entró al despacho.

Úrsula había tomado asiento. Recogida, con las manos depositadas en el regazo, sobre un bolso que él no le había regalado, parecía más pequeña, casi inofensiva. No se levantó ni le saludó. Llevaba el cabello más corto. Se lo había teñido de un color pajizo que resaltaba el volumen de sus pómulos, parecidos a los de Simón. Su hijo también había heredado de ella el cuello largo y esbelto, y los ojos felinos. Estaba fumando un cigarrillo de cuyo humo se desprendía un picante perfume a menta.

—Me alegro de verte, querida.
—No mientas.

Brito se acercó a ella, la besó en una mejilla, se acomodó en otro sillón.

—No te esperaba.
—Tampoco yo sabía que iba a venir. Esta mañana tuve un impulso. Cogimos el coche y en cuatro horas nos plantamos aquí.
—¿Nos?

—Damián y yo.

El gobernador miró a su alrededor, fingiendo espanto.

—¿Te has atrevido a traer a ese...?

—Piensa lo que vas a decir. Te lo advierto.

—¿Dónde está?

—En el hotel, esperándome.

—¿En una de esas habitaciones del Bristol para viajantes de comercio? Creo que ni siquiera tienen televisor. Espero que se haya traído trabajo, para entretenerse un poco. La contabilidad de todas esas atracciones de feria debe de resultar pesadísima.

Su mujer lo contempló con frialdad.

—Es un buen hombre.

—Forzosamente, para poder soportarte.

Úrsula aplicó una calada a su cigarrillo. Con un brote de impotencia, Brito entendió que se encontraba fuera de su alcance, que nada de lo que pudiera decir o hacer iba a lastimarla fácilmente.

—¿Cómo está Simón?

—Como siempre. Precisamente estábamos cenando juntos. ¿Quieres verle?

—Más tarde. He venido a hablar contigo, Álvaro.

—Deberías ocuparte un poco más de tu hijo.

—Aplacemos ese tema. Ahora tengo algo más importante que decirte.

—¿Más importante que Simón?

—No empieces a chantajearme.

El gobernador consultó su reloj.

—Escucha, Úrsula. Esta noche estoy muy ocupado. Comprendo que si has hecho el viaje, en lugar de llamarme por teléfono, será porque tendrás motivo, pero...

—Prefería decírtelo a la cara. No vuelvas a mencionar el teléfono. Estoy segura de que eres tú quien me acosa. Eres un psicópata. No sé cómo no te avergüenzas de esas miserables llamadas. Da gracias porque no te denuncie.

—¡Otra vez esa absurda acusación!

—No perdamos más tiempo. He venido a pedirte el divorcio.

El gobernador desvió la vista hacia uno de los cuadros del despacho, una decimonónica vista de Argenta, con dos figuras embozadas en primer término y el puente romano extendiéndose en la perspectiva de un romántico atardecer. Le gustaba el cielo con sus tonos crepusculares, dramáticos.

—No.

—Piénsalo, Álvaro. No vayas a cometer un nuevo error.

—Jamás.

Úrsula se removió en el sillón y se alisó la falda.

—No tienes otra alternativa.

—Tú lo dirás, querida. Te recuerdo que vivimos en un país libre.

—Tiene gracia que hables de libertad.

—Para borrarme de tu mapa vas a necesitar un buen abogado. No soy ningún payaso de circo, y te lo demostraré.

—Como vuelvas a aludir a Damián en esos términos me levanto y me voy.

—Por mí, puedes marcharte.

Úrsula se incorporó levemente.

—Estoy embarazada. Voy a tener un hijo. Un hijo varón.

La expresión de Brito quedó vacía de toda emoción. Se peinó las cejas y, con un rápido tic, se arrancó una pestaña.

—¿Te has hecho las pruebas?

—Por supuesto.

—¿De cuánto estás?

—De diecisiete semanas.

—Lo que suma...

—Cuatro meses.

—Y me lo dices ahora... ¿Lo sabe Simón?
Úrsula vaciló.
—Sí.
El padre acusó el golpe.
—Me ha estado mintiendo.
—Tú sabrás por qué.
—Nuestras relaciones son fluidas. Hay complicidad entre nosotros.

Úrsula dejó oír una risa escéptica.

—Si te niegas a concederme el divorcio solicitaré su custodia. Hasta dentro de un año no será mayor de edad. A cualquier juez le parecerá pernicioso que permanezca bajo la tutela de un padre como tú. Capaz de liarse con la primera pelandusca que se le ponga a tiro. Estoy enterada de tus rollos con las secretarias. ¿Es una de tus amantes la que me ha abierto la puerta? Parece una momia, permíteme.

Como si se encontrara ya en el banquillo, frente al interrogatorio de la acusación, Brito se impuso continencia verbal. Optó por el sarcasmo.

—No conoces el rigor de la justicia. Me preferirán a mí, antes que a ese saltimbanqui de playa.

La rabia no permitió replicar a su mujer. Dirigiéndole una mirada colmada de desprecio, salió. Brito oyó las puertas golpeando con fuerza, y después sus pasos alejándose por la soledad del edificio vacío.

Epílogo

Hacía un poco de viento y la noche no era tan oscura como Udías habría querido, pero a ratos el aire parecía calmarse y la luna menguante se ocultaba detrás de unas nubes plomizas que amenazaban lluvia.

La ciudad estaba vacía. Al cruzar por los desiertos carriles del Puente del Poeta, Brito descansó la mirada en el río de color chocolate. Los sauces ribereños dibujaban extrañas fantasías. Una barca flotaba en la orilla.

Alrededor de un par de horas después de la medianoche, el comisario Carriega y el teniente coronel Santibáñez habían echado una cabezada, reclinándose en los cómodos tresillos de la residencia, pero ni Udías ni él se concedieron el menor descanso. La entrevista con su mujer había desvelado al gobernador. Por su parte, Simón se había retirado a su habitación en cuanto el teniente coronel empezó a adormilarse.

Poco antes de las cinco de la madrugada, Brito sirvió una ronda de café negro y whisky a palo seco para todos. El teniente coronel y el comisario hablaron por teléfono con sus hombres para coordinar los últimos detalles de la operación. Un adormilado Santibáñez preguntó por un aseo. «Acostumbro echar una meada antes de salir de cacería», dijo, con una sonrisa siniestra. El gobernador lo acompañó a una de las alcobas. Mientras el teniente coronel orinaba ruidosamente, abrió la mesilla de noche de su dormitorio y cogió su pistola.

Los mandos ocuparon los coches y abandonaron el

Gobierno Civil. En el interior de su vehículo, Udías había plegado un chaleco antibalas. Brito se quitó la chaqueta y se lo ajustó sobre la camisa.

El acceso a la calle García Lorca había quedado interrumpido por un control. Un foco iluminaba rollos de alambre de espino. Renegando en voz baja, Udías descendió del vehículo para revisar el dispositivo. El retén permitió pasar al Audi negro y a los tres coches que le seguían.

El edificio estaba rodeado por decenas de policías y guardias civiles. Udías frunció de nuevo el ceño.

—Esto parece un circo. Para el caso, podríamos haber puesto un anuncio en la prensa. Dejé bien claro que no quería un solo uniforme a la vista.

Brito repuso, crispado:

—Tiene razón, pero no es momento de discutir. Si algo sale mal, exigiré responsabilidades más tarde.

A pesar de su corpulencia, el capitán De la Cruz se movía con sorprendente agilidad. Como el resto de sus hombres, se había tiznado la cara. Sólo se distinguían sus ojos, pequeños y brillantes como los de un animal.

—¿Todo dispuesto?

—Estamos listos para intervenir, gobernador.

—¿Han cubierto las salidas?

—Incluidos los tejados y las alcantarillas. De esta trampa no escaparía ni un ratón.

El comisario y el teniente coronel decidieron apostarse un poco más allá, a la altura de un segundo control, en una encrucijada de calles. Brito dio la vuelta a la esquina y se acercó al garaje trasero. No había luz en ninguna ventana. Los inmuebles colindantes permanecían tranquilos. Eran casas muy modestas, con galerías en las que se amontonaban útiles de limpieza y bombonas de butano. El viento agitaba la ropa puesta a tender. No se oía nada; tan sólo, el lejano rumor de algún coche que atravesaba el puente, a unos doscientos metros de allí.

Varios hombres permanecían agazapados, custodiando la rampa. De la Cruz se movió hacia la persiana metálica.

—Los quiero vivos —le recordó el gobernador—. No vaya a olvidarlo.

Uno de los guardias manipuló la célula fotoeléctrica, franqueando la entrada a los demás. El capitán y una docena de sus comandos progresaron con cautela entre las columnas enladrilladas del garaje, rodeando los coches aparcados hasta la puerta de acceso a las escaleras. Una vez allí, comenzaron a subir. Brito oyó un rumor de botas militares creciendo hacia el entresuelo. Alguien debió de llamar al ascensor, porque se escuchó el chirrido de sirgas mal engrasadas. Udías susurró algo al oído del gobernador y se unió a la carrera al grupo del capitán.

El gobernador regresó a la fachada principal. Recorrió la parte más próxima de la orilla del río, igualmente tomada por fuerzas de seguridad, y se dirigió al segundo control, a fin de matar los nervios de la espera fumando un cigarrillo con el resto de los mandos. El superintendente de la Policía Municipal, Junco Marina, le informó de la distribución de sus efectivos.

Mientras los jefes aguardaban el desenlace de la operación, dentro del edificio, a la altura de la quinta planta, uno de los guardias de asalto hizo rechinar un objeto metálico, un clavo, una latilla. En ese momento, se abrió la puerta de una de las viviendas y un hombre vestido con un jersey amarillo se recortó en el umbral. Sin darle tiempo a reaccionar, Udías se arrojó sobre él y le tapó la boca.

Los comandos subieron al séptimo piso y se concentraron en silencio frente a la puerta del piso franco. De la Cruz ordenó entrar. Un par de hombres tomaron impulso. La débil hoja se vino abajo, cuarteándose y astillándose bajo su peso. De inmediato, se oyeron gritos. Un haz de luz iluminó el pasillo. Apenas Udías había entrevisto el recodo del corredor, con una precaria alacena que sostenía pilas de platos y, entre otros objetos que quedaron instantáneamente grabados en su retina, un absurdo secador, sonaron varios disparos. Los comandos se arrojaron al suelo. Sobre las ráfagas de las armas de fuego vibró la exclamación de una mujer. Un gemido les hizo pensar que alguien había resultado herido. Era un lamento ronco, masculino.

—Uno de los nuestros —susurró De la Cruz—. Sacadle de ahí.

Otros vecinos se habían despertado. Algunos se asomaron en pijama al quicio de sus puertas, pero los comandos les obligaron a encerrarse en sus viviendas. Udías distinguió escaleras abajo a una bonita muchacha en camisón, agitando los brazos, protestando. Algún residente debió de suponer que la alarma respondía a un incendio porque a través de las delgadas paredes se oyó un histérico: «¡Fuego!»

Dos cuerpos empapados en sangre se arrastraron penosamente hasta la esterilla de cáñamo. Sólo uno había recibido impactos. El capitán comprendió que estaba grave. Expresándose por gestos, dispuso que lo inmovilizasen y que alguien bajara a buscar una camilla.

Udías le increpó:

—¿Jugamos a las tabas o qué cojones estamos haciendo?

—Los ahogaremos con gas —reaccionó De la Cruz.

Como si arrojase una granada, uno de sus hombres lanzó un cartucho al interior del piso. Se oyó una explosión y el humo empezó a expandirse. Olía a una mezcla de pólvora y huevos podridos. Un poco, pensó Udías, protegiéndose la boca con un pañuelo, como las fábricas papeleras cuyos penachos químicos contaminaban los cielos de Argenta.

Cuando el humo espesó la atmósfera, De la Cruz empuñó una linterna y entró en el piso. Acababa de gritar que todo el mundo tirara las armas y saliera con las manos en alto cuando un relámpago lo iluminó a contraluz.

Un segundo antes de caer, el torso recto, la cabeza erguida, Udías lo vio disparar contra una borrosa sombra. El capitán dobló las piernas y quedó apoyado contra la pared. Sus hombres abrieron fuego a discreción, pero no debieron de acertar en el blanco porque una risa diabólica celebró su alianza con la vida.

—¡Gaztelu, hijo de puta! —gritó Udías, encorvándose y avanzando por el corredor a paso de carga.

Pasó por delante del cuerpo del capitán, cuya mirada se había impregnado con la mueca de la muerte, y comenzó a disparar. De pronto, recibió algo así como un puñetazo en la boca del estómago, un golpe seco que le cortó la respiración. Estuvo a punto de derrumbarse, pero siguió adelante apartando obstáculos, muebles, sin dejar de disparar contra los lácteos fantasmas que parecían acecharle al paso de las habitaciones. Cuando agotó la munición, se hizo a un lado para que los hombres que venían detrás terminasen de acribillar el torso desnudo que se desangraba sobre una cama, con las sábanas colgando como un desgarrado sudario.

—¡Fuego, coño, que no lo reconozca ni su puta madre! —exclamó Udías, ardiendo en una euforia homicida, sin querer comprender que la vida había abandonado ya aquel trozo de carne cosida a balazos.

Los disparos habían roto los cristales de una de las ventanas. Por sus huecos en forma de estrella penetraban columnas de una brisa tibia que iba disipando el gas. Udías se acercó al cadáver y lo alzó de la cabellera, como un trofeo. Era Jon Iturriaga, lo que quedaba de él. El guardaespaldas experimentó una profunda satisfacción, el orgullo del deber cumplido. Con un resabio sardónico, se le ocurrió pensar en la copa de helado que hacía pocas horas el terrorista había saboreado en el quiosco del parque. «El muy bastardo ya no celebrará nada», pensó.

Gaztelu y la chica aparecieron en la habitación. A empujones, los comandos los desplazaron hasta el cuerpo de su compañero. La muchacha lloraba silenciosamente, pero Gaztelu se mantenía firme y serio, y apretaba los labios en un gesto de anticipada resistencia.

—Den aviso al gobernador —ordenó Udías, asumiendo el mando—. Vosotros dos, de rodillas. Las manos en la nuca, escoria. ¡De rodillas, he dicho! ¡Ponedles las esposas!

Apenas habían transcurrido cinco minutos cuando Brito y el teniente coronel Santibáñez hicieron acto de presencia. Se habían detenido un momento en el corredor, para comprobar que De la Cruz, contra lo que parecía en un principio, alentaba aún un hilo de vida. Pero ambos entendieron que muy difícilmente iba a sobrevivir. Con el pañuelo contra la cara, el gobernador recorrió el resto de la casa. Luego encendió la luz del cuarto e indicó que pusieran a los detenidos en pie. Uno de los hombres había abierto por completo la destrozada ventana. Abajo, en la calle, se oían sirenas. Atravesando los tabiques reverberaba el griterío de los vecinos.

—Volvemos a encontrarnos —dijo Brito, con una suave rabia—. Esta vez os habéis caído con todo el equipo.

La boca de Gaztelu dibujó una despectiva sonrisa. Cayeron en la cuenta de que estaba herido. Sin que diera la menor muestra de dolor, una mancha parda se iba extendiendo por la redondez de su hombro. La chica también sangraba por una mejilla, pero el corte parecía superficial. Seguía llorando y moviendo con brusquedad la cabeza y el cuello; había entrado en una especie de crisis nerviosa. Udías fue a darle una bofetada, con la intención de tranquilizarla, y prepararla para el interrogatorio. Brito le contuvo el brazo.

—Primero vamos a probar por las buenas. ¿A quién le tocaba esta vez? ¿A la residencia de militares? ¿A algún concejal? ¿A mí?

—Que te den por el culo —dijo Gaztelu.

El golpe de Udías lo desplazó hacia atrás, haciéndole caer sobre el cuerpo de Iturriaga. El propio guardaespaldas lo incorporó y volvió a situarlo frente al gobernador.

—Os lo preguntaré de nuevo. ¿Cuál era el objetivo?

Gaztelu separó las mandíbulas, y dijo:

—Es como si estuvieras muerto. Cuestión de tiempo.

—Despejen eso —dijo Brito, riendo con falsedad y señalando el cadáver—. Cúbranlo y trasládenlo al Instituto Forense. Yo daré las explicaciones pertinentes. Ocurrió en defensa propia, ¿no fue así, Udías?

—En efecto, señor. Hizo uso de su arma. Hubo que abatirlo.

—Está claro. ¿Qué hay del explosivo?

—Debe de estar oculto.

Dos hombres cargaron el cuerpo ensangrentado de Iturriaga. El gobernador adelantó un paso y, tomando con delicadeza la barbilla de la chica, preguntó:

—¿Dónde, guapa?

En ese momento, al cabo del pasillo, se oyeron confusos gritos y, de inmediato, disparos. Udías se precipitó fuera. A los pocos segundos, volvió a entrar.

—Había uno más, señor. Se ha hecho fuerte en la terraza.

Brito no perdió la calma. Delegó en Santibáñez el traslado de los prisioneros, que fueron obligados a salir de la habitación. Recorriendo la planta en forma de ele, se dirigió con Udías hacia la cocina situada al extremo de la vivienda. Las habitaciones estaban siendo revisadas. Uno de los comandos estaba ocupado en desmontar un ordenador, haciendo acopio de papeles y discos. Varios de sus compañeros, pistola en mano, vigilaban la entrada de la cocina. El gobernador fue informado de que, en efecto, un cuarto terrorista había conseguido parapetarse en la terraza. Brito inquirió, con tono incriminatorio:

—¿Es que hay una terraza? ¿Por qué no nos había advertido nadie? ¿No estudió usted los planos, Udías?

Aturdido, el guardaespaldas ensayó un gesto de exculpación.

—Le juro que no figuraba en mi documentación.

—Después hablaremos. ¡Vayan a por él!

Una sombra alargada se transparentó contra la cortina de gas. Brito percibió el sonido de una bala astillando la pared muy cerca de él. Los comandos abrieron fuego. Sus disparos hicieron saltar las latas y desportillaron la nevera, que quedó abierta, golpeando contra sus propios goznes, la bombilla interior milagrosamente incólume iluminando los alimentos y un amasijo de detonadores y cables. De pronto, el aire quemado se impregnó de un fuerte olor a gasolina y una llamarada creció delante de ellos, junto al fregadero y una caldera de gas empotrada encima. Lenguas azules comenzaron a lamer el hule de una mesa sobre la que resistían una jarra de agua y dos candelabros con las velas apagadas.

—¡Salga de aquí, señor! —le urgió Udías.

El gobernador permanecía quieto, como hipnotizado por las llamas, que habían alcanzado el techo y se acercaban a la caldera de gas.

—¡Todos conmigo! —gritó Brito, enardecido.

Había empuñado la pistola, y la enarbolaba en lo alto del brazo. Tosiendo, entró en la cocina. Al fondo, a la derecha, se abría una galería acristalada, cuya entrada dificultaban algunas plantas y una tabla de planchar. El rostro de un hombre se reflejó en uno de los cristales. Udías lo vio y se abalanzó sobre el gobernador, arrojándolo al suelo. Los disparos silbaron encima de ellos. Detrás, alguien, otro de los miembros de las fuerzas de asalto, accionaba un extintor, pero la espuma no bastaba para ahogar las llamas, que empezaban a envolverles, sin permitirles retroceder. Udías tomó la única decisión posible. En un par de saltos, el guardaespaldas se incrustó en el hueco de la galería y vació el tambor de su revólver.

—¡Lo he cazado! —exclamó.

Brito se arrastró hasta la tabla de planchar. Un estrecho pasadizo se abría unos metros más allá. Vio plantas colgantes, tumbonas de plástico y, como al fondo de un embudo de luz natural —«la claridad del amanecer», pudo pensar, en medio de su excitación— un cobertizo de ladrillos, con una puerta baja cuya hoja batía, como si acabaran de abrirla apresuradamente.

—Ahí lo tenemos —susurró el gobernador—. En su última madriguera.

—Déjeme a mí, señor —dijo Udías, apartándole con suavidad y comenzando a reptar sobre un lecho de cristales y macetas rotas.

Dos guardias, los únicos que habían logrado salvar la barrera de fuego, le siguieron. Los tres hombres batieron la terraza y rodearon el cobertizo. A la intemperie, el aire era un poco más puro. Brito tragó oxígeno a grandes bocanadas y gritó:

—¡Arroja el arma y sal de ahí! ¡No tienes escapatoria!

Durante un minuto no se produjo reacción alguna. El sol iluminaba al ras el muro de la terraza. Brito insistió en su conminación. De pronto, una silueta arrodillada, con la cabeza hundida, se recortó en el batiente.

—¡No te muevas! —vociferó Udías.

El terrorista hizo un gesto de rendición. Era muy joven. Brito no lo reconoció. Tres armas le apuntaban. Con esfuerzo, dejando los brazos caídos, enderezó los hombros y levantó la cara. Tenía algo en la mano. Brito vio una sonrisa dibujándose en su boca. Unas palabras en euskera fueron lo último que llegó a decir.

—¡Al suelo! —gritó Udías.

La atronadora explosión dejó instantáneamente sordo al gobernador. La onda expansiva lo izó en vilo. Su cabeza golpeó contra un muro de cascotes y después emergió a un espacio ciego de polvo y humo.

Perdió el conocimiento.

Cuando volvió en sí, un dolor atroz en sus extremidades inferiores le persuadió de que no había muerto.

Parte de la casa se había derrumbado.

Se movió unos centímetros, clavando los codos sobre la superficie irregular en la que estaba recostado. No pudo mover las piernas. Las nubes de la detonación se disipaban impulsadas por la fresca brisa del amanecer. Su rostro, cubierto de sangre y de una película de tierra con sabor a cal, podía sentir esa caricia. En medio de las llamas, mirando hacia arriba, tuvo la sobrecogedora visión de una luna menguante recortándose contra la transparencia del alba.

El dolor seguía extendiéndose, como si algo se estuviera hinchando dentro de él. El pecho le oprimía tanto que no podía respirar. Probablemente, pensó, la metralla le había alcanzado. Quiso quitarse el chaleco antibalas, pero el simple propósito de incorporarse sobre su estómago e intentar mover los brazos le superó. Fue extendiendo los dedos de una mano; el lacerante tacto de cristales lo retrayó. La otra mano, al estirarse y palpar, quedó colgando en el espacio, desprovista del consuelo de la gravedad.

Su reloj de cuarzo había resistido. Podía leer la esfera a escasos centímetros de su cara, que permanecía apoyada sobre una plancha fría, metálica. Señalaba las siete y media cuando una luz celeste, como procedente del otro extremo del mundo, le permitió ver los restos del edificio, tabiques desmochados, las rotas arterias de cables consumidos, el fuego y el humo consumiéndolo todo.

«Una viga. Dios misericordioso. Estoy sobre una viga.»

Apenas lo había pensado, uno de sus ojos empezó a girar en su órbita. Desde la altura en la que se encontraba fue identificando a su pesar esas cintas de aluminio como calles lejanas, aquellas monedas de cobre como plazas redondas, y las casitas de juguete de los barrios y arrabales que se extendían más allá de los puentes. El sol comenzó a surgir, iluminando las huertas y los campos de alfalfa que deslindaban los límites de Argenta con manchas de un verdor oscuro y profundo, como los fondos marinos. Intentando combatir el pánico profundo que se le estaba adueñando, el gobernador pensó que la mañana iba a ser clara. Más allá se adivinaban los perfiles de la sierra. Sobre sus lomas, muy lejos, pero tan cerca que pensó que podría rozarlos, se erguían los picos nevados de las Montañas Gemelas.

Miró hacia abajo. El vértigo se apoderó de su cerebro. Se sintió ascender, como impulsado por una ola de calor. Respiró agitadamente, con la boca llena de pavesas y polvo. Cuando se calmó estuvo seguro de haber visto la parte posterior de la casa, la tapia, la rampa de bajada al garaje y, ocupando esa cuadrícula, automóviles con sirenas centelleantes y hombres de uniforme corriendo de un lado para otro.

Calculó que lo separarían del suelo no menos de treinta metros. A su izquierda aguantaba un pedazo de techo, o de piso, pero a su alrededor la viga sobre la que estaba tumbado se abría al vacío. Si se movía un palmo, se desequilibraría y caería. Se estremeció de pavor. Un líquido salado como el sabor del miedo fluía por las puntas de sus ojos.

Un pájaro revoloteó unos metros más arriba, sobre otra viga que, como la suya, avanzaba hacia la nada. El cuello se le había mojado de sudor. Luchó por conservar la conciencia. Pensó en De la Cruz, en su desmadejado muñeco. Pensó en su fiel Udías. La última vez que lo había visto estaba delante de él. Seguramente, su cuerpo le había protegido de la metralla.

Pensó en Simón. No podía saber que la explosión lo había despertado bruscamente, como a tantos otros ciudadanos. Su hijo había saltado de la cama. Desde el balcón de la residencia pudo ver, al otro lado del río, las luces vivas de los controles y, bajo una columna de humo, un edificio que parecía haber sido bombardeado. Un camión de bomberos pasaba ululando por la avenida de América. El chico se puso los vaqueros, las botas de baloncesto y corrió hacia allí.

En cambio, el pájaro, un estornino, se alejó. La mente del gobernador se nublaba. Las llamas eran brillantes, de un furioso color rojo. En lugar de la sierra veía un cielo blanco. Estaba gritando, pero no se daba cuenta. Sus voces de auxilio se confundían con otras. «Atrapados, como yo», pensó.

Se puso a rezar un padrenuestro. Apenas recordaba los versos de la oración. Cuando terminó, volvió a repetirla.

Transcurrió media hora más. El viento arreció. De vez en cuando, la viga gemía y oscilaba levemente.

El sol le daba en la cara. Una sombra surgió en medio de la ardiente bolsa de aire. El espectro se agitaba, le hablaba. ¿Qué le estaría diciendo? Creyó distinguir una especie de cajón, una escalera de hierro. Chorros de agua a presión apagaban las llamas que envolvían como teas las plantas inferiores. Un armazón de madera se derrumbó. Vio protegerse al bombero. La escala desapareció de su campo de visión, como succionada por una fuerza invisible.

Su hijo estaba ya abajo, junto a los camiones cisterna, entre la confusión, observando el rescate. De repente, tomó una decisión.

Brito había dejado de sentir la mitad inferior de su cuerpo. Con un insoportable mareo, el vértigo lo hacía flotar hacia abajo. Un golpe de calor le provocó una especie de alucinación, y volvió a perder el conocimiento.

No oyó las voces que le animaban a reaccionar. Después recobró la conciencia durante unos segundos. La oración se había disipado en su memoria. Hizo un esfuerzo sobrehumano y repitió, separando apenas los labios: «Padre nuestro, Padre nuestro.»

Una lluvia de cenizas cayó sobre él. El piso de abajo se hundió. Se aferró con todas sus fuerzas, notando vibrar y oscilar la viga.

Entonces vio a Simón. Le pareció un ángel. El sol hacía brillar su pelo como un aura.

Le llamaba. Parecía tranquilo, no como el bombero que flotaba en la humeante atmósfera, junto a él, manipulando unas cuerdas terminadas en ganchos. Los garfios se dispararon como garras de un ave de rapiña, pero golpearon contra el hormigón, sin hacer presa.

La viga volvió a moverse. Brito miró al vacío. Sus tímpanos estallaron. Un agudísimo dolor le veló cualquier pensamiento al margen del sufrimiento mismo.

Simón se había encaramado al cajón. Como queriéndole decir que no se preocupara de nada, le dedicó un gesto cariñoso. Luego flexionó las piernas y se preparó para tomar impulso.

Brito abrió los ojos, anegados de terror. El ángel sonrió y voló hacia él con los brazos extendidos. El tiempo dejó de existir. El gobernador sintió la mano del ángel aferrando la suya. Pudo ver su cara muy cerca, sus dientes contraídos, la pelusa rubia que crecía sobre su labio superior.

Un quejido mineral, como si se quebrase una roca, los desprendió. En medio de un diluvio de fuego, cayeron juntos, buscándose en el aire.